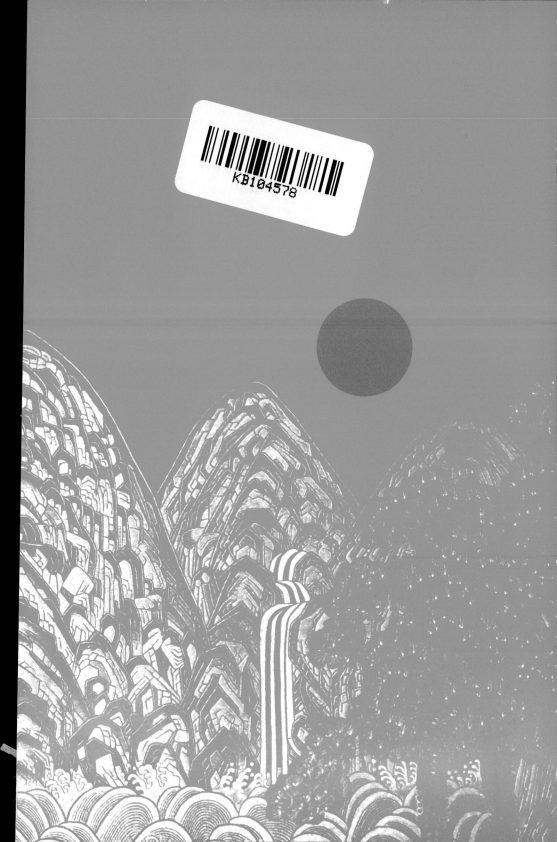

김효림

강남대학교 어문학부를 졸업하여, 동국대학교에서 문학석사, 강남대학교에서 문학박사 학위를 받았다. 현재 강남대학교에서 한국어 및 교양과목 강의를 하고 있으며 글쓰기 센터에서 글쓰기 지도를 하고 있다.

주요 저서로는 『조선시대 여성문학과 사상』(2003, 공저)이 있으며, 논문으로는 「조선시대 노비학자 서고청」(2005), 「허난설헌의 작품에 투영된 대립적인 공간」(2007), 「궁중문학에 나타난 통치자 연구」(2008), 「《삼국유사》에 나타난 통치자 연구」(2009), 「〈목련전〉의 소설적 전승양상 연구」(2009), 「《삼국사기》〈열전〉에 나타나는 통치자 연구」(2010) 등이 있다.

한국 설화에 나타난 통치자 형상

한국 설화에
나타난

# 통치자 형상

김효림

채륜

## 머리말

　처음 박사과정에 들어왔을 때 평생 궁중문학을 연구하신 지도교수님의 학문을 이어받기 위해 궁중문학이라는 주제로 범위를 정하고 지도교수님과 삼국시대부터 자료 검토를 하기 시작했다. 그동안 궁중문학은 여러 학자들이 제시한 개념과는 달리 범위를 조선시대의 '계축일기, 인현왕후전, 한중록' 이 세 작품으로 한정했으나, 지도교수님은 '봉건시대 최고의 통치자가 거처하던 궁궐과 그의 친족이 거처하던 궁가, 궁방에서 일어난 일들을 소재로 하거나 그곳에서 생활하는 사람들의 삶이 투영된 작품'을 궁중문학이라 정의하고 그 기원을 단군신화와 고주몽, 박혁거세 등 개국이나 건국의 내용을 담은 신화에 두었다. 이를 기반으로 문학적인 평가가 확인된 〈황조가〉, 〈서동요〉에서 《삼국사기》, 《고려사》, 《조선왕조실록》과 같은 정사나 《삼국유사》, 《연려실기술》의 야사까지 왕족들의 내면세계를 엿볼 수 있는 작품들을 궁중문학의 지평을 확대할 수 있는 작품으로 인식하고 자료 정리를 하기 시작한 것이다. 그 과정에서 필자는 통치자의 형상에 관심을 갖고 세 편의 소논문을 쓰면서 학위논문의 주제로 방향을 정했다.

　고금을 막론하고 통치자는 국민의 삶에 큰 영향을 미친다. 예를 들어, 조선 초기에 연산군은 폭군이 되어 정치를 제대로 하지 못했기 때문에 백성의 삶은 피폐해지고 국가와 사회는 폐망의 위기까지 갔으며, 연산군이 폐위된 후에도 그 여파는 오랫동안 남아 있었다. 또한 현대는 어떠한가? 한 나라를 대표하는 인물로 어떤 사람이 되느냐에 따라 나라의 발전 방향이 달라진다. 통치자의 관심 분야가 무엇인가에 따라 국가지원의 방향이 달라지기 때문이다. 이러한 문제의식을 갖고 '통치자의 형상'에 관심을 갖게 되었다. 특히 문학에 나타난 통치자의 형상이 역사와 문화를 얼마나 대변해 줄 수 있는지 의문이 들었다. 이는 비단 본인만의 관심이 아니며, 과거만의 문제가 아니라 현대인들도 그러하다.

현대인들은 리더십이 강한 사람이 되고 싶어 한다. 자기소개서에는 공장에서 찍어내는 것처럼 자신의 장점에 리더십이 강한 사람이라고 내세운다. 그리고 좋은 리더가 되기 위한 수많은 책들이 쏟아져 나오고 사람들은 항상 이런 책을 보며 훌륭한 리더가 되는 방법을 모색하고 있다. 그러나 우리 속담에 사공이 많으면 배가 산으로 간다는 말이 있다. 너도 나도 배를 끌려고 하기 때문에 우리 사회는 길을 잃었다. 길을 잃은 이 사회에서 현명한 길을 찾는 것은 쉽지 않다. 현명한 길을 찾기 위해서는 과거를 돌아보면서 잘못된 것은 바로잡고 좋은 것은 본받아 앞으로 나아가야 한다. 그러한 면에서 통치자의 형상을 연구하는 것은 현대인들에게 올바른 리더상을 제시하고 주변 인물들과의 관계를 재조명할 수 있는 기회가 되리라 기대한다.

이 책을 쓰면서 가족에게 가장 감사했다. 아버지를 떠나보내고 힘드셨을 엄마, 그리고 다른 가족들에게 감사하다. 그리고 배놓을 수 없는 분은 바로 지도교수님이신 정은임 교수님이시다. 제2의 어머니처럼 큰일에서 작은 일까지 늘 신경 써 주시고 배려해 주시며 격려해 주신 교수님 덕분에 지금의 내가 있다고 생각한다. 워낙 표현이 서툴러 이런 마음을 전할 길이 없었지만 이 기회를 빌어 진심으로 감사드린다고 전하고 싶다.

논문을 완성하고 부족함이 있어 같은 주제로 소논문을 썼다. 그래도 아직 가야할 길이 멀지만 그동안의 결과를 정리하는 차원에서 용기를 내어 책으로 엮게 되었다. 지금까지 지켜봐 주시고 격려해 주신 선생님들과 선후배에게 감사하며 앞으로도 계속 지켜봐 주시길 부탁드리는 바이다. 마지막으로 채륜에게 감사드리며 편집을 꼼꼼히 해주신 오세진 편집자님께 고마움을 전한다.

2016년 7월

김효림

# 차례

# 1부

# 삼국시대의 통치자 형상

1장

# 《삼국사기》와 《삼국유사》에 나타난 통치자 형상 연구

* 이 글은 2011년 강남대학교 박사학위논문 「삼국시대 서사문학 연구–《삼국사기》와 《삼국유사》에 나타난 통치자 형상을 중심으로」를 수정·보완하였다.

# 1. 들어가는 말

## 1) 연구 목적

　문화는 사회와 역사의 변화에 따라 발전한다. 문학도 마찬가지로 시대에 따라 그 형식과 내용을 달리할 수 있다. 특히 문학이 담고 있는 궁극의 내용은 모두 인간과 사회와의 관계에 관한 것이다. 이 관계는 인간을 통해 드러나기도 하고, 계층의 대립·갈등을 통해 드러나기도 하고, 당대를 살아가는 인간과 사회적 틀의 갈등으로 나타나기도 한다. 그래서 문학 속의 인물들은 누군가와 소통하고 싶어 한다. 그 소통의 내부적 대상은 작품 속의 문제적 상황을 야기한 인물人物이나 사회社會가 될 것이고, 외부적 대상은 독자讀者가 될 것이다. 이 독자의 범주에는 당대의 지배 이데올로기나 이를 유지하려는 지배층도 포함된다.[1]

　문학 속 인물들의 이야기는 그러한 독자들을 분명하게 염두에 두고 있기 때문에, 시대마다 인물의 성격이 조금씩 다를 수밖에 없다. 인물의 성격이 다른 만큼 인물의 성격을 창출하고 전개시켜 나가는 서사적 특징 또한 분명한 차이를 보인다.[2] 특히 서사문학은 삶의 조화로움이 파괴된 세계를 작품의 중심 문제로 설정하기도 하며, 이를 인물의 행위와 성격 창조를 통해 형상적으로 제기하는 방식을 택하므로 인물의 형상화가 작가와 향유층의 세계관과 지향에 따라 달라짐은 당

---

1　김용기, 「인물출생담을 통한 서사문학의 변모양상 연구」, 중앙대학교 박사학위논문, 2008, 1쪽.

2　위와 같음.

연하다.[3] 그러나 세련된 문학의 형태가 갖추어지기 전의 설화문학에서는 삶의 조화로움이 파괴된 세계가 작품의 중심 문제로 설정되지는 않는다. 이 시대는 조화로운 삶을 만들어가는 과정에 있기 때문에 파괴될 세계가 존재하지 않기 때문이다. 그렇다 하더라도 인간이 중심이 되어 형성이 되었고, 인간의 궁극적인 삶의 방향을 제시하려고 하는 점에서 작품 속에 설화문학의 인물 형상화는 세계관과 관련하여 당시 이야기를 만들어낸 사람과 향유층 간의 영향관계에 따른 결과물이다.

과학 기술의 발전이 없었던 시대에도 현대보다는 조금 느릴지는 모르겠지만 '말'은 당시 인간이 사용할 수 있는 모든 수단과 방법을 통해서 갈 수 있는 속도보다 훨씬 빠르게 확산될 수 있다. 일례로 〈서동요〉의 배경 설화에서 서동이 노래를 지어 아이들에게 퍼뜨리자 순식간에 도성 안으로 퍼지게 되었고, 결국 그 노래를 통해 서동은 선화공주를 아내로 맞이할 수 있었다. 이 이야기는 '말'의 위력이 어느 정도인가를 보여주고 있는 설화라고 할 수 있다. 특히 문자가 존재하지 않았던 시대에 '이야기'의 서사성은 거대한 힘을 가졌기 때문에 설화문학이 존재하게 된 것이고, 오늘날까지 그 힘이 전해지고 있는 것이다. 또한 설화문학은 인물을 중심으로 형성되어 전해진다. 그 이유는 이미 언급한 바와 같이 인간의 삶과 방향을 제시하려 했기 때문이다. 또한 과거와 현재, 미래는 연속적으로 존재하는 것이라서 이를 구분해서 생각할 수는 없다. 마찬가지로 문학도 과거, 현재, 미래가 서로 각각 단절된 것이 아니라 유기적으로 관계를 맺고 변화·발전해 왔다. 그러므로 문학의 원형을 연구하는 것은 문학 전체를 연구하는 것

---

3    김진영, 「흥부전의 인물형상」, 《인문학연구》 제5호, 경희대학교 인문학연구원, 2001, 112쪽.

과 같다. 이에 본고에서는 한국 문학의 초기 형태라고 할 수 있는 삼국시대 서사문학을 중심으로 설화문학의 인물 형상에 초점을 두고 역사적으로 가장 중심에 있는 통치자의 형상이 문학에서 어떤 양상으로 나타나며, 이러한 인물형상과 후대 문학과의 관계를 조명하는 데 목적을 두고자 한다.

국문학에 있어서 고려 이전의 시기를 '상고시대', '삼국시대'를 비롯하여 '중고시대', '고대', '중대', '반도시대' 등으로 부른다. 물론 이를 세분화하여 국문학의 시대구분을 한 학자들도 있으나, 대체적으로 '삼국시대', '상고', '중고'라 칭한다. 본고에서는 고려 이전의 시기를 '삼국시대'로 규정하여 연구를 할 것이다. 삼국시대 문학을 연구영역으로 설정한 이유는 이 시대의 문학이 방향을 제시한 문학의 초기 형태로서 후대 문학과의 관계를 조명하기에 적절하기 때문이다.

삼국시대의 서사문학으로는 대표적으로 《삼국유사》와 《삼국사기》 소재 작품들을 들 수 있다. 따라서 고전서사의 인물형을 연구하는 데 있어 《삼국유사》와 《삼국사기》는 그 원형을 제공해 주는 텍스트다. 더욱이 《삼국유사》와 《삼국사기》에 등장하는 인물유형들은 후대 문학의 인물창작에 지대한 영향을 미쳤다고 할 수 있으며, 현대 문학에도 직접·간접적으로 영향을 미치고 있다.[4] 물론 두 문헌 소재 작품들의 제작 시기가 고려시대라는 점에서 이들이 삼국시대를 대표한다는 것 자체가 무리라고 하는 의견이 있을 수 있다. 그러나 작품에 담고

---

4    역사적 사건을 소재로 다룬 일련의 현대문학 작품들이 있는데, 이들은 모두 조선시대는 물론 고려 이전의 역사적 기록을 통해 창작되고 있다. 특히 근래 〈주몽〉을 비롯해, 〈김수로〉, 〈태왕사신기〉 등의 TV 드라마를 보더라도 고려시대를 뛰어 넘어 삼국시대까지 거슬러 올라가고 있다. 이러한 시나리오들의 주된 자료는 다름 아닌 《삼국사기》와 《삼국유사》인데 이는 이들이 삼국시대의 사회상이나 문화상 등을 그대로 담고 있기 때문에 가능한 일이다.

있는 시대, 사회적 배경이나 세계관이 삼국시대를 대상으로 서술되었으므로 문학 연구에서는 이들을 삼국시대의 대표작이라 할 수 있다고 본다. 따라서 본고에서는 두 문헌에 있는 작품들을 삼국시대의 대표적인 문학으로 놓고 논의하고자 한다.

본고는 삼국시대 서사문학[5]을 대표하는 《삼국사기》 열전과 《삼국유사》를 중심으로 문학에 등장하는 '통치자'의 형상을 다각도로 살펴보고 후대 문학에 어떠한 영향을 주었는가를 연구하는 데 목적이 있다. 물론 《삼국사기》와 《삼국유사》는 역사서이기도 하지만 문학서로서의 성격이 강하게 드러난다. 이에 많은 학자들을 중심으로 지금까지도 두 작품의 성격과 찬술 목적 등에 대한 논의가 분분한 실정이다. 하지만 대체적으로 논자들은 이 두 문헌을 다양한 성격을 지니고 있는 종합적인 텍스트로 보고 있기 때문에 본고에서는 문학적인 성격, 특히 서사성에 주목하여 고찰을 하고자 한다.

먼저 '통치자'라는 용어의 개념을 정확히 규정할 필요가 있다. 통치자의 개념을 단순하게 '한 나라를 다스리는 인물'로 볼 때 명목적인 통치자와 실질적인 통치자가 있을 수 있다. 명목적인 통치자는 한 나라를 상징하는 인물을, 실질적인 통치자는 명목적인 통치자와 별도로 실질적으로 한 나라를 다스리는 인물을 가리킨다. 대표적으로 조선시대의 수렴청정垂簾聽政이나 섭정攝政을 그 예로 들 수 있듯이 명목적인

---

5  '서사문학'의 개념에 대해서는 서양에서 시작해 동양의 학자들에 의해 끊임없이 논의되고 있다. '서사'는 간단하게 말하자면 '이야기' 또는 '줄거리'가 있는 것을 의미한다. 그래서 '이야기'나 '줄거리'가 있는 운문 문학을 우리는 '서사시'라고 한다. 그러나 어떤 이야기가 이야기꾼의 마음속에만 있다면 그것은 아직 이야기가 아니다. 이야기꾼만 알고 있는 어떤 생각일 뿐이다. 즉 이야기라는 것은 정보전달의 과정이 있어야만 비로소 존재하게 되는 것이다. 따라서 '서사'는 이야기이면서 정보전달의 과정에 의해 존재하는 것이다.(오탁번·이남호, 『서사문학의 이해』, 고려대학교 출판부, 2010, 67쪽)

통치자와 실질적인 통치자가 함께 존재했다고 할 수 있다.

나아가 '통치자'의 의미는 통치의 개념에 따라 나라를 다스리는 왕에서부터 봉건시대 지방의 마을 촌장까지를 포함할 수 있으므로 '왕'과 '통치자'를 같은 개념으로 보는 것은 무리한 점이 있다. 또한 '왕'의 명칭들이 시대·상황에 따라 '왕', '임금', '군주', '황제' 등으로 불리기도 했으며, 특히 삼국시대에서는 '이사금', '마립간', '차차웅' 등여러 명칭으로 불린 바 있기 때문에 '왕'이라고 단정 지을 수도 없다.

플라톤의 통치자 개념은 당시대의 세속적인 통치자들과 그가 이상으로 구상하는 국가의 통치자로 나뉜다. 이 둘의 개념과 내용은 사실 완전히 다르지만 단어 즉 명칭 자체로는 명확히 구분되지 않는 경우가 많다.[6] 진정한 통치자란 지배자가 아니라 지배받는 자의 이익을 생각하는 사람으로서 선량한 사람들로 이루어진 나라의 지도자라고[7] 할수 있다. 이와 같이 통치자의 개념이 혼란스러울 수 있으나 본고에서는 통치자를 '법적으로 정한 한 나라의 최고 권력자', 즉 '원수나 지배자로서 주권을 행사하여 국민·국토를 지배하는 자'로 정의하고, '왕'또는 '여왕'과 동격의 의미로서 논의를 하고자 한다.

## 2) 선행연구

《삼국사기三國史記》와 《삼국유사三國遺事》는 삼국시대 서사문학을 대

---

6   김성윤, 「통치자 개념을 통한 Platon과 Machiavelli의 정치사상 비교-The Republic과 The Prince를 중심으로」, 고려대학교 석사학위논문, 1988, 21쪽.

7   Platon, The Republic, Tr. Allan Bloom(New York : Basic Books Inc. Publishers, 1968), 347쪽.(위의 논문, 30쪽에서 재인용)

표할 수 있는 자료다. 《삼국사기》는 기록을 목적으로 하였기 때문에 거기에 수록된 글 모두를 문학으로 보기는 어렵지만 그 중 열전은 여러 학자들에 의해 문학성을 인정받고 있다. 《삼국유사》는 향가와 신화, 전설, 민담, 일화를 수록하고 있다는 점에서 국문학 자료집이라고 할 수 있다. 그리고 《삼국유사》의 향가나 수많은 설화들도 우리 서사문학의 상상력과 주제, 형식 등의 원형을 보여 준다는 점에서 그 자체는 물론 후대 서사문학 연구에 지대한 파장을 보낸다[8]고 할 수 있다.

먼저 《삼국사기》는 역사서이자 문학서이기도 하므로 문학적 자료의 대상으로 많은 연구가 되었다. 특히 문학의 연구대상은 사실과 허구를 모두 포함한다. 문학의 사실적 측면은 그 사실성만으로도 우리에게 감동을 줄 수 있고, 허구는 그러한 감동 이외에도 흥미를 제공할수 있기에 문학의 연구대상이 될 수 있는 것이다. 그러한 면에서 사서史書의 열전列傳은 사실을 다루었다는 면에서도 충분히 문학의 연구대상이 될 수 있는 것이다. 즉 열전은 실존했던 역사적 인물의 행적을사실 그대로 기술하여 읽는 이에게 감동을 줄 수 있기에 문학적 연구대상이 될 수 있는 것이다.[9] 《삼국사기》 열전은 '전傳 문학'으로 인정을 받아 삼국시대 서사문학 연구에 중요한 자료로서 그 역할을 담당하고 있다. 따라서 그동안 《삼국사기》 열전의 문학적인 특성에 대한 연구가 활발히 진행되어 왔다.

우선 김태준[10] 이래의 대부분 학자들은 《삼국사기》 열전을 설화로 취급하여 막연히 소설의 전신前身으로 다루어 왔다. 이와 관련하여

---

8    박진태 외, 『《삼국유사》의 종합적 연구』, 박이정, 156쪽.

9    박경열, 「열전의 소설적 가능성에 대한 연구-《삼국사기》와 고려사를 중심으로-」, 건국대학교 석사학위논문, 1996, 1쪽.

10   김태준, 『한국소설사』, 학예사, 1939.

《삼국사기》의 열전에 대하여 '전傳' 문학으로서 연구가 되어왔다.[11] 그 중 전傳의 타 장르와의 관련성에 대한 연구 중에 설화와 관련시켜 고찰한 연구[12]가 있다. 이러한 연구는 열전에 설화적 요소가 개입되어 있음에 주목하여 열전이 갖는 타 장르와의 관련양상을 살핀 것이다. 이것은 열전과 설화의 관련성에 있어서 설화적인 요소로만 연구하여 열전의 문학적 변이와 열전 자체의 속성에 대해서는 고찰하지 못했다. 전傳을 소설과 관련시켜 논의한 연구[13]가 있는데, 이 연구들은 전

---

11  심정섭, 「《삼국사기》열전의 문학적 고찰」, 『문학과 지성』, 문학과 지성사, 1979.
    권오성, 『《삼국사기》열전의 문학적 연구』, 영남대학교, 1981.
    김혜숙, 「전·書事(記事)·野談의 대비적 고찰」, 『한국판소리·고전문학연구』, (강한영교수고희논문집), 아세아문화사, 1983.
    박혜숙, 「고려후기 전의 전개와 사대부의식」, 《관악어문연구》 11, 서울대학교국어국문학과, 1986.
    이상설, 「고려전기문학의 형성과 발전에 관한 연구」, 《명지어문학》 17·18, 명지어문학회, 1986.
    박희병, 「고려후기-선초의 인물형 연구」, 《부산한문학연구》 2, 부산한문학회, 1987.
    임형택, 「《삼국사기》열전의 문학성」, 《한국한문학연구》제12집, 한국한문학연구회, 1995.
    곽정식, 『한국 전문학의 이해』, 경성대학교 출판부, 1998.
    장덕순, 『한국문학사』, 동화문학사, 2002,
    조진곤, 「한·중 영웅열전의 비교연구-사기, 《삼국사기》소재 영웅열전을 중심으로」, 대구대학교 석사학위논문, 2004.

12  박두포, 「《삼국사기》열전의 설화성-傳記설화로서의 성립에 대하여」, 《청구공전논문집》 1, 1964.
    장덕순, 『한국설화문학연구』, (성산장덕순선생저작집 3), 박이정, 1995.

13  윤영옥, 「《삼국사기》열전 김유신고」, 《동양문화》 14·15, 영남대동양문화연구소, 1974.
    조태영, 「열녀전유형에서의 전형식의 발전에 관하여」, 『한국판소리·고전문학연구』, (강한영교수고희논문집), 1983.
    김용덕, 「한국전기소설고」1, 《한국학논집》 5, 한양대국어학연구회, 1984.
    조태영, 「전의 서술양식의 원리와 그 변동의 원리」, 《한국문화연구》 2, 경기대한국문화연구소, 1985.
    곽정식, 「전문학의 장르적 성격과 소설적 한계」, 《동의어문논집》 4, 동의대학교국어국문학과, 1988.
    박희병, 「한국문학에 있어 전과 소설의 관계양상」, 《한국문학연구》 12, 한국한문학회, 1989.
    안창수, 「〈전〉연구의 양상과 과제」, 《영남어문학》 19, 영남어문학회, 1991.
    김명순, 「전과 소설-그 관련양상을 중심으로」, 『황패강교수정년퇴임기념논총』 2, 일지사,

傳이 소설과 관련된 원인을 내부에서 찾으려는 연구들로 전 자체의 다양한 성격과 작가의식에서 기인한 것이라 보고 있다. 이러한 연구들은 대부분《삼국사기》열전의 '전傳'이라는 문학성에 주목하여 장르적 특징에만 초점을 맞추어 진행되었다. 따라서 장르적 특징이 아닌 작품에 내재해 있는 서사의 구성요소에 관심을 가진 연구는 희소하다.

다음으로《삼국사기》와 함께 본고의 대상으로 삼은《삼국유사三國遺事》에는 총 9항목에 걸쳐 139편의 설화가 수록되어 있다. 그리고 여기에는 신화神話·전설傳說·민담民譚·불교설화가 포함되어 있다. 또한《삼국유사》에는 고대시가도 수록되어 있는데다가 방대한 양의 찬시讚詩가 부록되어 있어,《삼국유사》는 문예적인 설화집성[14]이라고 할 수 있다.

《삼국유사》에 관한 연구는 최남선의 논의를 시작으로 하여[15] 연구 성과가 매우 풍부하다. 불교사학연구소 편《증보삼국유사연구논저목록》을 근거로 하면《삼국유사》에 대한 연구논저는 1894년부터 1995년까지 약 2,300편이 넘는다고 한다.[16] 그 분야에 있어서도 문학·어학·사학·종교학·민속학·고고학·미술사학 등 여러 학문에 걸쳐 다양하다. 이렇듯 그동안의 연구 성과에 따르면《삼국유사三國遺事》는 승僧 일연一然이 저술한 우리나라 고대의 역사서로, 신화학, 국문학, 민속

---

1993.

14   황패강, 「《삼국유사》 해제」, 『《삼국유사》의 문학적 탐구』, 화경고전문학연구회, 이회, 2008, 37쪽.

15   최남선, 「《삼국유사》 해제」,《계명》 제18호, 계명구락부, 1927.

16   김영태, 「《삼국유사》의 체재와 그 성격」,《동국대논문집》 13, 동국대학교, 1974.
     김태영, 「《삼국유사》에 보이는 일연의 역사인식」,《경희사학》 5, 경희대학교, 1974.
     소재영, 「《삼국유사》에 비친 일연의 설화의식」,《숭전어문학》 3, 1974.
     김상현, 「《삼국유사》에 나타난 일연의 불교사관」,《한국사연구》 20, 한국사연구회, 1978.
     고익진, 「《삼국유사》 撰述考」,《한국사연구》 38, 한국사연구회, 1982.

학, 불교학, 역사학 등의 연구대상이 되어 왔다.[17] 즉 《삼국유사》는 '유사遺事'라는 말에서 알 수 있듯이 성격이 포괄적이며 다양한 종류의 기록이 함께 어울려 있기 때문에 일면적으로 접근한다면 곤란할 것이다. 《삼국유사》가 일연의 역사인식에 따라 다양한 역사서를 참고하여 찬술한 것이라고 하더라도 거기에 실려 있는 다양한 문학적 텍스트들은 《삼국사기》보다 강한 문학성을 지니고 있음을 확인할 수 있다.

지금까지 이루어진 논의들은 연구자의 관심에 따라 《삼국유사》를 하나의 역사서로만 보고 있기 때문에 작품의 내면세계에 대한 연구보다는 역사기록적인 측면에서 저자, 찬술 목적 및 시기, 방법, 작품의 성격 등에 국한하여 연구가 진행되었다. 이러한 연구성과에 입각해 《삼국유사》를 다양한 성격으로 나누어 정리할 수 있는데, 그 중에서 설화집이라고 할 수 있는 문학적 성격에 주목해야 한다. 이에 황패강은 불교설화를 일곱 가지로 분류하고, 보살이 중생구제를 행하는 보살설화의 특수한 위치를 살폈다.[18] 또한 그는 《삼국유사》에 등장하는 미륵과 용신龍神 등의 존재들을 통해, 《삼국유사》의 사상적 바탕을 규정하고, 편찬차 일연의 의도를 밝히려 했다.[19] 한편 조동일은 불교설화 및 신화, 향가의 연구 대상으로서 《삼국유사》에 대한 종합적 연구와 함께 구전설화와의 관련양상에도 주목할 것을 역설하여, 《삼국유사》를 문학 연구의 대상으로 올려놓았다.[20] 또한 《삼국유사》의 종합적

17  이러한 연구는 1987년에 간행된 정신문화연구원의 『《삼국유사》의 종합적 검토』를 참조하면 그 폭과 깊이를 알 수 있다.(박진태 외, 앞의 책, 2002)

18  황패강, 『신라불교설화연구』, 일지사, 1975.

19  황패강, 「《삼국유사》와 불교설화」, 동북아세아연구회, 『《삼국유사》의 연구』, 중앙출판, 1982.

20  조동일, 「《삼국유사》 설화 연구의 문제와 방향」, 《신라문화제학술발표회논문집》 1, 동국대학교 신라문화연구소, 1980.

연구를 통해《삼국유사》연구가 나아가야 할 방향을 제시하였다.[21]

이상 다양한 분야에서 두 문헌의 문학적인 특성에 대한 연구가 활발히 진행되었고, 문학서로서 인정받은 상태지만《삼국사기》열전과 《삼국유사》자체를 문학적 텍스트로써 작품의 내면세계를 다룬 논문은 드물다. 특히 두 문헌에 등장하는 인물 유형을 연구한 결과는 거의 없다. 이에 본고에서는《삼국사기》열전과《삼국유사》에 나오는 인물형상 중 통치자를 중심으로 살펴보고 후대 문학과의 영향관계를 연구하고자 한다.

먼저 이와 관련된 연구는 석사논문을 중심으로 된 연구 성과가 몇몇 보인다.[22] 그러나 연구 범위가 협소하고, '인물형상'이라는 논문의 주제와 맞지 않게 구조중심이나 하나의 화소話素로 연구가 진행되었다는 한계점을 가지고 있다.

다만 이상설이《삼국유사》를 대상으로 인물설화의 소설화 과정에 대해 논의한 바가 있다. 그는《삼국유사》소재 인물설화를 서사시학적으로 분석하여 추출된 서사문학의 원형을 토대로 후대 고소설과의 연관관계까지 밝히고 있다. 특히《삼국유사》에 나오는 '영웅이야기, 남녀 간의 사랑이야기, 효선 이야기, 세태 풍자 이야기' 등으로 유형화하여 '영웅소설, 애정소설, 효행소설, 풍자소설' 등과의 영향관계에 대해 논의를 했다.[23] 그러나 그의 논문은 주제별로 설화를 유형화하여, 서사구조를 나누고 그 안에서 인물의 특징을 찾아내어 소설화되

---

21 조동일, 「《삼국유사》 소재설화의 성격」, 《동양학국제학술회의논문집》 3, 성균관대학교 대동문화연구원, 1985.

22 권오성, 「《삼국사기》 열전의 문학적 연구」, 충남대학교 석사학위논문, 1981.
어현숙, 「신라왕 설화연구-《삼국유사》를 중심으로」, 이화여자대학교 석사학위논문, 1986.

23 이상설, 「《삼국유사》 인물설화의 소설화 과정 연구」, 명지대학교 박사학위논문, 1994.

는 과정에 초점을 맞추었을 뿐 인물유형에 대한 연구는 아니다. 즉 주제에 맞는 인물설화를 찾아내어 서사구조를 분석하여 어떠한 방식으로 소설화되었는지 연구한 것이다. 따라서 삼국시대 서사문학 전체에 드러나는 인물유형의 특징에 대한 논의는 아니다.

박종익은《삼국유사》소재 설화작품의 주변인물 중 특히 신이원조자神異援助者를 중심으로 논의를 하였다. 그는 원조자의 유형을 크게 천신형天神型과 불보살형佛菩薩型으로 구분하여 그들의 기능과 역할에 대해 논의하였다.[24] 전주경은 이러한 연구를 바탕으로《삼국유사》에 나타나는 초월적 조력자를 두 가지 유형으로 분류하여 그들의 형상과 기능에 대해 논의하여 서사적 효과와 더불어 불교서사 전통의 계승과 변용의 문학사적 의의를 규명하였다.[25] 이와 같은 연구는《삼국유사》 소재 인물 중 원조자나 조력자를 유형화하여 연구하였으나 작품에 등장하는 인물군의 중요성을 생각하더라도 조력자보다는 서사구조에 있어서 핵심인물을 중심으로 연구가 진행되어야 한다. 즉 작품집 분량의 3/5을 차지하는 기이편만 보더라도 서술 중심이 '왕'이나 '여왕'인 통치자라고 할 수 있다. 그러나 지금까지 인물유형에 관한 연구가 다방면으로 이루어져 왔지만 핵심인물인 통치자에 관한 연구는 미미微微한 편이다.

《삼국유사》와 달리《삼국사기》열전에 나타나는 인물을 연구한 바는 지금까지 없다. 다만 박경열은《삼국사기》와《고려사》열전의 소설적 가능성에 대해 열전의 전기적 요소를 통해 전기소설과 영웅소설

---

24  박종익, 「《삼국유사》 설화의 인물 소고-신이원조자를 중심으로」, 《한국언어문학》 제33집, 한국언어문학회, 1994.

25  전주경, 「《삼국유사》 소재 설화의 초월적 조력자 연구」, 서울대학교 석사학위논문, 2010.

로의 변이에 대한 가능성을 제시하였을 뿐이다.[26] 특히 영웅소설에 대한 논의에서는 영웅의 형상이 아니라 주제적 측면에서 논의하였기 때문에 인물연구라고 보기 어려우며, 열전의 전기적 특성만으로 삼국시대의 문학적 특징을 규명할 수 없을 뿐만 아니라 시대와 역사에 따른 문학적 상관성을 밝히는 데 무리가 있다.

지금까지 정리한 연구에 의하면 문학적 텍스트로서의 《삼국유사》는 역사서로서, 문학서로서 활발한 연구가 진행되어 왔지만 인물형상에 대한 연구는 희소稀疎하다. 게다가 원조자나 조력자를 중심으로 연구가 진행되었고, 그 성과가 드물 뿐만 아니라 통치자에 대한 연구는 없다. 또한 《삼국사기》 열전도 '전傳'의 서술방식에 따라 문학적인 특성이 연구된 바 있다. 그러나 이러한 연구도 《삼국사기》 열전의 문학적 특성을 규명하는 데 급급하였고, 인물형상을 중심으로 한 연구는 없다.

인물설화에서는 인물 형상이 서사구조에 미치는 영향력은 크다고 할 수 있으며, 이러한 다양한 인물 형상이 후대 문학의 다양화에 지대한 영향을 미쳤다고 할 수 있다. 따라서 본고에서는 《삼국사기》 열전과 《삼국유사》 속에 있는 인물 중 통치자의 형상을 여러 가지 특징별로 유형화시키고, 후대문학에 등장하는 인물들과의 영향관계를 고려하여 삼국시대 서사문학의 문학사적 의의를 탐구하고자 한다.

---

26    박경열, 앞의 논문.

## 3) 연구 방법 및 범위

소설과 마찬가지로 설화의 중요 요소 가운데 하나가 인물이다. 대개의 문헌설화가 그러하듯 고대의 설화들은 주인공을 중심으로 한 일화逸話 내지 전기적 서사양태를 취하고 있다. 《삼국사기》, 《삼국유사》 등에서 보듯이 왕이나 고승高僧, 영웅적 인물 등 개별 주인공을 중심으로 한 삶의 흔적이 설화를 이루는 중심체가 되는 것이다. 설화의 중심인물이 신인神人이나 영웅英雄이 아닌 평범한 인물인 경우도 마찬가지이다. 설화를 이끌어가는 작품의 중심은 역시 주인공이다. 이처럼 설화 작품에서의 인물, 특히 주인공은 작품의 근간임을 부인할 수 없다. 이런 면에서 설화의 주인공들에 관한 논의가 전개되어 왔다. 그러나 설화에서의 인물은 평면적이고 유형화된 인물이라는 특성을 가지고 있다. 이를테면 신이출생神異出生의 신화적 인물군, 영웅적 인물군, 신이적 승려군 등은 삶의 궤적의 측면에서, 성격형성이나 행위 양식이 지극히 단순하고 획일적인 것이다. 이것은 설화의 간결한 양식성을 말하면서 동시에 설화 인물의 전형성을 보여주는 것이기도 하다.[27] 이러한 설화에 나타난 인물의 전형성은 어떠한 방식으로든 후대 문학의 인물 유형 형성에 큰 영향을 끼쳤다. 그 중 건국신화를 비롯한 설화 속에 나타나는 인물들 중 한 나라를 통치하는 통치자들의 인물유형은 후대에 유행되는 설화와 조선 초에 발생된 고소설에서 영웅으로서의 주인공으로 유전되어 후대 문학의 인물형상에 많은 영향을 끼쳤다고 할 수 있다.

이상의 연구목적을 이루기 위해 먼저 두 문헌에 나타난 통치자의

---

27    위의 논문, 143쪽.

인물 형상을 세 가지 측면에서 논의하려고 한다. 즉 '통치자의 신성성神聖性, 통치자로서의 면모, 통치자로서의 자질'이라는 측면에서 통치자의 형상을 구체적으로 살피려 한다. 먼저 삼국시대 서사문학에 등장하는 통치자에게 있어 기본적인 화소가 바로 신성성神聖性에 대한 문제다. 따라서 통치자의 신성성神聖性은 한 나라를 건국함에 있어, 또한 나라의 통치자로서 신하와 백성들에게 군림할 때 가장 근본적인 역할을 하게 된다. 반면 통치자로서 신성성神聖性을 상실하게 되면 결국 나라와 통치자가 모두 망하게 되는 극한적인 상황에까지 이르게 되므로 신성성神聖性은 사건 전개에 있어 적지 않은 영향을 미친다고 할 수 있다.

다음으로 통치자로서의 면모가 어떤 형상으로 서술되느냐에 따라 통치자로서의 정당성에 영향을 줄 수 있다. 통치자로서의 능력이 인정되면 그 정당성이 굳어지고, 통치자로서의 능력이 없으면 새로운 통치자가 등장하는 계기가 된다. 그리고 서사에 나타나는 통치자로서의 능력 대결 구조에 있어서 승자는 통치자로서의 정당성을 획득하게 되고, 패자는 통치자로서의 정당성을 상실하게 된다. 따라서 통치자로서의 면모에 있어서 유능한 통치자와 무능한 통치자로 나누어 살펴볼 것이다.

마지막으로 통치자의 자질은 신성성과 관계가 깊다. 즉 통치자의 자질은 백성을 생각하고, 나라를 잘 다스리려고 노력하려는 마음으로 천의天意를 실행하는 것이며, 천의를 실행하려고 하는 통치자를 신神은 돕는다고 했다. 다시 말하면 통치자는 백성을 위해 노력하는 도덕적이고 윤리적인 자질을 갖추어야 백성의 마음을 얻어 천의를 실행하게 되는 것이다. 만약 백성을 위하는 통치자로서의 마음을 잃게 되면 통치자는 천의를 잃게 되고, 천의의 심판에 따라 신성성을 상실하게 된다. 신성성을 상실하게 된다는 것은 통치자로서의 정당성이 사라지게 되므로 통치권을 빼앗기거나 나라를 멸망하게 하는 원인이 된다. 따라서 통치자의 자질이 긍정적이냐 부정적이냐에 따라 서사구조와 어떤 관계에 놓이게 되는지 살펴볼 것이다.

다음으로 통치자를 도와주는 조력자의 형상에 대해 논의하고자 한다. 본고에서는 작품 분석에 따라 삼국시대 서사문학에 등장하는 조력자를 크게 신이형神異型 조력자와 인간형人間型 조력자로 나누어 논의하려고 한다. 여기에서 신이형 조력자를 먼저 언급한 이유는 삼국시대 서사문학에서 초기 조력자의 형상이 초월적인 존재로 나타나기 때문이다. 따라서 서술상 본고에서는 신이형 조력자에 대해 먼저 논의하겠다. 신이형 조력자는 대부분 통치자가 통치자로서 자격을 갖추었을 경우 통치자가 건국建國을 하거나 통치함에 있어 어려움을 겪을 때 나타난다. 또한 통치자가 자격을 갖추지 않았을 경우 오히려 초월적 존재는 신성성을 상실하게 하는 역할을 하기도 한다. 따라서 초월적 조력자의 형상은 서사전개에 있어 통치자의 형상과 깊은 관련이 있다. 그러나 인간형 조력자는 통치자가 자격을 갖추지 않았더라도 통치자를 돕는 역할로서 충신형忠臣型과 지략가형智略家型으로 등장하게 된다. 긍정적인 통치자의 형상에서는 충신형 조력자가 통치자의 긍정적인 면모를 강조하는 반면, 부정적인 형상에서는 부정적인 통치자를 통해 충신형 조력자의 형상인 충忠을 강조하는 서술적 특징이 보인다. 한편 지략가형은 일반인인 통치자가 왕권을 획득하는 과정에서 도움을 주거나 통치에 있어서 어려움을 겪었을 때 묘안을 제시하는 등의 역할을 한다. 이 유형의 조력자는 통치자가 왕위를 잇게 되는 순간 권력의 중심에 들어가게 된다. 이와 같이 본고에서는 통치자에 따른 조력자의 다양한 형상에 대해 논의하고자 한다.

이어서 통치자의 신이적神異的인 결연과 계략적計略的인 결연과정에 대해 논의할 것이다. 먼저 신이한 결연에는 통치자와 배우자의 결연 과정에서 드러나는 신이한 형상의 의의를 알아보려고 한다. 인간은 역사적인 존재로서 과거에 뿌리를 두고 있으며 미래로 이어져 과거와 미래를 연결한다. 이렇게 볼 때 종족보존種族保存은 인간의 역사에서 중요한 위치를 차지하고 있는 것이다. 이러한 종족보존을 가능하게 하는 것은 양성兩性의 결합으로 성립하는 혼인婚姻이라고 할 수 있으므로 인간의 역사는 혼인을 통해 유지된다고 할 수 있다. 나아가 역사적인 측면에서 통치자의 혼인은 음양오행설陰陽五行說을 따르는 동양적인 사상과도 관계가 깊은데, 한 나라를 이끌어 가는 통치자는 결연을 통해 음陰과 양陽의 조화를 이루어 한 나라의 안정된 모습을 상징하고, 후계자를 탄생시켜 왕권을 정착시키는 데 있다. 다음으로 통치자와 배우자의 결연에 있어서 계략적인 형상에 대해 논의하고자 한다. 이는 통치자가 혼인을 신성하게만 생각한 것이 아니라 정치적인 욕구를 충족시키고, 통치자로서의 뛰어난 능력을 보여주는 역할로 이용했음을 알 수 있다. 이는 통치자의 계략적인 혼인을 통해 제왕帝王으로 신분이 바뀌게 되고, 이에 따라 서사구조에 큰 영향을 미치기 때문이다. 따라서 이러한 통치자의 결연양상은 통치자의 자질 이상으로 사건 전개에 중요한 요소가 될 수 있는 것이다.

마지막으로 통치자 형상의 소설적 변이양상에서는 앞서 살펴본 통치자의 형상이 후대 문학에 어떠한 영향을 미쳤는가를 후대문학 중 가장 관계가 깊다고 여기는 '영웅소설'과 '풍자소설'의 두 가지 측면을 중심으로 논의하고자 한다. 이에 앞서 통치자의 형상을 긍정적인 면모와 부정적인 면모로 분류하여 살펴보았는데, 통치자의 긍정적인 면모는 영웅소설에 등장하는 주요 인물인 영웅의 형상과 비교할 수 있을 것이다. 통치자의 부정적인 면모는 풍자소설에 있어 풍자대상에 대한 비판의식과 풍자적 서술요소와 비교하여 유사점을 발견할 수 있을 것이다. 이와 같은 과정을 통해 작품 속 인물의 성격과 서사적 특징을 통시적通時的으로 천착해 볼 수 있으며, 거기서 관찰되는 특징과 변모과정을 통해 서사문학의 변화를 규명할 수 있을 것이다.[28] 이러한 문제의식을 해결하는 과정에서 후대 문학의 인물형상에 있어 중요한 모티브를 제공했다는 점을 통해 삼국시대 서사문학의 문학사적 의의를 밝히고자 한다.

## 2. 통치자로서의 자격조건에 따른 형상

### 1) 신성성神聖性

일반적으로 신神이 등장하는 서사물을 '신화神話'라고 한다. 신화는 그 자체 고대의 문학 장르이면서 후대 문학의 원류이다.[29] 또한 신화는 신화와 역사, 문학과 역사가 하나로 통하는 시대의 산물이다.[30] 그러나 학문적 의미에서는 신神이 소재 차원에서 등장하는 이야기를 신화라고 정의할 수는 없다. 신은 각종 설화나 서사무가, 심지어 소설에도 등장하기 때문이다. 현대에도 원초原初관념이 없을 수 없으므로 신이 나오는 서사물을 창작할 수 있다. 그러나 이 신들이 구현하는 신성

---

28  김용기, 앞의 논문, 2~3쪽.

29  현용준, 「고대신화와 한국문학의 원류」, 『한국문학연구입문』, 황패강 외 편, 지식산업사, 1982, 89~91쪽.

30  박상란, 「신라·가야 건국신화의 체계화 과정 연구」, 동국대학교 박사학위논문, 1999, 1쪽.

성神聖性에는 질적 차이가 있다. 따라서 신화의 장르적 특징으로 인정되어 온 '신성성神聖性'이라는 가치가 서사의 어느 지점에서 어떠한 방식으로 구성되고 있는지 재고할 필요가 있다.[31] 본고에서는 삼국시대 서사문학에서 신성성이 갖는 의미를 통치자의 형상을 통해 살펴보고자 한다. 특히 신성성神聖性이 성립될 때와 상실될 때 나타나는 통치자의 형상이 이야기의 전개에 어떤 영향을 미치게 되는지 알아보고자 한다.

### (1) 신성성神聖性의 성립

건국신화는 역사적 사실과 건국주들을 중심으로 한 이야기로 건국주가 나라를 세워 통치하게 되는 과정을 서술하고 있다.[32] 따라서 건국신화에 등장하는 통치자는 건국주로서 신성성神聖性이 성립되고, 그들의 후손 또한 건국주의 후손이므로 천손天孫임을 부정할 수 없다. 따라서 이미 건국신화에서 건국주의 신성성을 이어받은 후대의 통치자들은 신성성을 따로 입증할 필요가 없다. 그러나 건국주의 후예가 아닌 일반 백성이 통치자가 될 경우 신성성의 성립에 대한 화소話素가 등장한다. 이러한 특징에 따라서 두 부류로 나누어 살펴보도록 하겠다.

#### 가. 건국신화建國神話

엘리아데Mircea Eliade는 신화神話는 신성한 역사歷史를 이야기한다고 했다. 그것은 원초의 시간, 태초의 신화적 시대에 일어난 사건事件을 이야기하는 것이며, 창조에 대한 설명으로서 어떤 사건이 어떻

---

31  윤혜신, 「한국신화의 입사의례적 탄생담 연구」, 연세대학교 박사학위논문, 2002, 1쪽.
32  박현숙, 「백제 건국신화의 형성과정과 그 의미」, 《한국고대사연구》 39, 2005, 32쪽.

게 존재하기 시작했는가를 이야기한다. 신화神話는 언제나 실재에 관여하는 것이라고 보았다. 이러한 신화神話의 강력한 힘을 극단적으로 보여주고 있는 것이 우리 역사 속에서는 건국신화建國神話라고 할 수 있다.[33]

건국신화에 대한 초기 연구는 주로 신라의 기원과 관련하여 신화속에 내포된 역사적 사실성만을 규명하고자 하였다.[34] 그러나 신화란 것은 반드시 그 속에 내포된 역사적 사실만이 중요한 것이 아니다. 그 자체가 해당 시대의 다양한 모습들을 여실히 보여주고 있는 것이다. 특히 건국신화에 등장하는 건국주는 통치자로서 신화의 주인공이면서 후대의 이야기를 이어가게 하는 원동력이 된다.

한국의 대표적인 건국신화는 《삼국유사》에 나오는 단군신화, 혁거세신화, 주몽신화, 수로왕신화가 있다. 그들의 탄생과정과 건국이야기는 현재 끊임없는 신화소神話素의 의미로 논의의 대상이 되어 왔다. 그러나 찬자는 《삼국유사》의 서를 통해, '기이紀異'를 첫머리에 놓은 이유로서 신이神異를 들었다. 제왕이 일어날 때에는 보통 사람과는 다른 신이한 전조를 보이기 마련이며 이상할 것이 없다는 것이 그 이유였다.[35]

신화에 등장하는 건국주建國主들은 한결같이 그들의 존재에 대해서 경외심과 더불어 결코 침범할 수 없는 인물의 조건을 갖추고 있다. 이는 건국주의 속성상 그들을 믿는 사람이 없을 때 그들의 존재 이유가 사라지기 때문이다.[36] 탄생誕生은 신성神聖한 것이고, 그것이 주는

---

33    심치열·박정혜, 『신화의 세계』, 성신여자대학교출판부, 2005, 1~3쪽.

34    김열규, 『한국의 신화』, 일조각, 1983, 136쪽.

35    이소라, 「《삼국유사》의 서술 방식 연구」, 서울여자대학교 박사학위논문, 2003, 150쪽.

36    황패강, 「혁거세 신화론고」, 『한국서사문학연구』, 단국대출판부, 1972, 204쪽.

의미 또한 다양하다. 특히, 신화에서 엿볼 수 있는 '신이적 탄생'은 신화적 인물의 신화적 성격을 규정하는 가장 중요한 조건이 된다. 신화적 인물의 탄생은 우주와 자연 질서의 개시라는 의미를 가지며, 그들의 탄생은 곧 그들의 운명을 지시하는 것이다.[37] 또한 신화적 인물의 탄생에서 볼 수 있는 몇 가지 신이神異한 특징들은 왕권의 정당성 내지는 그 근거의 제시와 밀접한 관계를 가지고 있다. 환언하면, 그들은 신이한 탄생 과정을 거침으로써, 그가 지니고 있는 왕권의 정당성을 그 구성원들로부터 인정받을 수 있다는 것을 나타내는 것이다.[38] 그러므로 건국신화 속의 인물들은 보통 사람과는 달리 천신天神의 혈통이나 범인과는 다른 행동이나 뛰어난 통솔력을 갖춘 인물로 전형화되어 나타난다. 이는 나라를 다스리는 체제상 지배계급과 피지배 계급으로 나눌 때 지배 계층의 최고 위치에 자리하고 있으면서 백성들의 정신적 구심점의 역할을 할 통치자들은 다른 인물들과는 변별되는 신이한 요소가 있어야 하기 때문이다. 그러나 그 요소들 중에서 가장 중요한 조건은 통치자의 혈통이므로 탄생에서 제시되어야 한다.

문화가 발전되지 않았던 삼국시대의 절대적인 권위자는 종교적·정치적 지도자였다. 특히 한 나라를 건국하는 데 있어 건국주는 범인凡人과는 다른 정확하고 확실한 명분이 있어야 지배에 대한 정당성과 백성들의 신뢰를 얻게 되는 것이다. 이는 대체로 건국주의 혈통에서 찾을 수 있는데 탄생과정에서 신성한 혈통을 제시한다.

단군신화는 고조선의 건국주이자 통치자인 단군의 신비한 탄생과

---

37  황패강, 「박혁거세신화의 연구」, 『한국신화의 연구』, 새문사, 2006, 19쪽.

38  김화경, 「신라 건국 설화의 연구-우주관과 문학적 성격의 구명을 중심으로 한 고찰」, 《민족
    문화논총》 6, 영남대학교 민족문화연구소, 1984, 3쪽.

정을 세밀하게 서술하고 있다. 여기에서 단군은 건국신화를 통해 나라를 다스리는 통치자의 모습이 아니라 신의 혈통을 가진 점을 부각시켜 그의 신神적인 혈통과 함께 신성성神聖性을 부각시키고 있다.

『고기』古記에는 이렇게 적혀 있다.

옛날 환인桓因의 서자庶子 환웅桓雄이 자주 천하에 뜻을 두어 인간 세상을 얻기 원했다. 아버지가 아들의 뜻을 알고 내려다보았더니 (그 땅에는) 세 가지 위험이 있었으며, 태백산이 인간 세상을 널리 이롭게 할 만한 곳이었다. 그래서 천부인天符印 세 개를 주고 가서 다스리게 했다. 환웅이 삼천 무리를 거느리고 태백산 마루 신단수神檀樹 아래 내려와 그곳을 신시神市라 했으니, 이분이 바로 환웅천황이다.

(중략)

이때 곰 한 마리와 범 한 마리가 같은 동굴에 살면서 항상 신인 환웅에게 빌어 사람으로 변화하기를 원했다. 그러자 신인이 신령스러운 쑥 한 다발과 마늘 스무 개를 주면서 '너희들이 이것을 먹고 백일 동안 햇빛을 보지 않으면 곧 사람의 모습을 얻을 수 있다'고 말했다. 곰과 범이 이것을 얻어 먹으면서 삼칠일을 참은 끝에 곰은 여자의 몸을 얻었지만, 범은 참지 못해 사람의 몸을 얻지 못했다. 곰네는 더불어 혼인할 사람이 없으므로 늘 신단수 밑에서 잉태할 수 있게 해 달라고 빌었다. 환웅이 잠시 사람으로 변해 혼인하고, 아들을 잉태해 낳으니 '단군 왕검'이라고 불렀다.[39]

---

39  일연, 리가원·허경진 역, 『《삼국유사》』, 한길사, 2008, 64~67쪽. (이하 작품명과 페이지만 밝히도록 한다.)『古記』云, "昔有桓因庶子桓雄, 數意天下, 貪求人世, 父知子意, 下視三危, 太伯可以弘益人間, 乃授天符印三箇, 遣往理之. 雄率徒三千, 降於太伯山頂神壇樹下, 謂之神市, 是謂桓雄天王也. (중략) 時有一熊·一虎, 同穴而居, 常祈于神雄, 願化爲

단군의 조부祖父는 환인이며 부친은 환인의 서자庶子 환웅이다. 곰
과 호랑이의 일화에서 고통을 인내한 곰이 인간으로 되고 여인이 된
곰은 환웅과 혼인하여 단군을 낳는다. 즉 단군은 원천적으로 곰이라
는 동물을 모태로 하고 있지만 환웅의 아들로서 천신天神인 환인의 직
속혈통이 된다. 여기서 한 가지 환웅은 환인의 서자庶子라는 점이 특
이하다. 신화로서 백성들의 무조건적인 신뢰를 받기 위해서는 서자庶
子라는 신분보다는 장자長子가 더 설득력을 가진다. 둘의 구분이 조선
시대에 강화되었다고는 하지만 그 이전부터 우리나라는 장자 중심의
사회로 나라를 건국하는 데 건국주의 신분을 굳이 장자가 아닌 서자
庶子로 제시가 되었어야 하는 이유는 서자庶子이기 때문에 인간계人間
界로 내려올 수 있는 명분을 만들기 위함이라고 할 수 있다. 다시 말해
서 환웅을 천상계天上界가 아닌 인간계人間界에 내려 보내기 위해 하나
의 여지를 둔 것으로 서자庶子의 신분이었기 때문에 환인의 뒤를 이은
천상계가 아닌 독자적으로 통치할 수 있는 인간계로 내려온 것이라고
볼 수 있다. 어쨌든 환웅桓雄은 서자庶子지만 천신天神인 환인桓因의 아
들이므로 단군에게 충분히 신성성이 성립되는 조건을 제공한다.

단군신화는 단군의 탄생으로 끝을 맺는다. 다른 건국신화들처럼
통치자의 통치력이나 그에 따른 신비한 체험 등이 제시되어 있지 않
다. 다른 신화의 주인공들에게서 보이는 시련과 인내는 단군의 어머
니 웅녀가 겪는다. 그녀는 원래 인간이 아닌 곰이었다. 인간이 아닌
곰이 인간이 되기 위해 동굴에서 마늘과 쑥을 먹고 100일이라는 시간
을 견뎌야 했다. 물론 삼칠일 만에 인간이 되긴 했지만 그 날은 호랑

---

人. 時, 神遺靈艾一炷·蒜二十枚曰, '爾輩食之, 不見日光百日 便得人形.' 熊·虎得而食
之, 忌三七日, 熊得女身, 虎不能忌而不得人身. 熊女者無與爲婚, 故每於壇樹下, 呪願有
孕, 雄乃假化而婚之, 孕生子, 號曰壇君王儉."

이가 참다가 나간 날이다. 그러나 원초적으로 곰은 겨울에 동면을 하기 때문에 동굴 생활이 익숙한 반면 호랑이는 성질이 급하고 산이나 들을 활보하며 육식생활을 하기 때문에 동굴생활이 불편하다. 따라서 이것은 누가 봐도 곰보다도 호랑이의 실패를 예측할 수 있다. 이렇다 하더라도 겨울동안 동굴 안에서 잠을 자는 곰은 고통을 견뎌내는 상징적인 동물이다. 따라서 이와 같은 화소話素를 통해 인내하고 고통을 견뎌 종種을 바꾼 곰을 모계로 가졌으므로 단군檀君도 그러한 이미지를 부각시켜 한 나라의 건국주로서, 통치자로서 정당성을 부여받은 것이라고 볼 수 있다.

단군 전승의 유형화된 전개 과정을 보면, 신화적 인물이 다른 인격으로 전환되어, 신성계神聖界와 다른 세계가 만나 역사적 지평이 열리는 양상으로 발전된다. 이와 같은 역사의 장으로 변화되는 과정을 단군신화에서 찾아보면, 단군이 고조선의 시조가 되기 이전에 먼저 왕이 되었고, 왕이 되기 위해 신이한 혈통을 받아 태어났으며, 죽어서 국가의 수호신이 되었다는 기록까지 고려해 본다면, 단군신화는 단군에게 신성성神聖性을 부여하는 도구인 셈이다. 이렇게 단군은 환웅과 웅녀 사이에서 태어난 신의 아들로서 그 혈통만으로도 신성성神聖性이 성립되며 나라를 다스릴 수 있는 충분한 명분을 가지게 된 셈이다.

다음 '혁거세신화'에서는 '단군신화'에 비해 신성성에 대한 비중이 더 강하고 다양한 방면에서 서술된다. 즉 혁거세가 건국할 당시 이미 그 땅에는 촌장들이 존재하고, 이들 촌장은 6부의 시조인데 모두 하늘에서 내려온 것 같다고 한다.

옛날 진한 땅에 여섯 촌이 있었다.

(중략)

위의 글을 살펴보면 6부의 시조는 모두 하늘에서 내려온 것 같다. 노례왕 9년(32)에 비로소 6부의 이름을 고치고, 또 여섯 가지 성을 주었다. 지금 풍속에 중흥부를 어미라 하고, 장복부를 아비라 하며, 임천부를 아들이라 하고, 가덕부를 딸이라 하는데, 그 연유는 자세하지 않다.

전한前漢 지절 원년 임자(B.C. 69) 3월 초하룻날 5부의 시조들이 각기 자제들을 거느리고 알천 언덕 위에 함께 모여 논의했다.

"우리들 위에 임금이 없어 뭇 백성을 다스리지 못하니, 백성들이 모두 방일放逸해져 제멋대로 행동하고 있다. 그러니 덕 있는 사람을 찾아 임금으로 모시고 나라를 세우며 도읍을 정하는 것이 좋지 않겠는가."

그리고 높은 곳에 올라 남쪽을 바라보자 양산 아래 나정蘿井 옆에 이상한 기운이 마치 번개빛처럼 땅에 드리워지고, 흰 말 한 마리가 꿇어앉아 절하고 있는 모습이 보였다. 그곳을 찾아가 보았더니 붉은 알 한 개가 있었는데, 말이 사람을 보고는 길게 울면서 하늘로 올라갔다. 그 알을 쪼갰더니 생김새가 단정하고 아름다운 어린 사내아이가 있었다. 놀라고 이상스럽게 여기며 동천에 목욕시켰더니 몸에서 광채가 났다. 새와 짐승들이 따라서 춤추고, 천지가 진동했으며, 해와 달이 청명해졌다. 그래서 혁거세왕이라 이름하고, 직위의 칭호를 거슬한居瑟邯이라 했다.[40]

---

40  《삼국유사》, 88~89쪽. 辰韓之地, 古有六村. (중략) 按上文, 此六部之祖, 似皆從天而降. 弩禮王九年始改六部名, 又賜六姓. 今俗中興部爲母, 長福部爲父, 臨川部爲子, 加德部爲女, 其實未詳. 前漢地節 元年壬子三月朔, 六部祖各率子弟, 俱會於閼川岸上, 議曰, "我輩上無君主臨理蒸民, 民皆放逸, 自從所欲, 盍覓有德人, 爲之君主, 立邦設都乎!" 於時, 乘高南望, 楊山下, 蘿井傍, 異氣如電光垂地, 有一白馬跪拜之狀. 尋撿之, 有一紫卵, 馬見人長嘶上天, 剖其卵得童男, 形儀端美. 驚異之, 浴於 東泉, 身生光彩, 鳥獸率舞, 天

《삼국유사》에 전하는 신라의 전신前身은 옛날 진한 땅의 여섯 촌이었다. 그 여섯촌을 다스리게 된 6부의 촌장들은 모두 하늘에서 내려온 것 같다고 하니 그들도 이미 신성성神聖性을 가지고 있으므로 각 마을의 촌장이 된 것이다. 나아가 촌장들이 자신들을 다스릴 임금을 구하려고 하는 시기에 그들에게 신비한 일이 생긴다. 신비한 징조를 따라 가니 그곳에는 '붉은 알'이 있었고, 그 알에는 사내아이가 있었다. 6부의 촌장들은 하늘로부터 내려온 신성한 사람들임에도 불구하고 새로운 존재가 나타나 그들과 백성을 다스릴 것을 바랐다. 물론 그들이 원한 존재는 신성한 존재보다 덕이 있는 사람을 원했으나 그들의 소원을 알고 하늘에서는 신성한 존재인 혁거세를 보낸 것이다. 혁거세는 다른 건국주들보다 강한 신성성을 갖고 태어났다. 난생설화로 비슷한 가락국기의 건국신화도 9간의 간청으로 수로왕이 탄생되기는 하나 9간의 신분에 어떠한 신성성神聖性도 드러나지 않았다. 신라 혁거세는 신성성을 갖고 있는 6부의 촌장들이 자신들을 다스리게 될 신성한 존재를 만들어낸 것이다. 따라서 그 어떤 건국신화보다 신라의 건국신화에서는 신성성을 강조하였음을 알 수 있다. 이는 《삼국유사》가 신라 중심으로 찬술되었다는 시각과 관계가 있을 것이다. 신라를 중심으로 서술된 《삼국유사》에서는 신라의 건국이 다른 나라의 건국보다 더 확실한 정당성을 갖고 있어야 하기 때문이다. 아직 과학이 발전되지 않았고, 많은 백성들은 과학적인 힘보다 신성한 힘을 더 믿었던 시대였으므로 건국의 정당성을 갖출 수 있는 가장 확실한 방법은 신성성神聖性을 강조하는 것이었다. 가장 원시적인 고조선의 건국신화에서는 단군이 환웅이라는 부계를 가지고 있으나 그 모계는 곰이라는

---

地振動, 日月淸明, 因名赫居世王 位號曰居瑟邯

전신前身을 가진 '웅녀'라는 인간이었고, 고구려의 건국주인 '주몽'도 모계가 '유화'라는 인간이다. 가락국기駕洛國記에서 김수로는 하늘에서 보내줬다는 점에서 신라의 혁거세와 같은 신성성神聖性을 성립했다고 할 수 있으나 신라의 건국신화에는 6부의 촌장들에게 신성성神聖性을 부여함으로써 건국주의 신성성을 더욱 강조한 것이다.

이보다 후대에 나타난 주몽신화에서 주몽은 하백河伯의 딸 유화에게서 태어난다. 단군과 마찬가지로 아버지가 천제의 아들 해모수解慕漱로 통치자로서의 신성성神聖性이 성립된다.

고구려는 바로 졸본부여다. 지금의 화주和州, 또는 성주成州 등지라고 말하는 사람도 있지만 모두 잘못되었다. 졸본부는 요동 경계에 있었는데, 『국사』「고구려본기」에는 이렇게 기록되었다.

시조 동명성제東明聖帝의 성姓은 고씨이고, 휘는 주몽朱蒙이다. 이에 앞서 북부여왕 해부루가 이미 동부여로 피해 옮겨간 뒤 해부루가 세상을 떠나고 금와가 왕위를 이었다. 이때 태백산 남쪽 우발수優渤水에서 한 여자를 만나 '누구냐'고 물었더니 이렇게 대답했다.

'저는 하백河伯의 딸인데, 이름은 유화柳化입니다. 여러 아우들과 함께 집에서 나가 놀았는데 한 남자가 나타나 스스로 천제의 아들 해모수라고 하면서, 저를 웅신산熊神山 아래 압록강 가로 유인해 방 안으로 들어가 야합했습니다. 그리고 떠난 뒤로는 돌아오지 않았습니다. 부모는 제가 중매도 없이 시집간 것을 꾸짖으며 이곳으로 귀양 보냈습니다.'

금와가 이상히 여기며 방 안에 깊이 가두었는데, 햇볕이 비치기에 (유화가) 몸을 비켜 피했지만 해그림자가 따라 비쳤다. 그러고는 잉태해 알 하나를 낳았는데 크기가 닷되만 했다. 왕이 그 알을 개나 돼지에게 던져주었지만 모두 먹지 않았고, 또 한길에 내버려도 소나 말이 밟지 않았으며, 들판에 내버려도 새와 짐승이 덮어주었다. 왕이 그 알을 깨뜨리려고 했지만 끝내 깨뜨리지 못하고 그 어미에게 돌려주었다. 어미가 잘 싸서 따뜻한 곳에 두었더니, 한 아이가 알껍질을 깨치고 나왔다.[41]

주몽의 어머니 유화는 천제의 아들 해모수를 만난다. 해모수는 유화를 웅신산熊神山 아래 압록강 가로 유인해 방으로 데려가 야합을 하여 주몽을 갖게 한다. 유화는 중매를 통해 시집 간 것이 아니므로 부모에게 버림받았으나 부여 왕 금와를 만나게 되고, 금와는 유화를 이상히 여겨 가두어 두었는데 알을 낳자 알을 버리려고 했다. 그러나 개나 돼지는 먹지도 않고, 소나 말은 피해 갔으며, 새와 짐승은 따뜻하게 덮어주었다. 깨뜨리려고 해도 깰 수 없게 되자 금와는 어미에게 돌려준다. 혁거세 신화에서 보이는 것처럼 신적인 존재가 직접 알려주는 형식은 아니지만 주몽은 이러한 신기한 탄생과정을 통해 신성성神聖性이 성립되게 된다.

또한 주몽신화는 앞서 얘기한 '단군신화'나 '혁거세신화'를 더해 놓은 듯하다. 단군의 아버지가 천제의 아들이라는 점과 혁거세의 난생화소가 섞여있다. 특히 '웅신산熊神山'이라는 곳은 '곰신'과 관계가

---

41 《삼국유사》, 80~82쪽. 高句麗卽卒本扶餘也. 或云今和州又成州等, 皆誤矣. 卒本州在遼東界.『國史』「高麗記」云, "始祖東明聖帝, 姓高氏, 諱朱蒙. 先是, 北扶餘王解夫婁, 旣避地于東扶餘, 及夫婁薨, 金蛙嗣位. 于時, 得一女子於太伯山南優渤水, 問之, 云'我是河伯之女, 名柳花, 與諸弟出遊, 時有一男子, 自言天帝子解慕漱, 誘我於熊神山下鴨涤邊室中私之, 而往不返, 父母責我無媒而從人, 遂謫居于此. 金蛙異之, 幽閉於室中, 爲日光所照, 引身避之, 日影又逐而照之, 因而有孕. 生一卵, 大五升許, 王弃之與犬猪, 皆不食, 又弃之路, 牛馬避之, 弃之野, 鳥獸覆之. 王欲剖之, 而不能破, 乃還其母. 母以物裹之, 置於暖處, 有一兒破殼而出.

있는 산으로 보이는데 단군신화에 등장하는 '웅녀이야기'를 연상케한다. 이는 신화를 구성하는 데 있어 주위 국가들의 이야기를 참고했을 가능성을 추측할 수 있다. 어쨌든 주몽신화에서 주몽에게 신성성을 성립하게 하는 조건은 앞서 언급한 천제의 아들인 해모수를 부계로 두었다는 것과 난생이라는 기이한 탄생을 갖고 있다는 점이다.

그러나 《삼국사기》에서는 한 국가의 건국이 쉽지 않다는 것을 보여주듯, 주몽이 졸본주 근처의 재력가의 집안과 혼인 관계를 맺고 나라의 기틀을 다지는 과정이 길게 부연되어 있다. 김부식의 관심은 분명 신이神異한 탄생담보다는 건국과정에 있었다고 보는 것이 타당하다. 신이神異한 탄생담은 아마도 그 과정의 하나로 기술되었을 것이다.[42] 따라서 건국주에게 신이神異한 탄생담은 정당성을 추구하기 위한 방편으로 건국주의 입장에서 기술되었다고 할 수 있다. '수로왕신화'에서는 수로왕의 탄생이 '혁거세신화'와 비슷한 맥락으로 나타난다. 즉 남방계 신화에서 주로 볼 수 있는 난생화소가 등장한다.

천지가 개벽한 뒤 이 땅에 아직 나라의 이름이 없었고, 임금과 신하의 칭호도 역시 없었다. 다만 아도간我刀干·여도간汝刀干·피도간彼刀干·오도간五刀干·유수간留水干·유천간留天干·신천간神天干·오천간五天干·신귀간神鬼干 등 9간이 있었는데, 그들이 추장으로서 백성들을 통솔했다. 모두 100호에 7만 5,000명이었다. 이들은 거의 산이나 들판에 제각기 모여 살며, 우물을 파서 물 마시고 밭을 갈아 밥을 먹었다.

후한後漢 세조 광무제光武帝 건무 18년 임인(42) 3월 계욕일禊浴日에

42  이소라, 앞의 논문, 78쪽.

그들이 살고 있는 북쪽 구지龜늘에 수상한 소리가 들렸는데, 누군가를 부르는 것 같았다. 200~300명의 무리가 그곳에 모여들자 사람의 말소리 같은 것이 들렸다. 몸은 보이지 않고 소리만 났다.

"여기에 사람이 있느냐?"

9간 등이 말했다.

"우리들이 있습니다."

또 말했다.

"내가 있는 곳이 어디냐?""

대답해 말했다.

"구지봉입니다."

또 말했다.

"하늘이 내게 명하기를 '이곳에 내려가 나라를 새롭게 하고 임금이 되라'고 하셨다. 그래서 이곳에 내려왔다. 너희들은 모름지기 봉우리 위를 파서 흙을 집으며 이렇게 노래하라.

거북아 거북아　龜何龜何
머리를 내어라　首其現也
내밀지 않으면　若不現也
구워서 먹을래　燔灼而喫也

이같이 노래를 부르면서 춤을 추어라. 그러면 곧 대왕을 맞아 기뻐 뛰게 될 것이다."

9간 등이 그 말과 같이 모두 기뻐하며 노래 부르고 춤을 추었다. 얼마 뒤에 공중을 쳐다보았더니, 붉은 줄이 하늘로부터 내려와 땅에 드리워졌다. 그 줄의 끝을 찾아보니, 붉은 보자기 속에 금합이 싸여 있었다. 그 금합을 열어보자 해같이 둥근 황금알 여섯 개가 들어 있었다. 사람들이 모두 놀라고 기뻐하며, (그 알을 향해) 백 번이나 절을 했다. 얼마 뒤 다시 보자기에 싸서 아도간의 집으로 가지고 갔다. 탑 榻 위에 두고 무리들은 제각기 흩어졌다.

(중략)

그 달 보름에 즉위했는데, 처음 나타났다고 해서 이름을 수로首露라고 했다. 혹은 수릉首陵이라고도 했다. 나라 이름은 대가락大駕洛, 또는 가야국伽耶國이라고 불렸는데, 6가야 가운데 하나다. 나머지 다섯 사람도 각기 (자기 나라로) 돌아가 다섯 가야의 왕이 되었다.[43]

수로왕의 탄생은 수로왕 자신이 하늘의 명을 받아 부족장에게 직접 명을 내려 자신을 맞이하게 했고, 기이한 탄생을 거쳐 왕으로 등극하게 된다. 이는 앞서 논의한 다른 신화들과 같이 신적인 혈통과 기이한 탄생으로 통치자로서의 신성성을 드러내고 있다. 그러나 수로왕신화는 다른 신화들보다 훨씬 후대에 등장하는데 오히려 더 세련되고 진화된 형태가 아니라 시간을 거슬러 올라가듯 주술적인 내용을 가진 '구지가龜旨歌'를 통해 드러나고 있다. 다시 말해서 '단군신화'나 '주몽

---

43  《삼국유사》, 205~208쪽. 開闢之後, 此地未有邦國之號, 亦無君臣之稱. 越有我刀干·汝刀干·彼刀干·五刀干·留水干·留天干·神天干·五天干·神鬼干等九干者, 是酋長, 領總百姓, 凡一百戶, 七萬五千人. 多以自都山野, 鑿井而飮, 耕田而食. 屬後漢世祖光武帝建武十八年壬寅三月禊浴之日, 所居北龜旨有殊常聲氣呼喚, 衆庶二三百人集會於此, 有如人音, 隱其形而發其音曰, "此有人否?" 九干等云, "吾徒在!" 又曰, "吾所在爲何?" 對云, "龜旨也." 又曰, "皇天所以命我者, 御是處, 惟新家邦, 爲君后. 爲玆故降矣. 你等須掘峯頂撮土, 歌之云, '龜何龜何, 首其現也. 若不現也, 燔灼而喫也', 以之蹈舞, 則是迎大王·歡喜踴躍之也." 九干等如其言, 咸忻而歌舞. 未幾, 仰而觀之, 唯紫繩自天垂而着地, 尋繩之下, 乃見紅幅裹金合子. 開而視之, 有黃金卵六圓如日者. 衆人悉皆驚喜, 俱伸百拜, 尋還裹著, 抱持而歸我刀家, 寘榻上, 其衆各散. (중략) 其於月望日卽位也. 始現故諱首露, 或云首陵, 國稱大駕洛, 又稱伽耶國, 卽六伽耶之一也. 餘五人各歸爲五伽耶主.

신화'에서 보이는 세련된 이야기 전개가 아니라 하늘의 명을 받아 부족장들에게 협박과 같은 노래를 부르게 하여 탄생이 되는 모습은 원시시대로 다시 돌아가는 듯 한 인상을 주고 있다. 이는 아마 남방계에서 볼 수 있는 난생설화를 기본으로 하되 수로왕신화에서는 수로왕의 신성성을 탄생에만 찾으려고 한 것이 아니라 신비한 능력, 신이한 결연 등으로 이어지기 때문에 굳이 세련되게 조작할 필요를 느끼지 않았을 것이다.

문학의 원류라고 할 수 있는 설화 중 가장 원형적인 구조를 이루는 것이 신화神話라고 할 수 있다. 우리나라 문학에서는 주로 서양에서처럼 신들의 일상적인 이야기가 아닌 한 나라의 생성生成과 관련된 건국신화로 존재한다. 한 나라를 세울 때 모든 백성들이 인정할 수 있는 건국의 정당성이 있어야만 가능한 일이다. 즉 건국신화에서 보이는 건국주建國主는 한 나라를 통치할 수 있는 통치자로서의 정당성을 신이한 탄생과 더불어 신의 혈통에서 찾으려고 했다. 말하자면 삼국시대에는 원시종교적인 신앙이 존재했기 때문에 건국주는 한 나라의 건국建國과 함께 통치자로서의 정당성을 갖기 위해 신성성神聖性을 부여한 것이다.

### 나. 기타 설화

건국신화에서 나라를 세우는 건국주의 입장에서는 정당성을 인정받기 위해 신이한 탄생과 신화적인 요소가 필요하다. 그러나 꼭 건국신화만 그런 것은 아니었다. 어떤 시대라도 설화시대라고 불리던 삼국시대에는 통치자의 신화적인 요소가 절대적으로 필요하다. 현대에서는 비과학적라고 하는 신성성神聖性이 첨가되어야 백성은 통치자로서의 정당성을 인정하여 그를 따르게 된다. 다음은 이러한 점이 반영된 금와金蛙의 이야기이다.

　북부여왕 해부루의 재상 아란불阿蘭弗의 꿈에 천제가 내려와 일
렀다.
　"장차 내 자손으로 하여금 이곳에 나라를 세울 테니 너는 그를 피
하라. 동해 가에 가섭원迦葉原이란 곳이 있는데 땅이 기름지니 마땅
히 도읍을 세울 만하다."
　아란불이 왕에게 권해 그곳으로 도읍을 옮기고 나라 이름을 동부
여라고 했다. 부루가 늙었는데도 아들이 없자 어느 날 산천에 제사
해 아들 얻기를 빌었는데, 그가 탔던 말이 곤연鯤淵에 이르자 큰 돌
이 마주 서서 눈물 흘리는 모습이 보였다. 왕이 괴이히 여겨 사람을
시켜 그 돌을 굴리게 했더니, 금빛 개구리 모양의 작은 아이가 있었
다. 왕이 기뻐하며, "이것은 하늘이 내게 주신 아들이다." 하고는, 곧
거둬 기르며 이름을 금와金蛙라고 했다. 그가 자라자 태자를 삼았다.
부루가 세상을 떠나자, 금와가 자리를 이어받아 왕이 되었다.[44]

　위의 이야기에서 해부루의 태자로 책봉이 된 금와는 현대적으로
비유하자면 고아며, 그런 그를 해부루는 입양했다. 현대에서도 입양
에 대한 인식은 긍정적이지 않은데 설화시대에서는 받아들이기 힘들
었을 것이며, 더욱이 한 나라를 이끌어 가는 통치자로서는 거의 불가

---

**44**　《삼국유사》, 80쪽. 北扶餘王解夫婁之相阿蘭弗, 夢天帝降而謂曰, "將使吾子孫立國於
此, 汝其避之, 東海之濱, 有地名迦葉原, 土壤膏腴, 宜立王都." 阿蘭弗勸王移都於彼, 國
號東扶餘. 夫婁老無子, 一日祭山川求嗣, 所乘馬至鯤淵, 見大石相對淚流, 王怪之, 使人
轉其石, 有小兒金色蛙形. 王喜曰, "此乃天賚我令胤乎!". 乃收而養之, 名曰金蛙. 及其
長, 爲太子, 夫婁薨, 金蛙嗣位爲王.

능한 요소라고 볼 수 있다. 그러나 금와가 태자로서 인정을 받을 수 있었던 것은 바로 신성성을 부여받았기 때문에 가능했다. 해부루가 후손을 볼 수 없게 되자 산천에 제사해 아들 얻기를 빌었는데, 그 때 하늘에서는 그에게 금빛 개구리 모양의 작은 아이를 준다. 따라서 그 아이는 금와金蛙라는 이름을 갖게 된다. 이름에서도 알 수 있듯이 그의 출생은 신성함을 가지고 있다. 해부루가 '이것은 하늘이 내게 주신 아들이다'라고 외침으로써 금와의 신성성神聖性을 천하에 밝히고 있다. 이는 금와가 해부루의 정통을 이은 친자親子가 아니기 때문이다. 탄생의 진실이 어찌 되었든 해부루는 친자가 아닌 금와에게 자신의 왕위를 잇게 할 명분을 만들어 준 셈이다. 따라서 위와 같이 하늘이 주신 아들이라는 신성성이 성립됨으로써 이를 해부루가 세상에 공표하여 금와金蛙는 통치자로서 정당성을 지니게 되는 것이다.

　　"나는 본래 용성국龍城國 사람입니다. 우리나라에는 일찍이 스물여덟 용왕이 있었는데, 모두 사람의 태에서 낳았습니다. 대여섯 살 때부터 왕위를 이어받아 만백성을 가르치고 성명性命을 바로잡아주었으며, 8품八品의 성골姓骨이 있지만 골라 뽑는 절차가 없이 모두 왕위에 오른답니다. 마침 우리 부왕父王 함달파含達婆께서 적녀국積女國의 왕녀를 맞이해 왕비를 삼았는데, 오랫동안 아들이 없었답니다. 그래서 기도하고 제사를 올려 아들 낳기를 구했는데, 7년 뒤에 커다란 알 하나를 낳았답니다. 그러자 대왕께서 여러 신하들을 모아놓고서 의논하기를, '사람이 알을 낳은 것은 고금에 없는 일이니, 반드시 상서롭지 못한 징조일 것이다' 했습니다. 궤를 만들어 나를 그 안에 넣고는, 칠보와 노비를 함께 배에다 싣고 바다에 띄웠습니다. 그러면서 '아무쪼록 인연이 있는 곳에 이르러 나라를 세우고 집안을 이루라'

고 빌었습니다. 그러자 문득 붉은 용이 나타나 배를 지켜주면서 여기까지 오게 되었답니다."[45]

《삼국유사》에 전하는 탈해왕에 대한 이야기는 부인의 명칭이나 지명에 대한 차이와 탈해의 신이한 능력에 대해 첨가한 것을 제외하고는 《삼국사기》와 내용이 거의 유사하다. 어쨌든 탈해는 원래 다른 나라의 사람이다. 물론 《삼국유사》와 《삼국사기》에서 그 출생이 조금 차이가 있다. 《삼국사기》에서는 왜국倭國의 동북東北 1천리쯤 되는 곳에 있는 다파나국多婆那國의 출생으로 여국왕女國王의 딸 사이에서 태어났다고 한다. 《삼국유사》에서는 용성국龍城國의 사람이며 그 시조가 용왕이고, 함달파와 적녀국의 왕비 사이에서 태어났다고 되어 있고, 그 시조를 용왕으로 삼아 신성성을 더욱 부각시켰다. 그러나 어쨌든 두 문헌 모두 알을 낳았다고 기록되어 있다. 둘 다 탈해왕에게 난생이라는 신성성을 부여했다는 점을 인식할 수 있는데, 이는 탈해가 원래 왕의 후손이 아니라는 점에서 그 이유를 찾을 수 있을 것이다. 앞서 살펴본 금와金蛙도 해부루의 직계 후손이 아니다. 친자親子도 적자嫡子도 아니지만 신성성神聖性이 성립된 존재이기 때문에 자신의 후계자로 삼은 것이다. 마찬가지로 탈해도 왕과는 피 한 방울 섞이지 않은 남他이나 그의 신이한 탄생과 특별한 능력을 통해 사위가 되었고, 결국은 왕위에 오르게 된다. 《삼국사기》에서는 그가 왕위에 오르는 과정을

45  《삼국유사》, 93~94쪽. "我本龍城國人, 我國嘗有二十八龍王, 從人胎而生, 自五歲六歲
    繼登王位, 敎萬民修正性命, 而有八品姓骨, 然無揀擇, 皆登大位. 時, 我父王含達婆, 娉
    積女國王女爲妃, 久無子胤, 禱祀求息, 七年後産一大卵. 於是, 大王會問群臣, '人而生
    卵, 古今未有, 殆非吉祥.' 乃造櫃置我, 幷七寶·奴婢載於舡中, 浮海而祝曰, '任到有緣之
    地, 立國成家.' 便有赤龍, 護舡而至此矣."

자세히 서술하는 반면, 《삼국유사》에서는 설화적인 요소를 덧붙여 통치자로서의 능력만을 강조하고 있다. 그래도 모든 것을 종합해 보면 둘 다 탈해나 금와가 통치자가 되는 이유는 초월적인 능력과 함께 신성성神聖性을 지녔기 때문이다. 또한 태어난 알을 궤 안에 넣고 바다에 띄워 보내자 붉은 용이 나타나 호위護衛를 했다고 한다. 말하자면 존재 자체로 신성함을 가지고 있는 용, 특히 붉은 색을 띈 용이 탈해가 있는 궤를 호위하였다는 것은 탈해의 신성성을 더욱더 부각시키는 역할을 하게 된다. 따라서 탈해는 왕의 후손으로서의 신성성을 갖지 못했지만 출생과 관련된 신이한 일들 때문에 신성성이 성립되어 통치자로서의 정당성을 인정받게 되는 것이다. 다음 백제 무왕武王과 관련된 설화에서도 이러한 신성성을 발견할 수 있다.

《삼국유사》에 향가의 배경설화 중 백제 무왕에 대한 이야기가 전하는데, 〈서동요〉의 배경설화에서는 다른 향가의 배경설화와는 달리 무왕의 탄생에 대한 이야기가 전한다.

> 제30대 무왕武王의 이름은 장璋이다. 그 어머니는 과부寡婦였는데, 서울 남쪽 못가에 집을 짓고 살다가 그 못의 용龍과 정을 통해 그를 낳았다. 어렸을 때의 이름은 서동薯童이다. 그는 재주와 도량이 넓고 깊어 헤아리기 어려웠는데, 늘 마薯를 캐서 팔아다 생활했으므로, 나라 사람들이 그것을 이름으로 삼았다.[46]

백제 무왕의 어머니는 과부로 혼자 살았는데 못 속의 용龍과 교통

---

46  《삼국유사》, 187~188쪽. 第三十武王, 名璋. 母寡居, 築室於京師南池邊, 池龍交通而生, 小名薯童, 器量難測. 常掘薯蕷, 賣爲活業, 國人因以爲名.

하여 서동을 낳았다 한다. 그는 마를 캐서 파는 일반 백성으로 하찮은 신분을 갖고 있지만, 그의 신이한 출생과 신성神聖한 혈통으로 훗날 그가 통치자가 될 수 있다는 것을 예견할 수 있다. 이는 바로 그가 용의 아들이라는 점에서 짐작할 수 있는데, 용龍은 우리나라에서 특별한 의미를 갖는다. 즉 용은 왕을 상징하는 것으로 왕의 얼굴을 '용안龍顔', 왕의 눈물을 '용루龍淚' 등으로 한 명칭에서도 알 수 있는 것이다. 따라서 용龍이 상징하는 것은 바로 통치자다. 이로써 무왕이 통치자가 될 운명임을 암시하고 있는 것이다.

또한 여성이 못 속의 용과 결합하여 자식을 낳는다는 관념은 태어나는 인물의 비범성을 뜻하며, 인간이 아닌 이물異物과의 결합은 야래자夜來者가 방문하여 잉태하게 되는 설화와 관련되어 있다.[47] 야래자 설화는 태어나는 인물의 비범성을 설명하는 탄생담 성격을 갖는다. 후백제의 왕이 되는 견훤의 탄생담이나 청나라의 태조인 누루하치의 탄생담도 공통된 구조를 가지고 있다. 즉 여성이 잉태하게 되는 이유는 한 남성이 매일 밤 다녀가기 때문인데, 이 남성은 지렁이, 수달 등의 이물異物로 밝혀진다. 물론 무왕의 탄생담과는 조금 다르나 인간이 아닌 이물인 점, 주로 물과 관련된 존재인 점, 그리고 결합의 결과로 태어난 인물이 왕이 되는 점 등이 같다.[48]

무왕의 경우, 신성한 존재인 용의 아들이라는 관계가 성립되면서 왕은 '신성성神聖性'을 획득하게 되며 이로써 정치적 권위나 위력을 갖게 된다. 특히 용은 왕과 동일시되기도 하였으며, 설화에서는 왕을 호위하는 동물로도 등장한다. 탈해가 함에 실려 바다에 띄워졌을 때 붉

---

47  길태숙·윤혜신·최선경, 『《삼국유사》와 여성』, 이회, 2003, 127쪽.
48  위의 책, 127~128쪽.

은 용이 나타나 그를 수호하였으며 신라 문무왕은 죽어 호국용護國龍이 되기를 염원하기도 하였다. 무왕 탄생담 같은 담론이 전해진 데는 이 이야기가 신이한 이야기이며 왕의 능력을 보장해주는 서사 담론[49]이었기 때문이다. 따라서 백제의 무왕은 왕의 후손이 아니지만 출생에 있어 신성성神聖性이 성립되기 때문에 선화공주와 혼인하여 백제의 왕이 되기에 이르는 것이다.

향가의 배경 설화 중 백제 무왕에게서만 신이한 탄생이야기가 전해지는 것은 그가 왕손이 아니었기 때문이다. 결국 이 설화는 후대에도 왕이 되기 위해서는 뛰어난 자질에 앞서 신성성을 성립해야 한다는 것을 강조하고 있다. 또한 신성성이야말로 통치자가 가져야할 기본적인 조건인 것이다. 다음은 후백제의 견훤에 관한 내용이다.

《삼국사기》 열전에 전하는 견훤은 기이한 탄생담은 가지고 있지 않다. 다만 《삼국유사》에도 실려 있지만 성장과정에 대한 내용에서 우리나라에서는 신성한 존재로 꼽히는 호랑이가 등장한다.

> 견훤甄萱은 상주尚州 가은현加恩縣 사람으로, 본성本性은 이李인데 후에 견甄으로 성씨姓氏를 삼았다. 아버지는 아자개阿慈介이니 농사로 자활自活하다가 후에 기가起家하여 장군將軍이 되었다. 처음에 훤萱이 태어나서 아직 강보襁褓에 싸여 있을 때, 아버지가 들에 나가 밭을 갈고 어머니는 식사食事를 가져다 주려 하여 어린애를 수림樹林 아래에 두니 범이 와서 젖을 먹였으므로 마을에서 듣는 이들이 신이神異하게 생각하였다. (甄萱이) 장성하여서는 체모體貌가 웅대기이雄大奇異

49    위의 책, 128쪽.

하고 지기志氣가 활달하고 비범非凡하였다.[50]

견훤은 평범한 농부였다가 출세한 장군의 아들로 탄생되었지만 성
장과정에서 호랑이가 등장하여 견훤을 돌봐준다. 이는 마을 사람들도
신이하게 생각할 정도로 그가 결코 평범한 사람이 아님을 암시하는
기능을 하고 있다.

호랑이는 용과 함께 우리나라 설화에 자주 등장하는 대표적인 동
물이다. 용이 바다의 수호신이라면 호랑이는 산신으로 신앙되고 있
다.[51] 호랑이는 인간을 보호해 주는 수호신의 상징으로 민간층에서 산
군山君·산령山靈·산왕山王·산주山主·산山각씨 등으로 경칭하여 선호善虎
로 신앙된다. 물론 호랑이가 인간을 가해하는 두려운 존재로서 악호
惡虎의 호환虎患을 예방하기 위해 신앙되기도 한다.[52] 우리 문화에 등
장하는 호랑이는 여러 가지 형태로 나타나지만 크게 네 가지로 나누
면 첫 번째 유형은 신성성이 결합되어 산신山神과 같은 신격형神格型이
며, 두 번째 유형은 두렵지만 아둔하고 어리석어 사람들의 조롱을 받
는 우둔형愚鈍型이고, 세 번째는 인간적인 면이 강조된 보은형報恩型이
며, 마지막으로 두렵고 무서운 호환형虎患型이다. 그러나 두 번째와 세
번째 유형은 한국 사람들의 해학적인 표현으로 두려움을 웃음으로 승
화시키려는 바람에서 비롯되었다고 할 수 있다.

---

50  김부식, (이병도 역주), 『《삼국사기》』 상·하, 을유문화사, 2009, 493쪽. (이하 작품명과 페
    이지만 밝히도록 한다.) 甄萱, 尙州加恩縣人也, 本性李, 後以甄爲氏, 父阿慈介, 以農自
    活, 後起家爲將軍, 初萱生孺褓時, 父耕于野, 母餉之, 以兒置于林下, 虎來乳之, 鄕黨聞
    者異焉, 及壯, 體貌雄奇, 志氣倜儻不凡.

51  오출세, 「민담에 나타난 호랑이 고찰-골계담을 중심으로」, 《동국어문논집》제7집, 동국대학
    교 인문과학대학 국어국문학과, 1997, 153쪽.

52  위와 같음.

위 설화에서 호랑이는 신격형으로 그려지고 있다. 신성하면서도 가까이 할 수 없는 무서운 존재인 호랑이가 어린 견훤을 돌봐준다. 이는 신적인 감각이든 동물적인 감각이든 호랑이는 견훤이 예사로운 인물이 아님을 알고 그를 지켜준 것이다. 《삼국사기》에는 견훤의 기이한 탄생은 없지만 신격화된 호랑이가 견훤을 알아봄으로써 비범한 인물로서 그의 미래를 암시하고 있는 것이다. 그러나 이와는 달리 《삼국유사》에서는 견훤의 신이한 탄생담이 전한다.

또 「고기」古記에는 이렇게 기록되었다.

"옛날 광주光州 북촌에 한 부자가 살고 있었다. 그에게 딸 하나가 있었는데, 자태와 얼굴이 단정했다. (어느 날) 딸이 아버지에게 말했다. '(밤마다) 자줏빛 옷을 입은 한 사내가 잠자리에 들어 정을 통하곤 한답니다.' 아버지가 말했다. '네가 긴 실을 바늘에 꿰어 (사내의) 옷에다 꽂아두어라.' 딸이 그 말대로 했다. 날이 밝자 북쪽 담장 아래에서 실을 찾았는데, 바늘이 커다란 지렁이의 허리에 꽂혀 있었다. 뒤에 임신하고 한 사내아이를 낳았는데, 나이 열다섯에 스스로 견훤이라 칭했다. 경복 원년 임자(829)에 '왕'이라 일컫고, 완산군에 도읍을 세워 43년을 다스렸다. 청태 원년 갑오(934)에 훤의 세 아들이 찬역하자 원이 태조에게 투항했다. 아들 금강金剛이 즉위했지만, 천복 원년 병신(936)에 고려 군사와 일선군에 맞싸워 백제가 패하고 나라가 망했다."[53]

---

53  《삼국유사》, 190~191쪽. 又『古記』云, "昔一富人居光州北村, 有一女子, 姿容端正. 謂父曰, '每有一紫衣男到寢交婚.' 父謂曰, '汝以長絲貫針刺其衣.' 從之至明尋絲於北墻下, 針刺於大蚯蚓之腰. 後因姙生一男, 年十五, 自稱甄萱. 至景福元年壬子稱王, 立都於完山郡, 理四十三年. 以淸泰元年甲午, 萱之三子篡逆, 萱投太祖, 子金剛卽位. 天福元年丙

위의 내용은 《삼국유사》에만 기록된 견훤의 탄생설화이다. 앞서 무왕과 관련하여 논의한 야래자 설화는 태어나는 인물의 비범성을 설명하는 탄생담 성격을 갖는다고 했다. 마찬가지로 견훤의 탄생담은 그가 한 나라의 통치자가 될 만한 인물이라는 점을 부각시키기 위해 등장한 화소話素라고 할 수 있다. 고려 말 이성계가 조선朝鮮을 세웠을 때도 많은 신하들과 백성들에게 '이성계의 꿈해몽' 설화를 전파하거나 세종대왕世宗大王이 한글을 창제하고 처음으로 자신들의 조상이 용이었다는 내용의 '용비어천가龍飛御天歌'를 찬술했던 것처럼 건국建國의 정당성을 입증하려고 노력할 때에도 그 정당성을 입증할 수 있는 가장 쉬운 방법이 바로 신성성神聖性을 성립시키는 것임을 확인할 수 있다.

신의 정통성을 이어받는다는 것은 통치자로서 신성성이 성립되는 과정이라고 할 수 있다. 특히 건국신화에서 그러한 특징을 찾을 수 있었다. 이러한 건국주들의 정통성을 이어받은 후대의 왕들도 신의 후손이라는 정통성을 인정받을 수 있기 때문에 후손들의 기록에서는 탄생설화가 나타나지 않는다. 그러나 그러한 왕손이 아닌 일반 백성들이 왕이 되기 위해서는 건국주들과 같은 신성성神聖性을 통한 정당성이 필요하다. 금와는 해부루의 친자가 아니나 하늘이 점지해 준 아들로 부여의 통치자가 되고, 탈해도 신라 왕의 후손이 아니지만 용왕의 아들로서 신성성神聖性을 부여받아 통치자로서의 정당성을 획득하게 되고 이로써 신라의 제4대 통치자가 된다. 또한 백제의 무왕은 마를 파는 아이라는 점에서 미천한 신분이지만 신성한 존재인 용의 아들이라는 화소話素로 인해 통치자의 정당성을 인정받게 되는 것이다.

---

申, 與高麗兵會戰於一善郡, 百濟敗績國亡云."

## (2) 신성성의 상실

삼국시대는 삼국을 비롯해 여러 부족국가들이 한반도를 지배하여 서로 경쟁과 타협을 통해 유지되던 시대였다. 이러한 삼국의 경쟁구도에서 통치자들은 자신의 나라를 지키기 위해서는 국력을 튼튼히 해야 하는데 그 국력은 바로 백성들의 힘에서 나오는 것이다. 백성들의 힘을 얻으려면 통치자는 백성들에게 통치자로서 인정을 받아야 하고, 통치를 할 만한 인물이라는 믿음을 줘야 한다. 즉 통치자로서의 정당성 확보가 중요한데, 삼국시대에는 정당성을 다름 아닌 신성성에서 찾았다. 신의 후손이 통치하는 나라이므로 나라가 위기에 처했을 때 신의 구원과 보살핌이 있을 것이라는 믿음을 통해, 그리고 신의 후손인 만큼 통치를 할 비범한 능력을 갖추었을 것이라는 믿음을 통해 통치자는 백성들에게 통치자로서 인정을 받게 되는 것이다. 그러나 통치자가 신성성을 항상 유지하게 되는 것은 아니다. 신성성은 통치자가 통치자로서 조건을 갖추었을 때 유지되지만 통치자로서 자격을 잃었을 때는 신성성을 상실하게 된다.

### 가. 탄생과 성장과정의 징후

《삼국사기》 열전에 전하는 위인은 50여 명인데 그 중 〈궁예〉의 내용은 주몽신화와 비슷한 구조로 이야기가 전개된다. 주몽신화와 서사단락의 전개방식을 비교해도 내용상 약간의 변이를 보이지만 '고귀한 혈통-비정상적 출생-기아 혹은 피살 위기를 겪음-구출자·양육자를 만남-성장과정-성장 후의 위기-위기 극복과 건국' 순으로 짜여 있다.[54] 다음은 궁예의 탄생담으로 '고귀한 혈통, 비정상적 출생'에 해당

---

54    조현설, 「궁예이야기의 전승양상과 의미」, 《구비문학연구》 제2집, 한국구비문학회, 1995,

하는 부분이다.

> 궁예는 신라인으로 성은 김씨金氏다. 아버지는 제47대 헌안왕憲
> 安王 의정誼靖이며, 어머니는 헌안왕의 빈嬪으로 그의 성명은 전하지
> 않는다. 혹은 제48대 경문왕景文王 응염膺廉의 아들로서, 5월 5일에
> 외가外家에서 태어났다고 한다. 그 때 지붕 위에 긴 무지개와 같은
> 흰빛이 하늘에까지 닿았는데, 일관日官이 아뢰기를 "이 아이가 중오
> 일重午日(5월 5일)에 태어났고, (또) 나면서부터 이가 있습니다. 또 광
> 염光焰이 이상하였으니 장래 국가國家에 이롭지 못할 듯합니다. 기르
> 지 마옵소서." 하였다.[55]

궁예의 탄생담은 여느 신화에서 볼 수 있는 통치자의 신비로움을
볼 수 있다. 주몽신화에서는 돌 밑에서 나왔다는 금와金蛙나 물의 신
하백의 딸 유화는 신화적 인물이고 궁예의 탄생담에서 헌안왕과 이름
이 알려지지 않은 빈어嬪御는 역사적 인물이지만 둘의 관계가 비정상
적이라는 점에서 같다. 후자의 경우 역사성의 강화로 신화적 색체가
많이 희석되기는 했지만 관계 자체가 변한 것은 아니다.[56] 또한 궁예
는 제48대 경문왕의 아들로서 고귀한 혈통을 지니고 있다.

출생 부분 역시 '유화의 몸을 비춰 임신케 한 햇빛'과 '하늘에 닿은
흰빛'은 부계를 하늘에 연결시킨다는 점에서는 서로 통한다. 주몽과

---

168~169쪽.

55  《삼국사기》하, 485쪽. 弓裔, 新羅人, 姓金氏, 考第四十七憲安王誼靖, 母憲安王嬪御, 失
其姓名, 或云, 四十八景文王膺廉之子, 以五月五日生於外家, 其時屋上有素光, 若長虹,
上屬天, 日官奏曰, 此兒以重午日生, 生而有齒, 且光焰異常, 恐將來不利於國家, 宜勿養
之

56  조현설, 앞의 논문, 169쪽.

궁예이야기의 차이는 궁예이야기가 주몽신화의 전통을 이었으면서도 신화만의 서술방식을 벗어나 역사적 인물로 이야기되면서 생긴 변이라고 할 만하다. 그 과정에서 궁예 이야기는 더 합리성을 획득하는 방향으로 구성되어 갔다고 할 수 있다. 즉 햇살에 의한 회임, 난생 등의 비합리적 설명이 탈락하고, 출생 시 서기瑞氣가 어리는 등의 서술 방식으로 합리성을 갖춘 방향으로 변이되었다고 보는 것이다.[57] 합리성을 갖추었다고 하더라도 출생담에 보이는 기이奇異한 현상은 그를 신성한 존재로 각인시키고 있다. 이러한 신성성神聖性을 통해 그는 통치자로서의 운명을 갖게 되는 것이다. 그러나 왕이 된다는 그에 대한 예견 때문에 그는 태어나자마자 죽을 운명에 처하게 된다. 다음은 궁예의 '기아 혹은 피살 위기를 겪음, 구출자·양육자를 만남'에 해당하는 부분이다.

왕이 중사中使를 명하여 그 집에 가서 죽이게 하였다. 사자使者가 (어린애를) 강보에서 빼앗아 누樓마루 아래로 던졌는데 (마침) 젖먹이 비자婢子가 몰래 받다가 잘못하여 손으로 찔러 한쪽 눈이 멀게 되었다. (그래서) 안고 도망하여 숨어서 고생스럽게 길렀다.[58]

왕은 국가에 해가 된다는 이유로 궁예를 죽이라고 명命하였으나 사자使者가 강보를 누각 아래로 던져 떨어뜨리는 것을 젖먹이 비자婢子가 몰래 받다가 잘못하여 한쪽 눈이 멀게 되지만 어쨌든 그 비자 덕분

57    위의 논문, 170쪽.
58    《삼국사기》하, 485쪽. 王勅中使, 抵其家殺之, 使者取於襁褓中, 投之樓下, 乳婢竊捧之, 誤以手觸, 眇其一目, 抱而逃竄, 劬勞養育.

에 궁예는 목숨을 구하게 된다. 즉 위의 인용문은 궁예가 태어나자마자 피살 위기를 겪게 되고, 구출자인 동시에 양육자인 비자婢子를 만나게 되는 과정을 서술한 것이다. 이로써 궁예는 주몽신화에서 보이는 주몽의 일대기와 동일한 전개양상을 보인다는 것을 확인할 수 있다. 어쨌든 궁예는 비자婢子 덕분에 다행히 목숨은 구했으나 그 성장과정은 순탄하지 못해 또 한 번의 위기를 맞고 결국은 출가를 결심하게 된다.

> 장성해서는 승려僧侶의 계율戒律에 구애拘礙하지(조심하지) 않고, 기상氣像이 활발하며 담기膽氣가 있었다. 일찍이 재齋 올리는 데 나가 행렬行列에 들었는데, 까마귀들이 무엇을 물어다가 그의 바리때 속에 떨어뜨렸다. 주워 보니 아첨牙籤에 왕자王字가 써 있으므로 비밀히 간직하여 말하지 않고 퍽 자부심自負心을 가지게 되었다.[59]

성장과정에 있어서도 평범한 인물로서가 아니라 주몽신화에서처럼 '기아 혹은 피살 위기'를 겪게 되고, '구출자·양육자를 만난다'는 서술구조와 '성장과정'과 '성장 후의 위기를 극복한다'는 서술구조가 드러난다. 이는 궁예가 비록 패왕이 되어 사람들에게 부정적인 인물로 낙인이 찍히게 되지만, 한 때나마 나라를 건국하여 왕이 된 것은 그의 탄생신화에서 보여주듯이 처음에는 그가 통치자로서의 정당성을 가지고 있었기 때문이다.

조동일은 '영웅의 일생'을 '고귀한 혈통, 비정상적 출생, 탁월한 능

---

59　《삼국사기》하, 485~486쪽. 及壯不拘檢僧律, 軒輊有膽氣, 嘗赴齋, 行次有烏鳥銜物, 落所持鉢中, 視之, 牙籤書王字, 則秘而不言, 頗自負.

력, 기아와 죽음, 죽음의 극복, 성장 후의 위기, 투쟁에서의 승리'와 같이 유형구조로 정리하고 있다.[60] 여기서 알 수 있듯이 영웅담에서 중요한 화소로 등장하는 것이 바로 기아체험이다. 궁예의 미래는 국가에 해가 되는 불운으로 예견되었기 때문에 버림을 받는다. 물론 그가 버림을 받는 이유는 신화에 등장하는 통치자와 같이 비정상적인 출생으로 인한 것이 아니다. 그가 통치자가 될 운명을 가졌다는 것은 확실하지만 국가에 해를 끼치게 되는 통치자이기에 버림받을 수밖에 없는 것이다. 한 나라의 통치자가 되지만 신의 뜻을 따라 통치를 잘하는 인물이 아니라 나라에 해(害)가 되는 인물이 되어 결국 나라를 망하게 하는 통치자가 될 것을 탄생설화에서 보여주는 것이다. 그러나 이러한 성장과정은 그가 폭군이 될 수밖에 없는 운명을 만들어 준 이유도 된다. 고대 그리스의 극시인(劇詩人) 소포클레스가 창작한 비극의 주인공인 오이디푸스왕이 운명을 피하려다가 오히려 그것이 운명을 맞이하게 되는 비극의 요소가 된 것[61]처럼 말이다.

---

60  조동일, 「영웅의 일생, 그 문학사적 전개」, 《동아문화》 10집, 서울대학교 동아문화연구소, 1971.

61  고대 그리스의 극시인(劇詩人) 소포클레스의 비극이다. 테베의 왕 오이디푸스는 나라 안에 악역(惡疫)이 유행할 때, 선왕(先王)을 살해한 범인을 추방해야 된다는 신탁(神託)에 따라 그 범인을 색출하는 데 전력을 기울인다. 왕은 한때, 집정(執政)인 크레온을 의심하지만, 예언자 테이레시아스의 예언과 선왕의 왕비이며 자신의 아내인 이오카스테의 설명을 들은 뒤 점차 자기 자신에 대한 의혹이 깊어져 간다. 코린토스 사자(使者)의 말, 자신이 테베에 들어오기 직전에 저지른 살인, 자신에게 내려진 저주스런 예언, 그리고 선왕의 아들을 버린 양치기의 증언 등 이 모든 것으로 마침내 그는 자신이 운명의 손길에서 벗어나려고 하다가 결국 운명의 그물에 사로잡힌 존재로서, 아버지인 선왕을 살해하고 어머니를 아내로 맞았다는 사실을 알게 된다. 극도의 절망상태에 빠진 오이디푸스왕은 스스로 자신의 눈알을 뽑아내고 방랑자가 되며, 왕비 이오카스테는 자살한다.(소포클레스 저, 김종환 역, 『King Oedipus』, 지만지, 2010.)

나. 일반적인 징후

설화시대의 통치자는 선조에 의해서든 탄생담에 의해서든 신성성을 부여받게 된다. 선조가 신화적 인물이라든가 탄생에 있어서 신이함을 갖추었다는 등의 신성성을 통해 통치자로서의 정당성을 부여받게 되는 것이다. 그리고 일단 통치자가 되었다는 것은 아무리 무능력하고 패륜적인 통치자라고 해도 그가 범인凡人과는 다르다는 것을 알수 있다. 그러한 통치자가 통치권을 잃게 되는 것은 신성성을 상실하게 될 때 가능하다. 특히 한 나라에서 통치자가 바뀐다는 것은 백성들에게는 그것을 받아들일 수밖에 없는 정당한 이유가 필요하다. 그 중에 가장 확실한 것은 신에게 버림받아 신성성을 상실하는 징후들을 보여주는 것이다.

소제小帝는 여자가 남자로 바뀌었으므로 돌날부터 왕위에 오르기까지 늘 부녀자의 놀이를 즐겼다. 비단주머니 차기를 좋아하고, 도사들과 희롱하였다. 그러므로 나라에 큰 난리가 일어났으며, 마침내 선덕宣德과 김양상金良相에게 시해당했다.[62]

혜공왕은 경신(780)에 즉위해 5년 동안 다스리다가 선덕왕宣德王에게 죽게 된다. 표훈대사가 경덕왕에게 나라가 위태하게 됨을 예고하였다. 그러나 경덕왕은 이를 무시하고 아들을 낳았는데, 혜공왕은 돌날부터 왕위에 오르는 날까지 항상 여자의 놀이를 하고 자랐다. 비단주머니를 차거나 도류와 어울려 희롱하고 노니 나라가 크게 어지러워

---

62    《삼국유사》, 157쪽. 小帝旣女爲男故, 自期晬至於登位, 常爲婦女之戲, 好佩錦囊, 與道流爲戲, 故國有大亂, 修爲宣德與金良相所弑.

진다. 따라서 다음과 같은 징후들이 나타나게 된다.

> 대력 초년(766) 강주康州 관청의 대당大堂 동쪽 땅이 차츰 꺼져내려
> 못이 되었는데, 새로가 13자에다 가로가 7자였다. 갑자기 잉어 대여
> 섯 마리가 잇따라 나타나더니 차츰 커졌다. 못도 역시 따라서 커졌다.
> 2년 정미(667)에는 또 천구성天狗星이 동루東樓 남쪽에 떨어졌는데,
> 머리는 항아리만하고 꼬리는 3자나 되었다. 빛깔은 타는 불꽃 같았
> 는데, 천지가 진동했다. 또 이 해에 금포현의 논 5경頃에서 쌀낟이
> 이삭을 이뤘다.
> 이 해 7월에는 북궁 뜨락에 두 별이 먼저 떨어지고, 또 한 별이 떨
> 어졌다. 세 별이 모두 땅 속으로 들어갔다. 이에 앞서 대궐 북쪽 뒷
> 간 속에서 연꽃 두 줄기가 났고, 또 봉성사 밭에도 연꽃이 났다. 호
> 랑이가 금성禁城에 들어왔는데, 뒤를 쫓아갔지만 잡지 못했다. 각간
> 대공大恭의 집 배나무 위에 참새가 수없이 모였다.[63]

경덕왕이 표훈대사의 경고를 무시하고 아들을 낳았는데 그가 혜공
왕이다. 혜공왕이 즉위하자 위와 같은 징후들이 나타난다. 대당 동쪽
의 땅이 연못으로 바뀌고, 갑자기 잉어가 커지자 연못도 따라 커진다.
또 갑자기 혜성이 떨어지자 하늘과 땅이 진동하고 논 속에서 쌀이 모
두 이삭으로 매달린다. 7월에는 세 별이 모두 떨어져 모두 땅속으로

---

[63] 《삼국유사》, 158쪽. 大曆之初, 康州官署大堂之東, 地漸陷成池, 從十三尺, 橫七尺, 忽有
鯉魚五六, 相繼而漸大, 淵亦隨大. 至二年丁未, 又天狗隆於東樓南, 頭如瓮, 尾三尺許,
色如烈火, 天地亦振. 又是年, 今浦縣稻田五頃內, 皆米顆成穗. 是年七月, 北宮庭中, 有
二星墜地, 又一星墜, 三星皆沒入地. 先時, 宮北厠圊中, 二莖蓮生, 又奉聖寺田中生蓮.
虎入禁城中, 追覓失之. 角干大恭家梨木上雀集無數.

들어간다. 대궐에 두 줄기 연꽃이 나고, 봉성사 밭 속에서도 연꽃이 생겨나며 범이 궁성 안으로 들어오고, 각간의 집 배나무에 참새가 무수히 모여든다. 〈안국병법〉에 의하면 이런 일이 있으면 천하가 크게 어지러워진다고 한다. 임금은 이에 대사령을 내려 몸을 닦고 반성했으나 각간 대공이 반란을 일으켜 나라가 어지러워지고, 각간의 집이 망하자 그 집의 보물과 비단과 재산을 왕궁으로 옮겼는데, 신성의 장창이 불에 타자 마을에 있던 역적들이 보물과 곡식을 또한 왕궁으로 운반해 들였다. 난리가 3개월 만에 멎었다. 결국 혜공왕은 선덕왕宣德王에 의해 죽음을 당한다.

역사적으로 통치자라고 해서 모두 나라를 훌륭하게 다스리고, 그에 맞게 생을 다하여 끝나는 것은 아니다. 반역과 여러 가지 시대적 상황은 물론 통치자의 특성에 따라 통치의 기간이 달라질 수 있는 것이다. 이는 통치자가 통치자로서의 능력이 사라진다면 바로 통치권을 상실하는 것과 마찬가지다. 따라서 위와 같은 이상징후異常徵候가 나타나는 것은 통치자가 통치자로서의 능력과 마음이 없기 때문에 통치의 정당성을 갖게 해주는 신성성을 잃게 하는 현상인 것이다. 즉 통치자가 죽임을 당하는 정당함을 신성성의 상실에서 보여주는 것이다.

궁예와 관련된 설화에서는 이미 탄생에서부터 통치자로서의 능력이 상실됨을 암시했었다. 게다가 다음의 노래와 관련된 사건들은 통치자로서의 신성성과 정당성이 사라지게 됨을 상징한다.

이에 앞서 상객商客 왕창근王昌瑾이 당唐에서 와서 철원鐵圓 시전市廛에 우거寓居하였다. 정명貞明 4년 무인戊寅(新羅 景明王 2년)에, 시중市中에 모양이 괴위魁偉하고 모발毛髮이 모두 흰 사람 하나가 나타났는데, 옛날 의관衣冠을 입고 왼손에는 자기磁器 사발을 가지고 오른 손에는 고경古鏡을 들고 와서 창근昌瑾에게 이르기를 "거울을 살 수 있는가" 하므로 창근昌瑾이 곧 쌀로써 바꾸었다. 그 사람은 쌀을 거리의 걸아乞兒들에게 나누어 주고 어디로 갔는지 알지 못하였다. 창근昌瑾이 그 거울을 벽상壁上에 걸었는데, 해가 거울에 비치며 (거기에) 가는 글자가 씌어 있었다. 읽어 보니, 고시古詩와 같은 것으로서 대략 이러한 것이다.

상제上帝가 아들을 진마辰馬 : 辰韓 馬韓 땅에 내려보내니,

먼저 닭을 잡고 뒤에 오리를 때린다.

사년중巳年中에는 두 용龍이 나타나는데,

하나는 몸을 청목중靑木中에 감추고,

하나는 형상을 흑금동黑金東에 나타냈도다.[64]

위의 노래에 앞서 상객商客 왕창근王昌瑾이라는 사람이 철원鐵圓 시전市廛에서 지냈는데, 그 때 괴위魁偉하고 모발이 모두 하얀 사람 하나가 나타났다. 옛날 의관衣冠을 입고 왼손에는 자기磁器 사발을 가지고 오른 손에는 고경古鏡을 들고 와서 쌀로 바꾼 후 쌀을 거리의 걸아乞兒들에게 나누어 주고 사라진다. 창근에게 남기고 간 그 거울에 드러난 글귀는 궁예의 몰락을 의미하고 있으며, 더불어 태조 왕건이 통치자로서의 능력을 갖추었음을 암시하는 결과도 된다. 우리가 알고 있는 통치자의 정당성은 하늘에서 부여받은 것으로 감히 그에 대해 반박할

---

64  《삼국사기》하, 491쪽. 先是有商客王昌瑾, 自唐來, 寓鐵圓市廛, 至貞明四年戊寅, 於市中見一人, 狀貌魁偉, 鬢髮盡白, 着古衣冠, 左手持瓷椀, 右手持古鏡, 謂昌瑾曰, 能買我鏡乎, 昌瑾卽以米換之, 其人以米俵街巷乞兒, 而後不知去處. 上帝降子於辰馬, 先操鷄後搏鴨, 於巳年中二龍見, 一則藏身靑木中, 一則顯形黑金東.

수 없음을 강조하여 왔다. 그러나 그러한 정당성을 물려받은 통치자임에도 불구하고 백성들을 힘들게 하고 나라를 슬기롭게 이끌지 못하는 정치를 한다면 당연히 그 정당성은 사라지게 되고 자연히 하늘로부터 그에 대한 계시가 내려진다. 따라서 의관을 입은 노인이 나타나 그러한 징후를 보인 것이다.

백제 의자왕은 윤리적이며 도덕적인 통치자의 자질을 갖추어서 왕이 되었는데, 왕으로 즉위하자 주색에 빠지고 정치가 거칠어 나라가 위태로워졌다. 성충成忠의 간언諫言도 듣지 않고 그를 죽게 했다. 그러자 나라에 다음과 같은 징후들이 나타나기 시작한다.

현경 4년 기미(659)에 백제 오회사烏會寺에 크고 붉은 말이 나타나 밤낮 열두 시간이나 절을 돌았다. 2월에는 여우떼가 의자왕의 궁중에 들어왔는데, 흰 여우 한 마리는 좌평의 책상 위에 앉았다. 4월에는 태자궁에서 암탉이 작은 참새와 교미했다. 5월에는 사자수泗沘水 기슭에서 커다란 고기가 나와 죽었는데, 길이가 세 길이나 되었다. 그 고기를 먹은 사람들이 모두 죽었다. 9월에는 궁중의 홰나무가 사람이 곡하는 것처럼 울었으며, 밤에는 귀신이 궁궐 남쪽 길 위에서 울었다.

5년 경신(660) 2월에는 서울의 우물물이 핏빛으로 변했다. 서해 바닷가에 작은 고기들이 나와서 죽었는데, 백성들이 아무리 먹어도 없어지지 않았으며, 사자수가 핏빛이 되었다. 4월에는 개구리 수만 마리가 나무 위에 모였으며, 서울 저자의 사람들이 공연히 놀라서 누가 잡으러 오기라도 하는 것처럼 달아나다가 놀라 자빠져 죽은 자가 백여 명이나 되었고, 재물을 잃어버린 자도 수없이 많았다.

6월에는 왕흥사 중들이 배 같은 것들이 큰 물결을 따라 절문으로 들어오는 모습을 보았다. 들사슴처럼 큰 개가 서쪽으로부터 사자수 언덕에 이르러 왕궁을 향해 짖기도 했는데, 얼마 뒤에 어디로 갔는지 알 수 없게 되었다. 성중의 개떼들이 한길에 모여 짖기도 하고 울기도 하다가 시간이 지난 뒤 흩어졌다. 한 귀신이 궁중에 들어와 크게 외쳤다.

"백제가 망한다. 백제가 망해."

귀신은 곧 땅속으로 들어가 버렸다. 왕이 괴이하게 여겨 사람을 시켜 땅을 파보니 깊이 석 자쯤 된 곳에서 거북이 한 마리가 나왔는데 등에 글이 있었다.

"백제는 보름달이고 신라는 초승달 같다."[65]


위의 인용문과 같이 백제에는 많은 징후들이 보인다. 사자수에서 괴이한 고기가 나오고 그 고기를 먹은 사람들은 모두 죽었다. 특히 서울의 우물물이 핏빛으로 변했고, 바닷가의 고기들이 죽었다. 인간에게 가장 기본적인 음식이 물이다. 그러한 물이 핏빛으로 변했다는 것은 인간에게 죽음을 의미하기도 한다. 이에 대한 부정적인 징후는 서양의 경서經書인 성경聖經에서도 볼 수 있다. 따라서 서울의 우물물이나 사자수가 핏빛으로 변했다고 하는 것은 아주 부정적인 징후로 볼 수 있고, 이로 인해 서울 저자의 사람들은 혼란에 빠지게 된다. 게다

---

65 《삼국유사》, 125쪽. 現慶四年己未, 百濟烏會寺有大赤馬, 晝夜六時, 遶寺行道, 二月, 衆狐入義慈宮中, 一白狐坐佐平書案上, 四月, 太子宮雌雞與小雀交婚, 五月, 泗沘岸大魚出死, 長三丈, 人食之者皆死, 九月, 宮中槐樹鳴如人哭, 夜鬼哭宮南路上. 五年庚申春二月, 王都井水血色, 西海邊小魚出死, 百姓食之不盡, 泗沘水血色, 四月, 蝦蟆數萬集於樹上, 王都市人無故驚走, 如有捕捉, 驚仆死者百餘, 亡失財物者無數. 六月, 王興寺僧皆見如舡楫隨大水入寺門, 有大犬如野鹿, 自西至泗沘岸, 向王宮吠之, 俄不知所之, 城中群犬集於路上, 或吠或哭, 移時而散, 有一鬼入宮中, 大呼曰百濟亡! 百濟亡! 卽入地, 王怪之, 使人掘地, 深三尺許, 有一龜, 其背有文, 百濟圓月輪, 新羅如新月.

가 짐승들이 불길한 행동을 하기도 하고, 귀신이 직접 나타나 백제의 멸망을 알리기도 한다. 또한 거북의 등에 '백제는 보름달이고 신라는 초승달 같다.'라는 글이 있었는데, 무당에게 점을 쳐 보니 무당이 '둥근달은 가득 찬 것이니, 차면 이지러지게 마련입니다. 초승달 같다는 것은 아직 차지 않은 것이니, 아직 차지 않았으면 차츰 차게 됩니다.'라고 했다. 그러자 왕은 노해 그 무당을 죽이고, 오히려 간사스러운 말만을 믿었다. 이에 신라왕 춘추는 당나라의 도움을 받아 백제를 공격하기에 이른다. 이러한 여러 징후들 속에서 나라는 결국 당나라와 신라의 군사에 의해 멸하게 되고, 의자왕을 비롯한 왕족과 신하는 물론 백성들도 당나라의 포로가 되어 끌려가게 된다.

이와 같이 왕이 신성성을 상실했다는 것은 왕권을 비롯해 왕조 교체를 의미하기도 한다. 역사라는 것이 승자의 입장에서 기록되었다고 해도, 승자가 왕권이나 왕조 교체의 정당성을 갖기 위해서는 전왕의 신성성이 상실되어야 가능한 일이기 때문에 이러한 징후들이 기록되었을 것이다. 즉 이미 언급한 통치자로서의 정당성을 입증하기 위해 신성성이 필요하듯 통치자로서의 정당성을 상실하게 되는 방법에서도 신성성이 이용되었다. 신성성이 성립되느냐 상실되느냐에 따라 통치권의 여부가 좌우左右되는 것이다.

## 2) 통치자로서의 능력

### (1) 유능한 통치자
#### 가. 비범한 능력
통치자는 일반적으로 고귀한 혈통과 뛰어난 능력으로 일반인들에게 통치자로서 인정을 받는다. 이는 통치자의 변별성을 강조하는 과정에서 드러나는 특성이라고 할 수 있다. 즉 일반인이 함부로 넘볼 수도 없고, 범접해서도 안 되는 존재로서 신을 대신하는 자이기 때문에 기이한 탄생과 특별한 능력을 가지고 있다. 이러한 점들은 한 나라를 다스릴만한 충분한 인물인 통치자로서의 정당성을 의미한다. 다음에 보이는 주몽신화에서 주몽은 통치자로서 갖추어야 할 능력에 대해 자세히 서술하고 있다.

> 나이 겨우 일곱 살이 되자 몹시 숙성하여 여느 아이와 달랐으며, 스스로 활과 살을 만들었다. 백 번 쏘면 백 번 맞췄다. 나라 풍속에 활 잘 쏘는 이를 일러서 '주몽'이라 했으므로, 이를 이름으로 삼았다.[66]

주몽은 천제天帝의 아들 해모수와 하백의 딸 유화 사이에서 태어난 신의 혈통을 가진 자이지만 단군과는 달리 주몽은 건국주가 될 운명을 신적인 혈통에서만 찾는 것이 아니라 비범한 능력을 통해서 드러내고 있다. 외형적인 면모에서도 뼈대와 몸가짐이 영특하고 기이했으며, 일곱 살밖에 안 됐는데 여느 아이와 달라 스스로 활과 화살을 만든다. 또한 뛰어난 활솜씨로 백발백중百發百中하니 나라 풍속에 따라 이름도 '주몽'이라 한 것이다. 이러한 그의 비범한 능력은 그가 건국주로서, 통치자로서 사람들로 하여금 인정하게 하는 역할을 하고 있는 것이다. 이는 고조선의 단군신화보다는 좀 더 발전된 통치자의 양

---

66  《삼국유사》, 82쪽. 年甫七歲, 岐嶷異常, 自作弓矢, 百發百中, 國俗謂善射爲朱蒙, 故以名焉.

상을 보여주고 있는 것이다. 다음 수로신화에서 수로왕은 주몽신화보다는 통치자로서의 비범한 능력을 뚜렷하게 드러내고 있다.

이때 갑자기 완하국阮夏國 함달왕含達王의 부인이 임신했는데, 달이 차자 알을 낳았다. 이 알이 화해서 사람이 되었으니, 그 이름은 탈해脫解였다. 그가 바다길을 따라 (가야에) 왔는데, 키가 석 자에다 머리 둘레가 한 자나 되었다. 그가 혼연히 대궐로 가서 왕에게 말했다.

"나는 왕의 자리를 빼앗으러 왔소."

왕이 대답했다.

"하늘이 나를 명해 왕위에 오르게 하고, 장차 나라 안을 안정시키며 백성들을 편안케 하도록 했다. 그러니 어찌 감히 하늘의 명을 어기고 그대에게 자리를 주겠으며, 또 어찌 감히 우리나라와 우리 백성들을 네게 맡기겠는가?"

탈해가 말했다.

"그렇다면 술법으로써 겨뤄보는 것이 좋겠다."

왕이 "좋다"고 했다. 잠깐 사이에 탈해가 화해 매가 되자, 왕이 화해 독수리가 되었다. 또 탈해가 화해 참새가 되자, 왕은 화해 새매가 되었다. 이 사이에 조금도 시간이 걸리지 않았다. 탈해가 본신으로 돌아오자, 왕도 또한 본신으로 돌아왔다. 탈해가 마침내 엎드려 항복했다.

"내가 술법으로 다투는 마당에 매가 되자 (왕께서는) 독수리가 되었고, 참새가 되자 새매가 되었습니다. 그런데도 내가 목숨을 보전한 것은 죽이기를 싫어하는 성인이 어진 마음 때문이었습니다. 내가 왕과 더불어 왕위를 다투는 것은 참으로 어렵겠습니다."

그는 곧 절하며 하직하고 나가버렸다.[67]

　수로왕은 왕위를 빼앗으러 온 탈해와 술법을 겨뤄 이긴다. 주몽신화에서 주몽은 자신이 왕이 되기 위해 자신의 능력을 발휘하지만 수로왕은 왕위를 지키기 위해 통치자로서의 능력을 발휘한다. 앞서 논의한 단군신화나 혁거세신화에서는 군이 통치자로서의 능력이 아니더라도 신의 혈통을 가졌다면 그것만으로도 나라를 통치할 수 있는 충분한 명분이 성립되는 것이다. 그러나 시대가 흘러 천손天孫이라는 혈통만으로는 통치자로서의 명분을 세우기에는 부족한 것이다. 그러므로 주몽신화에서 주몽은 신의 혈통과 기이한 탄생을 가졌음에도 불구하고 통치자로서의 능력까지도 필요하게 된 것이다. 그리고 그 이후의 가락국기駕洛國記에서 수로왕은 한 차원 더 진화한 통치자로서의 비범한 능력을 보여주게 된다. 따라서 보다 앞선 주몽신화보다는 좀 더 적극적이고 비범한 통치자로서의 능력을 서술하고 있다.

　수로왕은 자신과 같은 기이한 탄생을 한 탈해가 왕위를 빼앗으러 왔지만 술법을 겨뤄 이긴다. 월등越等한 능력을 갖추고 싸움을 하는 것은 지켜보는 사람에게는 그리 대단하거나 특별한 것은 없다. 그러나 동등同等한 위치나 하등下等한 위치에서 능력을 겨뤘을 때 승리하는 것은 보는 이로 하여금 큰 성취감과 함께 감동을 주게 된다. 또한

---

67　《삼국유사》, 209~210쪽. 忽有琓夏國 含達王之夫人妊娠, 彌月生卵, 化爲人, 名曰脫解. 從海而來, 身長三尺, 頭圍一尺. 悅焉詣闕, 語於王云, "我欲奪王之位, 故來耳." 王答曰, "天命我俾卽于位, 將令安中國而綏下民, 不敢違天之命以與之位, 又不敢以吾國吾民, 付囑於汝." 解云, "若爾可爭其術." 王曰, "可也". 俄頃之間, 解化爲鷹, 王化爲鷲, 又解化爲雀, 王化爲鷂. 于此際也, 寸陰未移, 解還本身, 王亦復然. 解乃伏膺曰, 僕也適於角術之場, 鷹之鷲, 雀之於鷂, 獲免焉, 此盖聖人惡殺之仁而然乎. 僕之與王, 爭位良難. 便拜辭而出.

자신의 위치를 극복하여 승리를 한 자는 위대해 보이기까지 한다. 따라서 자신과 같이 기이한 출생으로 태어나 자신과 비슷한 능력을 가진 탈해와의 대결에서 이겼다는 것은 앞서 말한 대결보다는 큰 의의를 가진다고 할 수 있다. 즉 수로왕은 신적인 능력을 가진 탈해脫解보다도 더 뛰어난 능력을 가지고 있기 때문에 나라를 지킬 수 있는 통치자로서의 능력을 인정받게 되는 것이다.

드디어 군사를 나누어 주면서 동쪽으로 가서 공략攻略하게 하니, 이에 그는 치악산雉岳山 석남사石南寺에 출숙出宿하고, 주천酒泉·내성奈城·울오鬱烏·어진御珍 등 현성縣城을 습격하여 모두 항복받았다. 건녕乾寧(唐昭宗 연호) 원년(眞聖王 8년)에는 명주(溟州)로 들어가니, 군사가 3,500명이나 되었다. 이를 14대隊로 나누어 김대검金大黔·모흔毛昕·장귀평長貴平·장일張一 등으로 사상舍上[舍上은 部長을 말함이다]을 삼고 사졸士卒과 더불어 감고甘苦와 노일勞逸을 같이하며, 주고 빼앗고 하는 데 있어서도 공公으로 하고 사사私事로 하지 아니하니, 이로써 중심衆心이 그를 두려워하고 경애敬愛하여 장군將軍으로 추대하였다.[68]

통치자로서의 능력은 여러 가지로 나타날 수 있다. 신화에서는 천부인과 같은 신이한 물건을 다룰 수 있고, 미래를 예견하여 행동하며, 어릴 때부터 활을 잘 쏘는 등의 능력이 나타난다. 신화시대를 벗어난 시대에서도 알 수 있지만 그러한 능력 중의 하나는 바로 사람이다. 주

---

68   《삼국사기》하, 486쪽. 遂分兵, 使東略地, 於是出宿雉岳山石南寺, 行襲酒泉·奈城·鬱烏·御珍等縣, 皆降之, 乾寧元年, 入溟州, 有衆三千五百人, 分爲十四隊, 金大黔·毛昕·長貴平·張一等舍上, 與士卒同甘苦勞逸, 至於予奪, 公而不私, 是以衆心畏愛, 推爲將軍.

변에 그를 도와주는 사람과 그를 따르는 사람들이 많아야 그는 한 나라의 왕으로 인정을 받을 수 있는 권한이 주어지는 것이다. 고려 태조 왕건도 이와 같은 힘이 있었기에 고려라는 나라를 창건할 수 있었다. 그러나 이러한 통솔력은 그냥 따라오는 것이 아니라 통치자로서의 정당성이 드러날 때 사람들은 그를 인정하여 따르게 되는 것이다. 따라서 궁예도 이러한 능력을 갖추었기 때문에 짧은 기간이었지만 나라를 세우고 통치자가 될 수 있었다. 마찬가지로 견훤은 혼란한 시기에 맞춰 나라를 돌아다니며 사람을 모은다.

당소종唐昭宗 경복景福 원년은 신라新羅 진성왕眞聖王 재위在位 6년인데, 아첨하는 소인小人 : 嬖堅들이 (왕의) 곁에 있어 정권政權을 농간하니 기강紀綱은 문란하여 해이해지고, 기근饑饉이 겹쳐 백성들이 유리流移하고 도적들이 벌떼같이 일어났다. 이에 훤萱은 은근히 반심叛心을 품고 무리를 모아 서울 서남西南쪽의 주현州縣들을 진격進擊하니, 가는 곳마다 (메아리쳐) 호응呼應하여 그 무리가 달포 사이에 5,000여 명에 달하였다.[69]

나라가 혼란해지고 기근으로 인해 백성들이 흩어지고 도적들이 벌떼처럼 일어나자 견훤은 스스로 일어나 무리를 모으며 자신의 사람들로 만들어 스스로 왕이 되기를 자처했다. 그는 싸움을 잘하고 사람들을 잘 끌어들이는 능력으로 달포 안에 5천명에 달하는 무리를 모았다. 시기적으로 혼란했다는 점도 그에게 유리했지만 그가 통치자적

---

69 《삼국사기》하, 493쪽. 唐昭宗景福元年, 是新羅眞聖王在位六年, 嬖堅在側, 竊弄政柄, 綱紀紊弛, 加之以饑饉, 百姓流移, 群盜蜂起, 於是萱竊有覦心, 嘯聚徒侶, 行擊京西南州縣, 所至響應, 旬月之間, 衆至五千人.

능력을 보여줌으로써 통솔력을 갖게 되는 것이다.

궁예 또한 스스로 통치자로서의 권위와 능력을 보여주기 위해 가시적可視的이며 과장된 모습을 보여주려고 노력한 인물이다. 그는 새로운 나라를 창건하며 통치자로서의 정당성을 인정받기 위해 스스로를 신격화한 상징적인 행동들을 한다.

> 선종善宗이 미륵불彌勒佛을 자칭自稱하며, 머리에 금책金幘을 쓰고 몸에 방포方袍를 입었으며, 장자長子를 청광보살靑光菩薩, 계자季子를 신광보살神光菩薩이라 하였다. 외출外出할 때에는 항상 백마白馬를 타고 채색彩色 비단으로 말갈기鬃와 꼬리尾를 장식하고, 동남동녀童男童女로 일산과 향화香花를 받들게 하여 앞에서 인도하고, 또 비구比丘 200여 명으로 범패梵唄(佛德을 찬양하는 노래)를 부르면서 뒤를 따르게 하였다.[70]

궁예는 나라를 세우고 나라의 기강을 바로 잡으며 여러 관청을 설치하는 등 통치자로서의 능력을 보여준다. 아울러 그가 승려임을 강조하여 종교적으로 신격화하여 신성성을 통한 통치의 정당성을 세우려고 노력한다. 스스로를 '미륵불'이라 칭하고, 자손들까지 '보살'이라 하며, 화려한 행색을 갖추고, 종교인들을 불러 자신의 곁에 머물게 하며, 종교적 상징성을 보여주려고 했다. 어떤 영화에서 부정적인 인물이 등장하는데 그는 자신의 부정함을 감추기 위해 자신의 주위에 불경을 외우는 승려들을 둘러싸게 하고, 스스로 신격화하는 장면을

---

70  《삼국사기》하, 490쪽. 善宗自稱彌勒佛, 頭戴金幘, 身被方袍, 以長子爲靑光菩薩, 季子爲神光菩薩, 出則常騎白馬, 以綵飾其鬃尾, 使童男童女奉幡蓋香花前導, 又命比丘二百餘人梵唄隨後.

본 적이 있다. 말하자면 궁예는 당시 자신의 부정적인 모습을 감추기 위해서 자신의 모습을 더욱 신격화하여 감추려고 했을지도 모른다. 그러나 어쨌든 이러한 일화에서도 알 수 있듯이 통치자로서의 능력은 다른 사람들과는 변별된 점을 강조하고 있음을 알 수 있다.

통치자로서의 자질 중에서 신성성을 갖는 것도 중요하지만 한 나라를 통치하는 인물로서 다른 사람들과는 변별되는 능력이 필요하다. 신이하거나 비범한 능력들을 통해 스스로의 정당성을 보여줌으로써 통치자로서 인정받게 되는 것이다.

### 나. 지인지감知人之鑑

통치자들은 신하를 비롯하여 주위에 많은 사람들을 거느린다. 신하들 중에서도 자신을 제대로 보필하고, 자신을 위해 목숨을 바칠 수 있는 신하를 두는 것은 통치자로서 가장 큰 복이다. 따라서 왕들은 자신을 도와줄 사람들과 해가 될 사람들을 구별할 수 있어야 한다. 예를 들어 고려 태조 왕건은 뛰어난 통찰력으로 군사적, 정치적 지략을 도왔던 최승우를 비롯해 목숨을 바쳐 자신을 지켜주는 신하들을 항상 그의 곁에 두었다. 이는 그들이 왕건의 자질을 알아보고 따르기도 했지만 통치자로서 인재를 알아볼 수 있는 능력이 있었기 때문에 가능한 일이라고 할 수 있다. 이러한 통치자로서의 면모는 향가의 배경설화에서도 드러난다. 다음 〈안민가〉의 배경설화에서 왕은 신하들이 영복승으로 데려온 대덕을 부정하고, 충담을 데려오자 기뻐하며 맞이한다.

왕이 나라를 다스린 지 24년에 5악과 3산의 신들이 가끔 나타나 궁정에서 모셨다. 3월 3일날 왕이 귀정문 누상에 앉아 좌우에게 물었다.

"누가 실에서 영복승榮服僧 한 사람을 데려오겠는가?"

마침 위의가 선명하고도 조촐한 한 대덕大德이 바람을 쏘이며 지나가고 있었다. 신하들이 보고서 데려와 뵈었지만, 왕이 말했다.

"내가 말한 영승이 아니다."

왕은 그를 물리쳤다. 또 한 중이 가사를 입고 앵통櫻筒을 지고 남쪽에서 오고 있었다. 왕이 기뻐하며 보더니, 누상으로 맞이했다.[71]

위의 내용에서는 대덕과 충담의 수사적 차이를 단지 '선명하고도 조촐하다'와 '가사를 입고 앵통을 지고 남쪽에서 오다'라고 나타내고 있다. 신하들이 영복승이라고 생각한 대덕을 왕은 오로지 겉모습의 차이로 영승이 아니라며 물리친다. 왕은 신하들이 볼 수 없는 눈을 가졌으니 특별한 차이가 없더라도 가려낼 수 있는 것이다.

또한 〈처용랑 망해사〉조에서도 왕은 용왕의 아들 일곱 중에 처용의 인물됨을 알아본다. 그가 왕을 따라 서울에 오기는 했지만 정치를 보좌하는 처용의 능력을 꿰뚫어 본 것이다.

그 중 한 아들이 왕의 행차를 따라 서울에 들어와 왕의 정치를 보좌했는데, 그 이름을 처용處容이라 했다. 왕이 미녀를 아내로 삼아주어 그의 마음을 잡아두려 했다. 또 급간 벼슬도 주었다.[72]

---

71  《삼국유사》, 153쪽. 王御國二十四年, 五岳·三山神等, 時或現侍於殿庭. 三月三日, 王御歸正門樓上, 謂左右曰, "誰途中得一員榮服僧來?" 於是, 適有一大德, 威儀鮮潔, 徜徉而行, 左右望而引見之. 王曰, "非吾所謂榮服僧也." 退之. 更有一僧, 被衲衣負櫻筒, 從南而來, 王喜見之, 邀致樓上.

72  《삼국유사》, 168~169쪽. 其一子隨駕入京, 輔佐王政, 名曰處容. 王以美女妻之, 欲留其意, 又賜級干職.

왕은 자신의 옆에서 보좌하는 처용의 인물됨을 꿰뚫어 보고, 옆에 두고자 미녀와 혼인시키고 벼슬까지 내린다. 물론 그가 동해 왕의 아들인 것만도 특수하다고 할 수 있으나 역신조차도 꼼짝 못하게 만드는 인물임을 왕은 이미 간파한 것이다. 다음은 경문왕이 낭도로 있을 때 18세에 국선이 되자 헌안대왕憲安大王이 그에게 질문을 했다.

> 왕의 휘는 응렴膺廉인데, 18세에 국선이 되었다. 20대가 되자 헌안 대왕憲安大王이 낭을 불러 대궐에서 잔치를 베풀고 물었다.
> "낭이 국선이 되어 사방을 돌아다니면서 어떤 이상한 일을 보았는가?"
> 낭이 아뢰었다.
> "신이 아름다운 행실을 지닌 사람 셋을 보았습니다."
> 왕이 말했다.
> "그 이야기를 듣고 싶네."
> "남의 윗자리에 있을 만하면서도 남의 아랫자리에 앉는 자가 있었는데, 이것이 첫째입니다. 대단한 부자이면서도 검소하게 입는 자가 있었는데, 이것이 둘째입니다. 본래는 존귀하고 권세가 있으면서도 위세를 부리지 않는 자가 있었는데, 이것이 셋째입니다."
> 왕이 그의 말을 듣고 그가 어진 것을 알았다. 그래서 자기도 모르게 눈물을 떨어뜨리며 말했다.
> "짐이 두 딸을 두었는데 그대의 건즐巾櫛을 받들게 하겠네."[73]

---

73  《삼국유사》, 165쪽. 王諱膺廉, 年十八爲國仙. 至於弱冠, 憲安大王召郞, 宴於殿中, 問曰, "郞爲國仙, 優遊四方, 見何異事?" 郞曰, "臣見有美行者三." 王曰, "請聞其說." 郞曰, "有人爲人上者, 而攝謙坐於人下, 其一也, 有人豪富而衣儉易, 其二也, 有人本貴勢而不用其威者, 三也." 王聞其言而知其賢, 不覺墮淚而謂曰, "朕有二女, 請以奉巾櫛."

헌안대왕은 국선이 된 응렴膺廉을 불러 국선이 된 것을 축하하는 잔치를 베풀며 물었다. 국선이 되어 돌아다니면서 본 이야기를 듣고 싶다고 하니, 응렴은 세 사람을 만난 이야기를 했다. 그 이야기를 듣고 헌안대왕은 그가 어진 사람이라 생각하고 감동하며 자신의 두 딸 중 한 명을 선택하여 혼인하라고 했다. 헌안대왕은 응렴의 이야기를 들었을 뿐인데 그가 어진 사람임을 알고 자신의 딸과 혼인을 시키겠다고 했다. 통치에 있어서 훌륭한 능력을 갖춘 인물을 곁에 두기 위한 방법 중의 하나가 바로 혼인婚姻이다. 대왕이 자신의 딸과 혼인까지 시킬 만큼 그의 능력을 알아본 것이고, 임종臨終에 가까워지자 자신의 뒤를 잇기에 가장 적합한 인물이 응렴膺廉임을 밝힌다. 따라서 응렴은 헌안대왕의 뒤를 이어 통치자로서의 능력을 인정받아 통치자가 되는 것이다. '임금님 귀는 당나귀 귀'라는 유명한 설화에 나오는 왕이 바로 경문왕인데, 《삼국유사》에서는 어떠한 정치를 했는지 나오지는 않으나 마지막에 '국선들이 임금을 위해 나라를 다스릴 뜻이 있었다.'라는 내용으로 보아 통치자로서 인정받은 왕이었음을 짐작할 수 있다.

이러한 통치자들의 능력은 많은 설화나 서사문학에 드러나고 있다. 중국의 〈삼국지연의〉에서 유비가 그러했으며, 후삼국시대의 견훤이 그러했다. 또한 역사적으로 태종 이방원이나 세조도 반정이라는 큰 사건에 있어서 그들이 성공할 수 있었던 큰 이유는 바로 이러한 '인재를 알아보고 그들을 포용할 수 있는 능력'을 가졌기 때문이다. 따라서 사람을 판별하는 능력은 일국을 책임지는 통치자들에게는 없어서는 안 될 능력인 것이다.

다. 통찰력通察力
통찰력은 사물이나 현상을 전체적으로 환하게 내다보는 능력을 말한다. 여기에서 사물이나 현상을 전체적으로 내다본다는 것은 두 가지 의미가 포함된 것으로 해석할 수 있다. 하나는 넓게 내다본다는 의미이고, 다른 하나는 깊게 내다본다는 의미이다.[74] 즉 통찰력이 갖고 있는 두 가지 측면, 즉 넓게 보는 측면과 깊게 보는 측면을 동시에 지적한 것이라고 할 수 있다.[75] 이 두 가지 측면 모두 한 나라를 다스림에 있어 꼭 필요한 능력이라 할 수 있다. 통치자의 입장에서 나라를 다스린다는 것은 백성과 신하를 모두 살펴야 하고, 한 쪽이 아닌 여러 사람의 요구와 희망, 제안, 의견 등을 듣고 스스로 판단해야 한다. 따라서 한 나라를 통치함에 있어 백성들과 신하의 도움이 전적으로 필요하지만 통치자로서의 이러한 통찰력이 없다면 통치를 잘 하기란 불가능한 일이다.

이러한 통치자의 통찰력은 만기萬機를 잘 살피거나 지혜, 명철, 예언 등 다양한 형태로 나타나는데, 다음은 백제의 건국설화에 관계된 내용으로 통치자로서의 통찰력이 얼마나 중요한가를 알려주는 일화逸話다.

『삼국사』「본기」本紀에는 이렇게 적혀 있다. "백제의 시조는 온조溫祚이고, 그의 아버지는 추모왕雛牟王인데, 주몽이라고도 한다. 북부여에서 난을 피해 도망해 졸본부여에 이르렀다. 그 주州의 왕에게 아

---

74  조동일은 통찰(通察)과 통찰(洞察)을 구분하면서, 통찰(通察)(whole insight)은 살피는 행위의 총괄적인 범위, 즉 살피는 행위가 바르게, 크게, 멀리까지 미쳐서 이루어져, 알아야 할 것을 소상하게 아는 것을 말하는 것이고, 통찰(洞察)(deep insight)은 살피는 행위가 투철하게 이루어진다는 내질을 가리킨다고 하였다.(조동일, 『인문학문의 사명』, 서울대학교 출판부, 1997, 296쪽.)

75  정선영, 「역사교육의 최종 목표와 역사적 통찰력」, 《역사교육》108, 역사교육연구회, 2008, 27쪽.

들이 없고 딸만 셋 있었는데, 주몽을 보고 범상치 않은 사람인 것을 알고 둘째 딸을 아내로 주었다. 오래지 않아 부여주왕扶餘州王이 훙하자 주몽이 왕위를 이어받았다. 두 아들을 낳았는데, 맏은 비류沸流이고, 둘째는 온조였다. 이들은 나중에 태자에게 용납되지 못할 것을 두려워해 드디어 오간烏干·마려馬黎 등의 신하와 더불어 남쪽으로 내려왔는데, 따라오는 백성들이 많았다.

이들이 드디어 한산漢山에 이르렀다. 부아악負兒岳에 올라 살 만한 곳을 찾았는데, 비류가 바닷가에 살려고 하자 열 신하가 간했다. '이 하남河南 땅은 북으로 한수漢水를 두르고, 동으로는 높은 산에 의지했으며, 남으로는 비옥한 들판을 바라보고, 서로는 큰 바다가 막혀 있습니다. 이만큼 험한 자연과 유리한 지형을 얻기 어려운데, 여기에 도읍을 세우는 것이 역시 마땅치 않겠습니까?' 비류는 듣지 않고 그 백성을 나누어 미추홀彌雛忽로 가서 자리를 잡았다. 온조는 하남 위례성慰禮城을 도읍으로 삼고, 열 신하를 보필로 삼아 나라 이름을 십제十濟라 했다. 이때가 한나라 성제成帝 홍가 3년(기원전 18)이었다.

비류는 미추홀의 땅이 습하고 물이 짜서 편안히 살 수 없으므로 되돌아왔는데, 위례성의 도읍이 안정되고 인민이 태평한 것을 보고 부끄러워 뉘우치며 죽었다. 그의 신하와 백성들이 모두 위례성으로 돌아왔다. 돌아올 때 백성들이 즐거워했다고 해서 나중에 나라 이름을 백제로 고쳤다. 백제의 세계世系는 고구려와 함께 부여에서 나왔으므로, '해'解를 성씨로 삼았다."[76]

---

76  《삼국유사》, 184~185쪽. 『史』·「本記」云, "百濟始祖溫祚. 其父雛牟王或云朱蒙, 自北扶餘逃難, 至卒本扶餘, 州之王無子, 只有三女, 見朱蒙知非常人, 以第二女妻之. 未幾, 扶餘州王薨, 朱蒙嗣位, 生二子, 長曰沸流, 次曰溫祚. 恐後太子所不容, 遂與烏干·馬黎等臣南行, 百姓從之者多. 遂至漢山, 登負兒岳, 望可居之地. 沸流欲居於海濱, 十臣諫曰,

위의 내용에서 온조와 비류는 주몽의 아들이다. 즉 나라를 창건한
온조溫祚와 나라를 세우지 못한 비류沸流의 이야기를 통해 통치자에게
있어서 통찰력의 중요성에 대해 이야기하고 있다. 여기에 대해《삼국
사기》에는 다음과 같은 내용이 추가로 전한다.

> 혹은 이르기를, 始祖는 沸流王으로서, 아버지는 優台니 北扶餘
> 王 解扶婁의 庶孫이며, 어머니는 召西奴니 卒本人 延陀勃의 딸이
> 다. (召西奴가) 처음 優台에게 시집가서 두 아들을 낳았는데, 長子는
> 沸流요 次子는 溫祚였다. 優台가 죽자 (召西奴는) 卒本에서 寡婦로
> 지내었다. 뒤에 朱蒙이 (北)扶餘에 容納되지 못하여 前漢 建昭 2년
> (西紀前 37) 2월에 南으로 卒本에 이르러 都邑을 세우고 國號를 高
> 句麗라 하고 召西奴를 취하여 妃로 삼았다. 그(召西奴)가 建國에 內
> 助의 공이 매우 많았기 때문에 朱蒙의 寵愛가 특히 두터웠고, 沸流
> 등을 마치 친아들과 같이 대우하였다. 朱蒙이 扶餘에 있을 때 禮氏
> 에게서 낳은 아들 孺留가 오자 그를 太子로 세우고 (드디어) 位를 잇
> 게 하였다. 이에 沸流가 溫祚에게 말하기를, '처음 大王이 扶餘에서
> 難을 피하여 여기로 도망하여 오자, 우리 어머니께서 家財를 기울
> 여서 도와 邦業을 이룩해 그 勤勞가 많았다. 大王이 세상을 싫어하
> 자(昇天), 나라는 孺留의 것이 되었으니 우리는 한갓 여기에 (붙어) 있
> 어 혹 (疣)과 같아 답답할 뿐이다. 차라리 어머니를 모시고 南쪽으로

---

'惟此河南之地, 北帶漢水, 東據高岳, 南望沃澤, 西阻大海, 其天險地利, 難得之勢, 作都
於斯, 不亦宜乎?' 沸流不聽, 分其民歸彌雛忽居之. 溫祚都河南慰禮城, 以十臣爲輔翼,
國號十濟, 是漢 成帝 鴻佳三年也. 沸流以彌雛忽土濕水鹹, 不得安居, 歸見慰禮都邑鼎
定, 人民安泰, 遂慙悔而死, 其臣民皆歸於慰禮城, 後以來時百姓樂悅, 改號百濟. 其世系
與高句麗同出扶餘, 故以解爲氏."

가서 땅을 택하여 따로 國都를 세우는 것만 같지 못하다' 하고 드디어 아우(溫祚)와 함께 무리를 거느리고 浿水와 帶水의 두 江을 건너 彌鄒忽에 가서 살았다 한다.[77]

　위의 두 내용 중 첫 번째 내용은 《삼국유사》와 《삼국사기》 모두에 전해지는 내용이며 두 번째 내용은 《삼국사기》에만 실려 있다. 그러나 《삼국사기》에 첫 번째 내용이 먼저 실려 있고, 두 번째 내용은 주석처럼 덧붙여 있다. 즉 두 작품 모두 첫 번째 내용에 비중을 두었다고 할 수 있다. 그 이유는 두 작품이 모두 건국에 관한 내용이나 첫 번째 내용에서는 통치자로서의 능력이 주主가 되는 반면 두 번째 내용에서는 주몽과 소서노의 관계, 그리고 아들 비류와 온조, 또 다른 아들 유류의 관계가 중심을 이룬다. 말하자면 《삼국유사》나 《삼국사기》에서는 각 인물들의 갈등 관계가 중요한 것이 아니라 통치자로서의 정당성에 초점을 맞추었다는 것을 알 수 있다. 특히 《삼국유사》 같은 경우 전체 내용의 30% 이상을 차지하는 내용이 모두 왕을 중심으로 기록된 내용들이다. 그가 승려라는 점에서 뒤에 나오는 불교 관련 설화들은 당연하다고 할 수 있겠지만, 기술의 첫 부분에 왕을 중심으로 일어난 사건과 설화들을 기록했다는 것은 한 나라의 통치가 그만큼 그 어떤 것보다도 중요하다는 것을 강조하는 것이라 볼 수 있다. 《삼

---

77　《삼국사기》하, 11~12쪽. 一云, 始祖沸流王, 其父優台, 北扶餘王解扶婁庶孫, 母召西奴, 卒本人延陀勃之女, 始歸于優台, 生子二人, 長曰沸流, 次曰溫祚, 優台死, 寡居於卒本, 後朱蒙不容於扶餘, 以前漢建昭二年春二月, 南奔至卒本, 立都, 號高句麗, 娶召西奴爲妃, 其於開基創業, 頗有內助, 故朱蒙寵接之特厚, 待沸流等如己子, 及朱蒙在扶餘所生禮氏子孺留來, 立之爲太子, 以至嗣位焉, 於是沸流謂弟溫祚曰, 始大王避扶餘之難 逃歸至此, 我母氏傾家財助成邦業, 其勤勞多矣, 及大王厭世, 國家屬於孺留, 吾等徒在此, 鬱鬱如疣贅, 不如奉母氏南遊卜地, 別立國都, 遂與弟率黨類, 渡浿帶二水, 至彌鄒忽以居之.

국유사》에서는 《삼국사기》의 내용을 인용하면서 덧붙여진 두 번째 내용은 신지도 않은 점에서 더욱 확신할 수 있다. 따라서 통치자로서의 자질을 그 당시 얼마나 중요하게 생각했는지도 가늠할 수 있다.

첫 번째 내용에서 온조와 비류는 도읍을 정하는 일로 통치자로서의 자질이 비교되고 있다. 먼저 비류는 불가능하다는 신하들의 충고도 무시하고 바닷가라는 험한 자연에 도읍을 정해 나라를 세웠고, 온조는 안정된 땅을 도읍으로 정하고 열 신하를 보필로 하여 나라를 세웠다. 비류는 지형을 볼 수 있는 통찰력이 부족하여 결국은 백성들을 이끌고 다시 온조가 있는 위례성으로 오게 되고, 부끄러워 목숨을 끊는다. 따라서 통찰력은 그 여부與否에 따라 한 나라의 존패存敗를 결정할 수 있는 중요한 능력임을 보여주는 내용이다.

선인先人들의 여주관女主觀은 한 마디로 '음양陰陽이 뒤바뀌는 일이 있어서는 안 된다'는 것이었다. 음약의 역행은, "암탉이 울면 집안이 망한다"는 말과 같이 재앙이 닥쳐옴을 의미하는 것이다. 진평왕이 아들이 없이 죽자 선덕善德이 한국 최초의 여왕女王으로 왕위를 잇게 된다. 이것은 일찍이 중국에서도 없었던 일로 정위正位가 아니었다. 따라서 당시부터 선덕은 여왕이기 때문에 '유도무위有道武威'하다고 비난받았다. 즉 '도통道統은 계승했다고 할 수 있으나 위엄이 없다'는 뜻으로, 신라 사회의 독특한 신분체제인, 골품제의 하나인 성골 출신이기는 하나 위엄이 없다는 것이다. 이런 사정은 국내뿐만 아니라 당唐나라로부터도 "그대의 나라는 여자로써 임금을 삼아서 이웃나라의 업신여김을 받는 터이므로 잘못하면 임금을 잃고 적구賊寇를 펴놓은 격이므로 해마다 편안한 날이 없을 것이다."라고 비난을 받았던 것이다. 그러나 다행이도 여왕은 김유신·김춘추 같은 양신良臣이 있어 1년간 재위하여 국정을 펼쳤으나, 결국은 비담·염종의 난을 만나 그 영향으로 죽고 만다. 비담·염종의 모반 이유는 "여왕이 능히 선정을 베풀지 못한다."는 것이었다. 이렇듯 선덕은 국내외적으로 왕권의 많은 도전을 받고 있었다. 이는 단순히 여왕이었기 때문이다. 당대만 해도 남존여비에 대한 사상은 이처럼 뿌리 깊게 박혀 있었던 것으로 보인다.[78] 따라서 그녀의 등위登位 전이나 재위 시의 여론을 고려하여 그녀에 대한 비범성, 곧 성스러운 지혜가 강요되지 않을 수 없었다. 여자지만 남자 못지않게 정사政事, 즉 만기萬機를 잘 살펴나갈 수 있다는 것을 보여줘야만 했다.

제27대 덕만德曼의 시호는 선덕여대왕善德女大王인데, 성은 김씨이고, 아버지는 진평왕이다. 정관 6년 임진(632)에 즉위해 16년 동안 나라를 다스렸는데, 앞일을 미리 안 것이 모두 세 가지 있었다.

첫째, 당나라 태종이 붉은색·자주색·흰색의 세 가지로 그린 모란 그림과 그 씨 석 되를 보내온 적이 있었는데, 왕이 이 그림의 꽃을 보고 말했다.

"이 꽃은 절대로 향기가 없을 것이다."

씨를 궁정에 심게 해서 꽃이 피었다 질 때까지 기다렸는데 과연 그 말과 같았다.

둘째, 한겨울인데 영묘사靈廟寺 옥문지玉門池에 개구리 떼가 모여 사나흘 동안 울었다. 나라 사람들이 괴이하게 여겨 왕에게 아뢰었더니 왕이 급히 각간 알천閼川과 필탄弼呑 등에게 명했다.

"정병 2,000명을 뽑아 빨리 서쪽 교외로 가보라. 여근곡女根谷을

---

78  강재철, 「선덕왕 지기삼사(善德王 知幾三事) 설화의 연구」, 화경고전문학연구회, 『《삼국유사》의 문학적 탐구』, 이회, 2008, 270~277쪽.

물어 찾아가면 반드시 적병이 있을 테니 습격해 죽이라."

두 각간이 명을 받고 각기 천 명씩 거느리고 서쪽 교외에 가서 물었더니 부산 밑에 과연 여근곡이 있었다. 백제 군사 500명이 와서 숨어 있었기에 모두 잡아 죽였다. 백제장군 우소于召란 자가 남산 고개 바위 위에 숨어 있으므로 또 에워싸고 활로 쏘아 죽였다. 또 후진 1,200명이 따라오는 것도 역시 쳐서 죽였는데, 하나도 남기지 않았다.

셋째, 왕이 건강할 때인데 여러 신하들에게 이렇게 말했다.

"짐이 아무 해 아무 달 아무 날에 죽을 것이다. 나를 도리천切利天 안에 장사하라."

여러 신하들이 그곳을 알지 못해 물었다.

"그곳이 어디입니까?"

왕이 말했다.

"낭산狼山 남쪽이다."

그달 그날이 되자 왕이 과연 죽었다. 여러 신하들이 낭산 남쪽에 장사했다. 십여 년 뒤 문무대왕이 왕의 무덤 아래에다 사천왕사四天王寺를 창건했다. 불경에 "사천왕천 위에 도리천이 있다"는 말이 있기에 그제서야 대왕이 영험한 것을 알게 되었다. 당시 신하들이 왕에게 물었다.

"모란꽃과 개구리 두 가지 일이 그런 줄을 어찌 알았습니까?"

왕이 말했다.

"꽃을 그렸는데 나비가 없으니 그 꽃에 향기가 없음을 알았다. 이는 당나라 황제가 과인에게 남편이 없음을 비웃은 것이다. 개구리는 (눈이 불거져나와) 성난 모습을 지녔으니 이는 병사의 상징이다. 옥문은 여근이니, 여인은 음이므로 그 빛이 희고, 흰 것은 서쪽의 빛이므로 적병이 서쪽에 있는 것을 알았다. 남근이 여근으로 들어가면 반드시 죽으므로 이로써 쉽게 잡을 것을 알았다."

그러자 신하들이 모두 그의 성스런 지혜에 감복했다.[79]

임금은 일의 기미幾微를 잘 알아 처리해야 한다. 짧은 시간에도 만 가지로 닥쳐오는 기미를 잘 처리해야 한다. 많은 기미의 일 즉, 만기萬機가 아주 짧은 기간에도 수없이 닥쳐오는 것이 정사이다. 이것을 잘 처리해야만 하는 자리가 왕의 자리이다.[80] 여기서 일의 기미는 바로 상황을 보고 판단할 수 있는 통찰력이라고 할 수 있다. 임금은 항상 삼가고 조심스럽게 도모하여 일이 벌어지기 전에 미리 잘 처리하면 화를 면하게 되는 것이다. 임금으로서 지혜롭다는 것은 대단히 중요한 치도治道의 덕목 중 한 가지로 통찰력을 의미한다. 결국 '선덕여왕의 지기삼사'는 선덕여왕이 지기知幾 세 가지를 통하여 여왕이지만 남자 이상으로 정사政事를 잘 살필 수 있다는 통치자로서의 능력을 보여준 이야기다.

원성왕은 선왕의 후사가 아니라 대신들의 아들이었으나 하늘의 계

---

79  《삼국유사》, 113~115쪽. 第二十七德曼, 諡善德女大王, 姓金氏, 父眞平王. 以貞觀六年壬辰卽位, 御國十六年, 凡知幾有三事. 初, 唐 太宗送畫牧丹三色紅紫白, 以其實三升, 王見畫花曰, "此花定無香." 仍命種於庭, 待其開落, 果如其言. 二, 於靈廟寺 玉門池, 冬月衆蛙集鳴三四日, 國人怪之, 問於王, 王急命角干閼川 弼呑等, 鍊精兵二千人, 速去西郊, 問女根谷, 必有賊兵, 掩取殺之. 二角干旣受命, 各率千人問西郊, 富山下果有女根谷, 百濟兵五百人來藏於彼, 並取殺之. 百濟將軍召者, 藏於南山嶺石上, 又圍而射之殪. 又有後兵一千三百人來, 亦擊而殺之, 一無孑遺. 三, 王無恙時, 謂群臣曰, "朕死於某年某月日, 葬我於忉利天中." 群臣罔知其處, 奏云何所, 王曰, "狼山南也." 至其月日王果崩, 群臣葬於狼山之陽. 後十餘年文虎大王創四天王寺於王墳之下, 佛經云, "四天王天之上有忉利天," 乃知大王之靈聖也. 當時, 群臣啓於王曰, "何知花蛙二事之然乎?" 王曰, "畫花而無蝶, 知其無香. 斯乃唐帝欺寡人之無耦也. 蛙有怒形, 兵士之像, 玉門者女根也. 女爲陰也, 其色白, 白西方也, 故知兵在西方. 男根入於女根則必死矣, 以是知其易捉." 於是, 群臣皆服其聖智.

80  강재철, 앞의 논문, 280쪽.

시인 듯 한 꿈을 꾸고, 아찬이라는 신하의 도움을 받아 왕위에 올랐다. 그가 왕위에 오르는 과정이 평범하지 않았으며, 가장 주목할 만한 것은 그의 출생이나 성장과정 어디에서도 신성성을 찾을 수 없다. 단지 그가 꿈을 꾸었기 때문이지만 그 꿈도 해석을 달리 했다면, 또는 아찬이라는 신하를 만나지 않았다면 그가 왕위에 올라야겠다는 생각을 가질 수 없었을 것이다. 오히려 그 당시 통치자로서 인정을 받았던 김주원이라는 자가 있었으나 아찬의 충언에 따라 북촌신에게 감사를 드려 신의 도움을 잠시 받았을 뿐이다. 그렇다면 원성왕이 왕위에 올랐다는 것은 김주원의 자리를 빼앗은 것과 다름없다. 그런데도 불구하고 원성왕이 왕위에 오른 후 별다른 반항이나 거부감 없이 받아들이게 된다. 이는 바로 그가 통치자로서 적합한 능력인 통찰력을 갖추었기 때문이다.

> 대왕은 실로 인생이 곤궁하고 영달하는 이치를 알았으므로 「신공사뇌가」身空詞腦歌를 지었다. 왕의 아버지 대각간 효양孝讓은 조상 대대로 전해오던 만파식적을 왕에게 전했고 왕이 그것을 얻었으므로 천은을 깊이 얻어 그 덕이 멀리 빛났던 것이다.[81]

인생의 곤궁하고 영화로운 이치를 알았다는 말은 한 마디로 그가 지혜로웠다는 사실을 말하고 있는 것이다. 지혜롭다는 것은 사물에 대한 깊이 있는 능력을 말하며 이는 통찰력이라고 할 수 있다. 구전가요 같은 경우는 가락이 쉽고 부르기 쉬운 음악이라고 할 수 있겠지

---

81  《삼국유사》, 160쪽. 大王誠知窮達之變, 故有「身空詞腦歌」.(歌亡未詳.) 王之考大角干孝讓, 傳祖宗萬波息笛, 乃傳於王, 王得之, 故厚荷天恩, 其德遠輝.

만 〈신공사뇌가身空詞腦歌〉라는 노래는 그 당시 화랑이나 귀족들 사이에서 불렀던 음악이다. 말하자면 유행가라고 할 수 있는데, 많은 사람들이 좋아하기는 하지만 직접 작곡을 하는 것은 드물다. 작곡을 하려면 예능적인 감각과 기술이 있어야 하며, 예부터 음악을 다스리면 사람의 마음을 다스릴 수 있다고 한다. 음악은 인류의 역사와 함께 할 만큼 오랫동안 존재해 왔으며 그 종류도 다양하고, 특히 인간에게 미치는 영향이 매우 크다는 것을 짐작할 수 있을 것이다. 그런데 원성왕은 바로 그런 음악을 창작했다. 그 당시 왕이라고 할지라도 작곡은 쉬운 일이 아니었던 것 같다. 한 예로 신라 경덕왕은 백성을 편안케 하고자 노래를 만들고 싶어 했으나 스스로 만들 수 없어 충담사에게 부탁한다. 따라서 그 당시 음악을 창작하는 것이 쉬운 일이 아니라는 것을 짐작할 수 있다. 이러한 시대적 상황에서 원성왕은 인간의 삶에 대한 이치를 이해하여 음악으로 승화시킬 만큼 능력이 뛰어났다. 게다가 아버지에게 물려받은 조종의 만파식적을 통해 하늘의 은혜를 입어서 그 덕이 멀리까지 빛나게 되었던 것이다. 여기에서 끝나는 것이 아니라 원성왕의 통찰력은 다음 이야기에서 증명이 된다.

　　왕이 즉위한 지 11년인 을해(795)에 당나라 사신이 서울에 와서 한 달을 머물고 돌아갔다. 하루 뒤 두 여인이 안뜰에 나아와 아뢰었다.
　　"첩들은 동지東池와 청지靑池에 살던 두 용의 아내입니다. 당나라 사신이 하서국河西國의 두 사람을 데리고 와서 우리 남편 두 용과 분황사 우물에 살던 용까지 세 용을 저주해 작은 물고기로 변신시키고는 통 속에 넣어 가지고 돌아갔습니다. 폐하께서는 두 사람에게 칙명을 내려 우리 남편 등의 호국룡들을 (이 땅에) 머물게 하소서."
　　왕이 사신을 쫓아 하양관河陽館까지 이르러 친히 잔치를 베풀고 하서국 사람들에게 칙명을 내렸다.

　"너희들이 어찌 우리나라의 용 세 마리를 잡아 가지고 여기까지 왔느냐? 만약 사실대로 아뢰지 않으면 반드시 극형에 처하겠다."

　그러자 그들이 물고기 세 마리를 바쳤다. 이들을 세 못에 놓아주게 했더니 저마다 물에서 한 길이나 기뻐 뛰며 사라졌다. 당나라 사람들이 왕의 명철함에 탄복했다.[82]

　원성왕이 즉위한 지 11년이 되자 당나라 사자가 서울에 머물다 돌아간 뒤 내정內廷에 두 여인이 나타나 왕에게 부탁을 한다. 자신들은 동지東池·청지靑池에 있는 두 용龍의 아내인데 당나라 사자가 하서국河西國 사람들을 데리고 와서 자신의 남편인 두 용龍과 분황사芬皇寺 우물에 있는 용까지 모두 세 용의 모습을 바꾸어 작은 고기로 변하게 해서 통 속에 넣어 가지고 돌아갔다는 것이다. 그래서 왕에게 그 두 사람에게 명령하여 자신의 남편들을 나라를 지키는 용으로 머무르게 해 달라고 한다.

　옛날부터 사람들이 용을 천변만화의 능력을 가진 영물로 보았듯이 용이 가진 능력은 아주 다양했다. 따라서 통치자들은 신에 대한 사람들의 경외심을 이용하여 사람들의 사상을 장악하고 또한 자신의 정권이 신성한 "천명天命"에서 생긴 것을 이용하여, 군권신수君權神授의 '정통성'을 강조하였다. 이 유형이 왕과 관련된 신화에 응용하면 봉건제

---

82　《삼국유사》, 161쪽. 王卽位十一年乙亥, 唐使來京, 留一朔而還. 後一日, 有二女進內庭, 奏曰, "妾等乃東池·靑池二龍之妻也. 唐使將河西國二人而來, 呪我夫二龍及芬皇寺井等三龍, 變爲小魚, 筒貯而歸. 願陛下勅二人, 留我夫等護國龍也." 王追至河陽館, 親賜享宴, 勅河西人曰, "爾輩何得取我三龍至此? 若不以實告, 必加極刑." 於是, 出三魚獻之, 使放於三處, 各湧水丈餘, 喜躍而逝. 唐人服王之明聖.

도의 사회에서 제왕들은 천신과 같은 신성한 용의 상징을 자신의 몸에 응용하고, 또 사람들의 신에 대한 경외심을 이용하여 백성들이 자신을 존경하고 복종하여 신을 공경하는 형식처럼 왕권지상王權至上의 관념을 강조[83]하였다.

원성왕의 입장에서는 두 여인의 부탁을 거절할 이유가 없다. 나라를 지키는 용이라는 이유만으로 오히려 왕은 나서서 해결을 해야 한다. 그런데 부탁을 한 두 여인은 용을 남편으로 두었고, 신성성神聖性을 갖고 있는 용도 하서국 사람들에게 잡혀간다. 이에 왕은 하양관이라는 곳까지 직접 따라가 하서국 사람들에게 친히 연회를 베푸는 듯하였으나 그들을 협박해 용을 구한다. 따라서 당나라 사람들은 왕의 명철함에 감복했다고 한다. 이 부분에서 부각되고 있는 원성왕의 능력은 바로 명철함이다. 명철함이라는 것은 총명하고 사리에 밝다는 의미로 그가 명철하지 못했다면 용을 구할 수 없었을 것이고, 호국용이 사라졌다면 나라에 위기가 닥칠 가능성이 높아지게 된다. 그러므로 통치자로서의 통찰력이 나라를 구하게 된 것이다.

통찰력은 통치자의 능력에 있어서 나라의 존망存亡과도 관계가 있기 때문에 중요한 의미를 갖는다. 따라서 통치자의 통찰력은 동서고금을 막론하고 가장 중요시 되는 것이다. 서양의 솔로몬이라는 왕이 훌륭한 통치자로서 인정을 받게 된 이유가 지혜라는 점 등을 통해 통치자에게 통찰력은 한 나라를 다스리는 데 아주 중요한 능력이라는 것을 알 수 있다.

나라의 근간根幹이 되는 백성들은 정치에 관한 모든 일들을 통치자

---

83   진영걸, 「한·중 왕조신화의 용설화 비교 연구-《삼국유사》와 《25사》를 중심으로」, 경남대학교 석사학위논문, 2008, 2쪽.

에게 맡겼다. 물론 그들이 지금처럼 의식을 갖고 선택할 수 있는 사안事案은 아니었다. 그러나 통치자를 선택할 수는 없더라도 백성들은 그를 지지하고 인정하여 그가 내리는 명命을 따를 의지는 있다. 통치자로서 인정할 수 없을 때 반정反正이 일어나는 것이고, 반정에 대한 명분은 통치자의 능력에 달려 있다. 통치자가 능력을 제대로 발휘發揮하여 태평성대太平聖代를 이룬다면 반정에 대한 명분은 성립되지 않는다. 또한 백성들이 통치자를 인정한다고 하더라도 외부의 침입에 미리 대처할 능력이 없다면 나라를 잃게 된다. 그러나 통치자는 이러한 모든 상황들을 판단하여 예방하고 대처하는 지혜를 가지고 있어야 한다. 그렇게 해야만 백성과 나라가 편안해지고, 통치자는 역사에 길이 남는 위대한 왕으로 인정을 받을 수 있는 것이다.

### (2) 무능한 통치자

#### 가. 능력미달能力未達

건국신화에서 이어지는 통치자는 신화적인 인물로서 정당성을 인정받지만 후대의 통치자들이 인정받을 수 있는 것은 바로 통치자로서의 능력이다. 통치자로서의 능력을 인정받을 수 있다면 한 나라를 잘 다스릴 수 있고, 긍정적인 통치자로 기록된다. 그러나 통치자가 능력이 없다면 나라가 혼란에 빠질 수 있을 뿐만 아니라 한 나라를 망하게 하는 원흉이 될 수도 있다. 신라 제35대 경덕왕은 욕심을 부려 왕자를 얻었지만 그 왕자가 어린 나이에 왕위에 오르자 통치자로서의 능력을 갖추지 못했다.

> 나이가 어렸으므로 태후가 섭정했다. 정사가 다스려지지 못하고
> 도적이 벌떼처럼 일어나 이루 막을 수 없게 되었으니 표훈의 말이

들어맞았다.[84]

위의 내용은 표훈대사의 경고를 무시하고 경덕왕이 욕심을 부려 왕자를 원하자 결국 나라가 위태해졌다는 내용의 마지막 부분이다. 여기서 혜공왕은 나이가 어려 한 나라의 통치자가 되었기 때문에 태후가 임조臨眺하였다. 그러나 정사가 다스려지지 못해 나라에 도둑이 벌떼처럼 일어나, 막을 수가 없었다. 혜공왕은 나이가 어려 나라를 제대로 다스릴 수 없었고, 태후도 정사를 제대로 다루지 못했기 때문에 그 결과로 나라가 위태해진 것이다. 즉 경덕왕의 욕심에 따라 혜공왕을 얻어 왕위를 잇게 했지만 혜공왕이 통치자로서의 자격을 갖추지 못하였기 때문에 나라는 혼란에 빠지게 되었고, 후사로 왕위를 잇지 못해 성덕왕聖德王의 딸인 사소부인四召夫人과 효방孝方 해간 사이의 김양상金亮相이 선덕왕宣德王으로 왕위를 잇게 한다. 다음 신라의 경애왕은 어린 나이가 아니었지만 통치자로서 자격을 갖추지 않았기 때문에 나라가 위기에 처한 상황을 알아차리지 못하고 흥청망청 유흥遊興을 즐긴다.

천성 2년 정해(927) 9월에 (후)백제 견훤甄萱이 신라를 침입해 고울부高蔚府까지 이르렀다. 경애왕이 우리 태조(왕건)에게 구원병을 청하자 장수에게 명해 날쌘 군사 만 명을 거느리고 가서 구원하게 했다. 그러나 구원병이 미처 이르지 전 견훤은 11월에 서울로 쳐들어갔다.
이때 왕은 비빈妃嬪·종척宗戚들과 더불어 포석정에서 노닐며 잔치를 즐기고 있었다. 견훤의 군사들이 들이닥치는 것도 깨닫지 못하다

---

84    《삼국유사》, 157쪽. 幼沖故太后臨朝, 政條不理, 盜賊蜂起, 不遑備禦, 訓師之說驗矣.

가 창졸간에 어찌할 바를 몰랐다. 왕은 왕비와 함께 후궁으로 달려 들어가고, 종척과 공경·대부·사녀士女들은 사방으로 흩어져 달아나 다가 적에게 사로잡히자 귀천 없이 엎드려 기면서 노비라도 되게 해 달라고 빌었다.[85]

경애왕은 견훤이 이미 신라의 고울부高蔚府까지 이르렀음을 알고 태조 왕건에게 구원병을 청했다. 그럼에도 불구하고 그는 비빈妃嬪과 종척宗戚들을 불러 포석정에서 노닐며 잔치를 즐겼다. 일반적으로 통치자는 나라에 위기가 닥칠 것을 알면 그에 대응해서 군사를 정비하거나 그에 대한 대책을 마련해야 한다. 그러나 그는 오히려 태평하게 잔치를 열어 놓고 있었다. 백제의 의자왕은 패륜적인 일을 저질러 나라가 멸망했으나 당나라와 신라의 연합군이 나라를 위협한다는 것을 알고 대신들과 그 일에 대한 대책을 마련하기 위해 논의를 하고 계획을 세운다. 그러나 경애왕은 통치자로서 계획은커녕 이웃나라의 도움을 요청할 정도로 위급한 상황에서 잔치를 열어 놓다가 견훤의 군사들이 들이닥치는 것도 깨닫지 못한다. 통치자로서의 자격이 없다고밖에 설명할 수 없다.

통치자로서 자격이 없는 경우 그들은 대부분 왕권을 빼앗기거나 나라를 빼앗긴다. 즉 왕의 자리에서 폐위되는 경우나 왕을 대신해 통치하는 세력이 생겨나는 경우가 그렇다. 왕권이 흔들리면 나라의 백성들은 어려움을 겪게 되며 이에 나라의 기강이 흔들리게 된다. 이로

---

85  《삼국유사》, 176쪽. 天成二年丁亥九月, 百濟 甄萱侵羅至高鬱府, 景哀王請救於我太祖, 命將以勁兵一萬往救之. 救兵未至, 萱以冬十一月掩入王京, 王與妃嬪宗戚, 遊鮑石亭宴娛, 不覺兵至, 倉卒不知所爲, 王與妃奔入後宮, 宗戚及公卿大夫士女, 四散奔走, 爲賊所虜, 無貴賤匍匐乞爲奴婢.

인해 외부의 침략이 따르는 것은 당연하고, 나라 안에서도 문제들이 생기게 된다. 따라서 왕은 통치자로서 기본적인 자격을 갖추어야 왕권이나 나라를 지킬 수 있는 것이다.

### 나. 의지박약意志薄弱

통치자는 나라를 다스림에 있어 대소사大小事를 결정해야 하는 일들이 많다. 그러나 그러한 것을 결정할 때 왕은 통치자로서 현명한 결정을 할 수 있어야 국가의 흥망성쇠興亡盛衰를 책임질 수 있는 것이다. 다음의 내용은 백제의 의자왕義慈王에 대한 내용이다.

왕이 머뭇거리면서 어떤 말을 따를지 몰랐다. 이때 좌평 흥수興首가 죄를 얻어 고마미지현古馬旀知之縣에 귀양가 있었는데, 왕이 사람을 보내 물었다.

"일이 급하니 어찌하면 좋겠는가?"

흥수가 말했다.

"제 의견은 대체로 좌평 성충의 말과 같습니다."

대신들이 그 말을 믿지 않고 말했다.

"흥수는 귀양가 있는 중이어서 임금을 원망하고 나라를 사랑하지 않습니다. 그의 말은 들을 수 없습니다. 당나라 군사로 하여금 백강에 들어와 흐름을 따라 내려오게 하면 배를 부리지 못할 것입니다. 신라 군사로 하여금 탄현에 올라 지름길로 오게 해서 말을 나란히 타고 지나지 못하게 하는 것보다 더 좋은 계책은 없습니다. 이때 군사를 놓아 친다면 마치 농 속에 든 닭이나 그물에 걸린 물고기와 다름없을 것입니다."

왕도 그렇게 여겼다.[86]

　의자왕은 신라와 당나라의 연합군이 몰려오자 나라의 위기를 이겨
내기 위해 대신들과 논의를 한다. 논의하는 과정 중 왕은 결정을 하지
못하다가 귀양 가 있는 흥수興首라는 신하에게 묻는다. 그러나 흥수
의 충고에도 왕은 주위 신하들의 말에 따라 흥수의 의견을 무시한다.
만약 왕이 이때 흥수의 충고를 듣고 성충成忠의 말에 귀를 기울였다면
나라의 위기를 모면할 수 있었을 것이다. 그러나 그는 의지가 약해 흥
수의 충고를 듣지 않고 간신의 말에 혹惑해서 결국은 잘못된 선택을
하게 된다. 아래 인용문에서는 김부대왕이 신라를 포기하는 내용이
나와 있다.

　　청태 2년 을미(935) 10월에 (왕이) "사방의 땅이 모두 남의 것이 되
　어 나라가 미약하고 형세가 외로워졌으니, 스스로 편안히 살 수가
　없다."면서 여러 신하들과 함께 남은 국토를 태조에게 바치고 항복
　하자고 의논했다. 그러나 여러 신하들이 가부를 결정하지 못하고 의
　견이 분분했다. 왕태자가 아뢰었다.
　　"나라의 존망은 반드시 천명에 달려 있으니, 마땅히 충신·의사들
　과 더불어 민심을 수습하고 힘이 다할 때까지 버텨볼 따름입니다.
　어찌 천년 사직을 가볍게 남에게 내줄 수 있겠습니까?"
　　"외롭고 위태로움이 이와 같아 대세는 이미 보전하기 어렵게 되었

---

86　《삼국유사》, 127쪽. 王猶預不知所從, 時佐平興首得罪, 流竄于古馬旀知之縣, 遣人問之
　　曰, "事急矣, 如何." 首曰, "大槪如佐平成忠之說." 大臣等不信, 曰, "興首在縲絏之中, 怨
　　君而不愛國矣, 其言不可用也. 莫若使唐兵入白江, 沿流而不得方舟, 羅軍升炭峴, 由徑
　　而不得並馬. 當此之時, 縱兵擊之, 如在籠之雞, 罹網之魚也." 王曰, "然."

다. 이미 강해질 수도 없고 더 약해질 수도 없게 되었으니 무고한 백성들로 하여금 피 흘리게 하는 짓을 나로서는 차마 못하겠다."

드디어 시랑 김봉휴金封休로 하여금 항서를 가지고 가게 해서 태조에게 항복을 청했다.[87]


김부대왕은 경애왕의 족제族弟로 견훤에 의해 왕이 되었다. 그러나 그는 통치자로서 의지가 약해 나라가 위험에 빠지자 극복하지 않고, 오히려 포기하려고 한다. 그것이 권력에 대한 욕심이든 나라를 생각하는 마음이든 통치자라면 나라를 포기하는 일은 없어야 한다. 나라를 이웃에 바치고 항복하자고 하는 통치자 때문에 신하들은 가부可否를 결정할 수 없게 된다. 오히려 왕태자가 천년의 사직社稷을 가볍게 남에게 내줄 수 없다고 했음에도 불구하고 왕은 무고한 백성들을 생각해서 태조에게 항복을 청했다. 백성을 생각하는 김부대왕의 마음은 인정할 수 있으나 나라를 잃고 다른 나라에 항복해서 들어가 사는 것이 더 좋다고는 확신할 수 없다. 신라에 사는 가야伽倻의 유민遺民들이 신라인들의 눈치를 보며 살아야 했고, 멀리 가지 않더라도 일제日帝시대 때 우리나라 백성들이 일본인日本人들에게 고통을 겪었듯이 오히려 나라가 없어진다는 것은 백성들에게 더 큰 위기를 안겨줄 수 있는 것이다. 나라는 백성들의 울타리가 되어 주는 것인데, 통치자는 그 울타리를 포기하는 것이다. 처음 그 나라의 백성들을 반갑게 맞아준다고

---

87    《삼국유사》, 177쪽. 淸泰二年乙未十月, "以四方地盡爲他有, 國弱勢孤, 不已自安." 乃與群下謀, 擧土降太祖, 群臣可否, 紛然不已. 王太子曰, "國之存亡, 必有天命, 當與忠臣義士收合心, 力盡而後已, 豈可以一千年之社稷, 輕以與人. 王曰, 孤危若此, 勢不能全, 旣不能強, 又不能弱. 至使無辜之民, 肝腦塗地, 吾所不忍也." 乃使侍郞金封休齎書, 請降於太祖.

하더라도 그것이 언제까지나 보장되는 것은 아니다. 그러므로 김부대왕이 나라를 포기하는 것은 당시의 고통스런 상황을 모면하고자 한 것일 뿐 장기적인 안목眼目은 아니었다. 오히려 왕태자가 보인 의지가 바로 통치자로서 갖추어야 할 자질인 것이다.

통치자는 한 나라의 상징이자, 백성의 어버이가 되어야 한다. 부모는 자식들을 이끌 힘과 지혜가 있어야 하며 용기가 있어야 한다. 이러한 능력이 없다면 부모들은 자식들에게 불안과 공포만 안겨줄 뿐이다. 즉 통치자는 기본적인 성품과 통찰력, 강한 의지 등이 고루 갖춰져야 나라를 제대로 다스릴 수 있는 것이다. 이것들 중 하나라도 부족하다면 나라에 위험이 따르고 백성들의 삶이 피폐疲弊해진다. 나아가 나라를 잃게 되는 지경까지 생기게 된다. 앞서 논의한 왕들은 통치자로서의 능력을 갖추고 있지 않았기 때문에 외구外寇의 침입을 받고 백성들을 혼란하게 해서 결국은 왕권을 빼앗기거나 나라를 망하게 했다. 반면 나라를 빼앗거나 왕권을 찬탈하여 성공한 자들에게 정당성을 부여하게 되기도 한다. 결론적으로 승자 위주爲主의 기록이라는 점에서 무능력한 통치자는 왕위 찬탈에 대한 합리성을 부여하는 도구에 지나지 않는 것이다.


## 3) 통치자로서의 자질

유교의 정치사회에 있어서 보편적으로 통치자의 자질은 '유덕자군주有德者君主'로 제시되고 있다. 덕德은 천도天道에 대한 지적知的 능력으로[88], 공자는 덕을 갖춘 자가 통치해야 정치사회의 질서화가 이룩된다고 하였다. 특히 공자는 유덕자의 대표적인 인간상으로 군자君子를 제시하고 있으며, 정치사회를 이끌어가는 대표적인 통치자의 자질로는 군사君師를 제시하고 있다. 공자가 제시하는 군주란 천天의 의지意志를 실행하는 천의 대행자代行者로서, 천을 대신하여 인간사회를 통치하는 자이다.[89] 삼국시대 서사문학에 등장하는 통치자 유형들도 공자가 제시하는 이상적인 통치자 상에서 벗어나지 않는다. 천의天意를 규범적으로 실행한 통치자는 백성의 칭송稱頌과 함께 자신의 생명이 다할 때까지 통치를 하게 되지만 천의를 따르지 않은 통치자는 결국 통치권을 상실하게 되고, 나아가 목숨까지 잃는 경우가 많다.

여기서 천의天意란 '백성을 부유하게 해주고 그들을 가르치는' 군자의 직분에서도 알 수 있듯이 바로 백성의 뜻이라고 할 수 있다. 맹자의 '민본주의民本主義'는 '왕도의 실현'이라는 정치적 의무를 지닌 통치자가 우선적으로 '민民의 부모父母'의 역할을 수행하지 못하면 자신이 사회적 직분을 유지할 수 없으며, 이러한 사회적 직분으로 말미암아 통치성향이 '민본주의'를 지향하는 것이 맹자가 말하는 통치구조의 특징[90]이라고 할 수 있다.

마찬가지로 순자는 존현사능尊賢使能과 민복民服할 수 있는 통치자의 능력에 초점을 맞추어 적어도 신의信義를 얻을 수 있는 통치자는 패자가 될 수 있다고 하였다. 즉, 통치자로서 신의를 얻으면, 적어도 나라를 존속시킬 수는 있다는 것이다. 이것은 민복民服 즉 득민심得民

88   박충석, 유근호 공저, 『조선조의 정치사상』, 평화출판사, 1980, 11~12쪽.
89   이희주, 「《맹자》에 나타난 통치자의 자질론」, 《동양정치사상사》 제7권 2호, 2008, 107쪽.
90   위의 논문, 110쪽.

心을 바탕으로 하고 있기 때문이다. 통치자가 신임을 얻는 것이, 나라를 존속시킬 수 있는 요체가 됨[91]을 알 수 있다.

이와 같은 통치자의 자질은 삼국시대 서사문학에 있어서 사건 전개에 지대한 영향을 미친다고 할 수 있다. 건국신화와 같이 나라의 흥망성쇠興亡盛衰를 다루는 설화문학에서는 사건 전개상 통치자의 자질로 한 나라의 건국建國과 멸망滅亡의 운명이 갈리게 된다. 또한 멸망과 건국이 아니더라도 한 나라의 통치자가 뒤바뀌는 상황으로 연결될 수 있다. 따라서 이 글에서는 이와 같은 통치자의 자질을 긍정적 형상과 부정적 형상으로 나누어 살펴보고자 한다.

### (1) 긍정적 형상

#### 가. 인간적 모습

〈원가〉는 신라 34대 효성왕 때의 작품이다. 효성왕은 성덕왕聖德王의 둘째이다. 소덕왕후炤德王后의 아들로 724년 3살 때에 태자가 된 후, 13년 뒤인 16세에 즉위하였다. 효성왕은 성덕왕의 둘째였지만 첫째이자, 태자였던 중경重慶이 죽었으므로 그가 왕통을 잇는 것은 당연한 일이었다. 그럼에도 불구하고 왕위계승에 상당한 문제가 있었음을 여러 기록이 보여주고 있다.[92] 그러므로 그는 즉위한 바로 2개월 뒤인 3월에 정부조직을 개조하고 이찬伊飡 정종貞宗을 상대등으로 삼고, 아찬 의충을 중시로 삼는 등 인사개혁을 단행하였다.[93] 효성왕은 정부조직을 자신의 친정체제로 초기에 개편하였고, 왕당파들을 중용하였

---

91    이희주, 「《순자》에 나타난 통치자의 특성」, 《동양정치사상사》 제8권 2호, 2009, 45쪽.

92    이기백, 『신라정치사회사연구』, 일조각, 1974, 151~157쪽.

93    《삼국유사》, 권구, 신라본기, 효성왕조.

던 것이다. 이때 효성왕 계열이자 효성왕의 왕위계승에 상당한 공헌을 하였던 신충信忠이 소홀하게 대접한 것이다.[94] 신충은 이러한 이유로 〈원가〉를 노래하였다.

효성왕이 아직 왕이 되기 전에 어진 선비 신충信忠과 함께 궁정 잣나무 밑에서 바둑을 두며 말했다.

"뒷날 내가 만약 그대를 잊는다면 이 잣나무와 같으리라."

신충이 일어나 절했다. 몇 달 뒤에 왕이 즉위해 공신들에게 상을 내렸지만, 신충을 잊어버리고 차례에 넣지 않았다. 신충이 원망하면서 노래를 지어 잣나무에 붙이자, 잣나무가 갑자기 누렇게 말라버렸다. 왕이 괴이히 여겨 사람을 시켜 살펴보게 했더니, 그 사람이 노래를 발견해 바쳤다. 왕이 크게 놀라 말했다.

"정사에 골몰하다 보니 옛 맹세를 거의 잊을 뻔했구나."

곧 불러서 벼슬과 녹을 내리자, 잣나무가 다시 살아났다.[95]

그러나 〈원가〉에서는 효성왕을 원망하는 마음이 드러나지 않으며, 노래를 통하여 무언가 이적을 바라고자 하는 의도도 없다.[96] 이러한 배경설화에서 알 수 있는 것은 어지러운 상황에서도 왕은 모든 것을 다 기억하고 해결하는 전지전능한 신의 모습이 아닌 실수도 할 수 있는 인간적인 모습이 드러나고 있다. 실수도 하는 인간적인 왕을 원망

---

94 윤영옥, 「원가」, 『향가문학론』, 새문사, 1986, 285~288쪽.

95 《삼국유사》, 439~440쪽. 孝成王潛邸時, 與賢士信忠, 圍碁於宮庭栢樹下, 嘗謂曰, "他日若忘卿, 有如栢樹." 信忠興拜. 隔數月, 王卽位賞功臣, 忘忠而不第之. 忠怨而作歌, 帖於栢樹, 樹忽黃悴, 王怪使審之, 得歌獻之, 大驚曰, "萬機鞅掌, 幾忘乎角弓!" 乃召之賜爵祿, 栢樹乃蘇.

96 김진욱, 『향가문학론』, 역락, 2005, 219~222쪽.

하는 것이 아니라 자신의 처지를 한탄하는 노래를 지어 나무에 걸어 두기만 한 것이다. 신충은 어떤 원망도 없었으며 이적을 바라고자 나무에 걸어둔 것이 아니다. 노래에 어떤 주술적인 힘이 있었는지 모르나 왕과 신하의 의리를 맹세한 잣나무는 이러한 뜻을 알고 스스로 시들게 되고 이를 발견한 왕이 신충과의 언약을 지키자 다시 살아나게 된다. 이는 왕도 실수를 할 수 있다는 인간적인 면모와 함께 왕이 한 언약은 일반 사람들의 언약과는 달리 사소한 것이 아님을 알게 해주는 것으로 여길 수도 있다. 단군왕검이나 주몽왕에서는 볼 수 없었던 이러한 인간적인 면모는 신성성이 결여되어 점차 현실적인 통치자의 면모를 드러내는 한 양상이라고 할 수 있다.

### 나. 윤리적 모습

윤리와 도덕이라는 것은 인간들이 사회를 살아감에 있어 인간으로서 지켜야하는 가장 기본적인 규칙이다. 따라서 그를 어긴다고 해서 제재를 받는 것은 아니지만 인간성을 상실하게 된다. 즉 윤리와 도덕을 잘 지킨다는 것은 올바른 인간성을 갖는 것이라고 할 수 있다. 다음 의자왕은 백제의 마지막 임금이지만 기본적인 인간성을 고루 갖춘 사람이다.

> 이때 백제의 마지막 임금 의자義慈는 무왕의 맏아들인데, 용맹하고 담력이 있으며, 어버이께 효도하고 형제에게 우애가 있었다. 그래서 사람들이 '해동의 증자曾子'라고 했다.[97]

---

[97] 《삼국유사》, 124쪽. 時, 百濟末王義慈, 乃虎王之元子也, 雄猛有膽氣, 事親以孝, 友于兄弟, 時號海東曾子

위의 내용에 의하면 의자왕은 무왕의 맏아들로 용맹하고 담력이 있으며, 효성스럽고 우애가 있다. 그래서 사람들은 그를 '해동의 증자'라고 한다. 증자는 중국 춘추시대春秋時代의 유학자로 공자의 도道를 계승하였으며, 《증자曾子》 18편 가운데 10편이 《대대례기大戴禮記》에 남아 전하는데, 효孝와 신信을 도덕행위의 근본으로 한다. 또한 그는 《효경孝經》의 작자라는 설說이 있을 만큼 효孝에 있어서 대표적 인물이다. 백제의 의자왕이 바로 이러한 증자의 칭호를 받을 만큼 효성 깊은 사람이라는 것을 짐작할 수 있다.

삼국시대 당시 의례의 주관은 최고 통치자의 몫이었으며, 의례는 무속에 기초하였을 것이라는 추측이 가능하다. 그러나 고대국가로 발전하면서 제정은 분리되었고, 의례는 유교의 영향을 입었을 것이다. 그것은 중국 문화의 영향을 부정하기 어렵기 때문이다. 〈안민가〉가 창작된 시기는 이미 유교가 우리 사회에 깊이 뿌리를 내린 통일신라 하대에 해당한다.[98] 이 시기에 우리 사회에 끼친 유교적 영향을 많이 찾아볼 수 있다. 〈안민가〉 역시 이러한 유교의 영향을 입어 창작되었다.

신라 경덕왕이 귀정문 문루에서 충담사를 기다린 날은 삼월 삼짇날이다. 배경설화에 드러나 있듯이 경덕왕은 이미 충담사를 기다리고 있었다. 경덕왕이 충담사를 기다린 이유는 "나를 위해서 백성을 편안히 살도록 다스리는 노래를 지으라."에서 보여주듯이 치국治國의 노래를 원하였기 때문이다.

선학들의 연구 성과에서 드러났듯 경덕왕 때는 신라 사회가 대단히 혼란스러웠던 때이고, 왕당파와 비왕당파로 나뉘어 정권 투쟁이

---

98    김진욱, 앞의 책, 54~55쪽.

갈수록 가열화되어 가는 시기였다.[99] 경덕왕은 이러한 사회적인 문제를 해결해야 했으며, 이것은 사회적으로 혼란한 시기에 백성의 안위를 위한 것이 바로 통치의 기본임을 알고 있는 것이다.

"그대는 누구인가?"

"충담忠談입니다."

"어디서 오는 길인가?"

"소승은 해마다 3월 3일과 9월 9일이면 차를 달여 남산 삼화령三花嶺에 있는 미륵세존께 드린답니다. 지금도 드리고 돌아오는 길입니다."

왕이 말했다.

"과인에게도 차를 한 잔 줄 게 있겠소?"

중이 곧 차를 달여 바쳤다. 차맛이 이상했고, 찻잔에서도 이상한 향내가 짙게 풍겼다. 왕이 말했다.

"짐이 일찍이 들으니, '대사가 기파랑耆婆郎을 찬미한 사뇌가詞腦歌가 그 뜻이 매우 높다'고 하던데, 정말 그러하오?"

충담이 대답했다.

"그렇습니다."

"그러면 짐을 위해서 「이안민가」理安民歌를 지어주시오."

중이 곧 칙명을 받들어 노래를 바쳤다. 왕이 아름답게 여겨 왕사王師로 봉했지만, 충담이 두 번 절하고 굳이 사양하며 받지 않았다.[100]

---

99    위의 책, 56~57쪽.

100   《삼국유사》, 154~155쪽. 曰, "汝爲誰耶?" 僧曰, "忠談." 曰, "何所歸來?" 僧曰, "僧每重三重九之日, 烹茶饗南山 三花嶺彌勒世尊, 今玆旣獻而還矣." 王曰, "寡人亦一甌茶有分乎?" 僧乃煎茶獻之, 茶之氣味異常, 甌中異香郁烈. 王曰, "朕嘗聞師讚耆婆郎「詞腦歌」,

왕은 영복승인 충담사를 기다려 그에게 〈안민가〉를 지어 달라 청한다. 비록 사회적인 혼란으로 이를 잠재우기 위해 만든 노래였지만 제목에서도 드러나듯이 〈안민가〉는 백성을 편안하게 다스리기 위한 노래이다. 학자들에 따라서 〈안민가〉또는 〈이안민가〉라고 제목을 붙이지만 어쨌든 두 개 모두 '백성을 편안하게 하는 노래'라는 뜻을 가지고 있다. 그러므로 충담사도 이러한 뜻을 받들어 노래를 짓는다.

> 군君은 아비요
> 신臣은 사랑하시는 어미요,
> 민民은 어리석은 아이라고
> 하실진댄 민이 사랑을 알리라.
> 대중을 살리기에 익숙해져 있기에
> 이를 먹여 다스릴러라.
> 이 땅을 버리고 어디로 가겠는가
> 할진댄 나라 보전할 것을 알리라.
> 아아, 군君답게 신臣답게 민民답게
> 한다면 나라가 태평을 지속하느니라.[101]

이 작품에는 왕을 아버지에, 신하를 어머니에, 그리고 백성을 어린 아이에 비유하여 "각기 자신의 본분을 다하라."라는 유교적 사상

---

其意甚高, 是其果乎?" 對曰, "然." 王曰, "然則, 爲朕作「理安民歌」," 僧應時奉勅歌呈之. 王佳之, 封王師焉, 僧再拜固辭不受.

101  《삼국유사》, 155쪽. 君隱父也, 臣隱愛賜尸母史也, 民焉狂尸恨阿孩古爲賜尸知民是愛尸知古如, 窟理叱大肹生以支所音物此肹喰惡支治良羅, 此地肹捨遣只於冬是去於丁, 爲尸知國惡支持以, 支知古如, 後句, 君如臣多支民隱如, 爲內尸等焉國惡太平恨音叱如.

이 들어 있다. 임금과 신하와 백성이 각자 자기 구실을 다하면 나라와 백성 모두가 태평하리라는 기대치는 유교사상에서 출발한다. 〈논어〉에 "임금은 예로써 신하를 부리고 신하는 충으로써 임금을 섬겨야 한다君使臣以禮 臣使君以忠."라는 말이 있다. 군신 간에 서로 화합하지 않고 불화가 생기는 원인을 공자는 바로 예와 충성의 결여로 보았다. 물론 공자가 말한 것은 임금과 신하가 체면만을 내세워 대하는 태도가 아니라, 서로의 진심에서 우러나오는 거짓 없는 태도를 말한다.[102] 바로 이것이 이 작품의 창작 동기이자, 작품이 주는 교훈이기도 하다. 이 작품에는 임금과 신하, 국가의 도리가 담겨 있다. 이는 유교사상에 입각하여 올바른 정치를 한다면 백성도 편안하게 된다는 이상적인 통치 구도를 제시하고 있는 것이다.

어느 날 선덕여왕이 남산에 거둥할 때를 맞춰서 장작을 뜰 가운데 쌓고 불을 질러 연기가 일어나게 했다. 왕이 보고는 물었다.

"저게 무슨 연기냐?" 좌우의 신하들이 아뢰었다.

"아마도 유신이 누이를 불태우나 봅니다."

왕이 그 까닭을 묻자 "그 누이가 남편도 없이 아기를 배었기 때문입니다."라고 했다.

왕이 물었다. "그게 누구의 짓이냐?"

이때 춘추공이 앞에서 가까이 모시고 있었는데 얼굴빛이 크게 변했다. 왕이 말했다.

"이게 네 짓이구나. 빨리 가서 구해주어라."

춘추공이 명을 받들고 말을 달려가 왕명을 전하고 화형을 중지시

---

102    김진욱, 앞의 책, 54~55쪽.

켰다. 그 뒤 떳떳이 혼례를 치렀다.[103]

  춘추공은 김유신의 계획대로 김유신의 누이와 관계를 갖게 된다. 그 후 누이가 임신한 것을 알고 유신이 꾸짖고, 나라 안에 누이를 불태워 죽인다는 소문을 퍼뜨렸다. 선덕여왕이 남산에 가다가 이를 보고 춘추공을 추궁하여 책임을 지게 했다. 선덕여왕은 '선덕왕지기삼사善德王知幾三事'라는 《삼국유사》의 내용을 통해 통찰력과 현명함을 갖춘 통치자라는 것을 알 수 있다. 또한 위의 내용에서 알 수 있듯 선덕여왕은 춘추공의 얼굴빛만으로 춘추공의 짓이라는 것을 눈치 챘으며 춘추공에게 구해주라고 명을 내리고, 혼례도 치르게 한다. 춘추공이 벌인 일을 스스로 책임지게 하는 인자함을 보이고 있는 것이다.
  다음의 내용은 문무왕이 지의법사智義法師에게 하는 말에서 통치자로서 나라를 생각하는 문무왕의 마음을 보여준다.

  왕은 평시平時에 항상 지의법사智義法師에게 말했다.
  "나는 죽은 뒤에 나라를 지키는 용龍이 되어 불법을 숭봉崇奉해서 나라를 수호하려 하오."
  이에 법사가 말했다.
  "용은 짐승의 응보應報인데 어찌 용이 되신단 말입니까."
  왕이 말했다.
  "나는 세상의 영화榮華를 싫어한 지가 오래되오. 만일 추한 응보로

---

103  《삼국유사》, 122~123쪽. 一日, 俟善德王遊幸南山, 積薪於庭中, 焚火烟起, 王望之問何烟, 左右奏曰, "殆庾信之焚妹也." 王問其故, 曰, "爲其妹無大有娠." 王曰, "是誰所爲." 時公昵侍在前, 顏色大變. 王曰, "是汝所爲也. 速往救之!" 公受命馳馬, 傳宣沮之, 自後現行婚禮.

내가 짐승이 된다면 이야말로 내 뜻에 맞는 것이오."[104]

　우리나라의 전통적인 장례는 흙에 무덤을 만드는 것이다. 특히 왕의 무덤은 세계의 여러 나라에서도 성대하고 독특한 방법으로 땅에 묻는 양상을 보인다. 일반적인 예로 이집트의 피라미드도 왕의 무덤이었고, 중국의 진시황제도 후생을 위해 진흙병사와 함께 거대한 지하세계를 만들어 묻혔다. 그러나 문무왕은 스스로 나라를 위해 나라를 지키는 용이 되고 싶어 한다. 따라서 그는 죽은 후에 동해의 큰 바위에 묻히게 된다. 동양의 사상에서 바다에 묻힌다는 것은 그리 좋은 장례절차가 아니다. 그러나 문무왕은 그러한 것도 극복하고 스스로 바다에 묻어 달라고 한다. 이는 문무왕이 통치자로서 죽을 때까지 나라를 생각하며 백성의 안위를 생각하는 훌륭한 통치자로서의 자질을 갖추었다고 할 수 있다.

　　왕이 견훤의 손에 의해 즉위한 뒤 전왕의 시체를 서당西堂에 모시고, 여러 신하들과 함께 통곡했다.[105]

　김부대왕은 견훤의 손에 의해 즉위한 신라의 왕이다. 왕은 견훤에 의해 왕위에 오르기는 했지만 전왕의 시체를 서당에 모시고, 신하들과 통곡을 한다. 보통 반란이 일어난 후 전왕이 제거된 후 모두에게 잊히기 마련이다. 물론 김부대왕은 스스로 반란을 일으켜 성공한

---

104 《삼국유사》, 141쪽. 王平時常謂智義法師曰, "朕身後願爲護國大龍, 崇奉佛法, 守護邦家." 法師曰, "龍爲畜報何." 王曰, "我厭世間榮華久矣. 若麤報爲畜, 則雅合朕懷矣."

105 《삼국유사》, 176쪽. 王爲萱所擧卽位, 前王尸殯於西堂, 與群下慟哭.

왕이 아니며, 전왕의 족제族弟가 되기는 했지만 전왕의 죽음 뒤에 오른 왕위는 편치 않았을 것이며 전왕을 챙긴다는 것 자체가 어려운 일이라고 할 수 있다. 그러나 그는 전왕의 시체를 수습하여 서당에 모실 뿐만 아니라 통곡을 한다. 쇄약해진 나라에 대한 슬픔 또한 컸기 때문일 것이다. 결과적으로 김부대왕은 통치자로서 전왕에 대한 예를 다하고 있음을 볼 때 그의 자질이 인자하고 어질다는 것을 엿볼 수 있는 일화다. 다음의 고려 태조에 대한 내용에서는 이러한 점을 강조하여 서술하고 있다.

> 견훤이 도착하자 (태조는) 자기보다 10년이나 위라고 해서 그를 높여 상보尙父라 하고 남궁南宮에 모셨다. 양주의 식읍食邑 전장田莊과 노비 40명, 말 아홉 필을 주고, 그 나라에서 먼저 항복해온 신강信康을 아전으로 삼았다.[106]

견훤은 통치자로서 많은 악행을 저지르게 되고, 결국은 자신의 아들에게 배신을 당하여 갈 곳이 없자 태조를 찾아온다. 태조는 이러한 견훤을 예를 다하여 맞이한다. 또한 먼저 항복해온 자에게도 관직을 주는 등 윤리·도덕적인 통치자로 그려지고 있다. 부모에게 효孝를 행하는 일이나 동지에게 인仁을 베푸는 일은 통치자로서 기본적인 자질이라고 할 수 있으나, 적에게까지 그렇게 한다는 것은 쉽지 않은 일이다. 그러나 태조 왕건은 오히려 항복해온 적의 우두머리를 자신보다 높이며, 편히 살 수 있도록 관용을 베푼다. 이러한 인품으로 혼란했던

---

106 《삼국유사》, 201쪽. 既至, 以萱爲十年之長, 尊號爲尙父, 安置于南宮, 賜楊州食邑田庄, 奴婢四十口, 馬九匹, 以其國來降者信康爲衙前.

후삼국을 통일하여 고려를 건국하기에 이른다. 통치자가 윤리·도덕적으로 행동하면 주위에 그를 따르는 사람들이 많아지며, 어려운 일들도 쉽게 해결되는 경우가 많아진다. 위의 내용처럼 견훤은 태조 왕건의 인품을 믿고 왕건에게 의지하게 되었고, 이로 인해 왕건은 보다 쉽게 백제를 정복할 수 있게 된 것이다. 또한 신라의 마지막 왕도 태조의 이런 성품 때문에 스스로 자청하여 고려에 귀속되었다.

이처럼 통치자가 통치하는 데 있어서 윤리·도덕적으로 행동하면 그 나라는 편안하고, 위기도 극복할 수 있는 힘이 된다. 그러나 윤리적이며 도덕적으로 끝까지 통치자의 길을 걸어가는 것은 힘든 일이다. 처음에는 윤리·도덕적이다가도 왕위에 오래 있게 되면 그러한 인품을 상실하기도 한다. 그러면 통치자는 통치자로서의 자질이 없어지며, 통치권을 상실하게 된다. 따라서 통치자는 윤리적이고 도덕적인 인품을 갖도록 항상 노력해야 하는 것이다.

### (2) 부정적 형상

가. 패륜적 모습

한 나라를 다스리는 왕은 윤리적이고, 도덕적이어야 한다. 패륜적인 통치자는 백성을 사랑할 수 없으며 인자하지 못한 왕으로 낙인이 찍힌다. 특히 설화시대의 통치자는 백성들의 우상이며, 그들이 따라야 하는 모범적인 인물이다. 더욱이 신성성을 갖춘 통치자가 범인凡人보다 못한 패륜적인 일들을 일삼는다면 통치자로서의 자격을 상실하게 된다. 신라 제18대 실성왕은 《삼국사기》에서의 기록과는 다르지만 《삼국유사》에 보이는 인물상은 다음과 같다.

실성왕이 전왕의 태자 눌지訥祇가 덕망이 있음을 꺼려서 장차 해

치려 했다. 그래서 고구려에 군사를 청하고 거짓으로 눌지를 맞이하였다. 그러나 고구려 사람들이 눌지가 어진 것을 보고, 곧 창을 거꾸로 돌려 왕을 죽였다.[107]

실성왕은 전왕의 태자 눌지가 덕망이 있는 것을 꺼려서 이를 죽이고자 했다. 이에 고구려의 군사를 시켜 눌지에게 거짓으로 맞도록 했다. 실성왕은 내물왕의 조카로 왕위에 오른 사람이다. 그런데 그에게는 삼촌인 내물왕에 대한 해묵은 원한이 있었다. 바로 자신의 세자 시절에 내물왕이 자신을 고구려에 볼모로 보낸 일이 있다는 것이다. 이렇게 앙심을 품고 있다가 왕위에 오르자 그에게는 조카가 되는 내물왕의 두 아들을 볼모로 보내게 된 것이다. 물론 볼모는 신라가 고구려와 일본 두 나라에게 펼치는 외교관계의 일환이기도 하다. 《삼국사기》에 따르면, 내물왕 37년, 왕은 조카인 실성을 고구려에 볼모로 보냈다. 이때 고구려는 광개토왕 2년이다. 바야흐로 전성기를 맞은 고구려에 대해 신라는 매우 조심스럽게 외교정책을 펼쳐야 했다. 실성은 10년 만에 돌아와 왕위에 올랐다. 이 일로 실성이 내물에 대해 앙심을 품었다는 것이다.

실성왕은 즉위하자마자 일본과 우호조약을 맺고 그 증표 삼아 미사흔을 볼모로 보냈다. 아울러 10년 뒤에는 고구려의 요구를 받아들여 복호를 보냈다. 그에 비해 《삼국유사》는 볼모의 원인을 다르게 썼다. 우선 이 볼모 사태에서 실성왕은 완전히 빠져 있다. 그러나 위의 내용으로 볼 때 실성왕은 전왕, 즉 내물왕의 태자 눌지에게 앙심을 품

---

107 《삼국유사》, 106쪽. 王忌憚前王太子訥祇有德望, 將害之, 請高麗兵而詐迎訥祇, 高麗人見訥祇有賢行, 乃倒戈而殺王.

고 윤리·도덕에서 벗어나는 행동을 한다. 이러한 패륜적인 일로 실성왕은 다른 왕들에 비해 통치자로서 짧은 삶을 산다.

> 제25대 사륜왕舍輪王의 시호는 진지대왕眞智大王인데, 성은 김씨이고, 왕비는 기오공起烏公의 딸 지도부인知刀夫人이다. 대건 8년 병신(576)에 즉위했다. 나라를 4년 동안 다스렸는데, 정치가 어지러운데다 음란한 짓에만 빠졌다. 그래서 나라 사람들이 그를 내쫓았다.[108]

제25대 진지대왕은 왕위에 올라 나라를 다스린 지 4년 만에 폐위되었다. 그 이유는 윤리·도덕적으로 적합한 통치자가 아니기 때문에 백성들에 의해 폐위가 된 것이다. 왕위에 오르자마자 주색에 빠져 음란하게 지내자 정사가 어지럽게 되었다. 여기서 알 수 있는 것은 왕이 주색에 빠져 음란하게 지내면 통치를 잘 할 수 없다는 것이다. 통치자는 자신의 욕망에 따라 행동할 수 없다. 자신의 욕망을 다스리지 못하고 욕망을 추구하려고 하면 나라의 정사는 어지럽게 된다. 따라서 이 일화를 통해 통치자는 자신의 욕망을 억제하여 다스릴 줄 알아야 한다는 것을 강조하고 있는 것이다.

마찬가지로 견훤도 부패한 신라를 공략하여 전쟁에서 성공하기는 하나 그 후의 일을 정의롭게 처리하지 못했다. 그의 잔인함과 지나친 욕심은 통치자로서의 정당성을 상실하기에 충분했다.

---

108 《삼국유사》, 109쪽. 第二十五舍輪王, 諡眞智大王, 姓金氏, 妃起烏公之女知刀夫人. 大建八年丙申卽位, 御國四年, 政亂荒婬, 國人廢之.

천성天成(後唐 明宗 연호) 2년(新羅 景哀王 4년, 西紀 927) 9월에 훤萱이 근품성近品城을 공취攻取하여 불태우고, 나아가 신라의 고울부高鬱府 (지금의 永川)를 습격하고서 신라 근처로 육박하니 신라왕新羅王이 태조太祖에게 구원을 청하였다.

(중략)

훤萱이 군사를 놓아 크게 약탈하고 사람을 시켜 왕을 잡아오게 하여 앞에서 죽이고, 곧 궁중宮中에 들어가 거처하면서 (王의) 부인夫人을 강제로 끌어다 난행亂行하며, 왕의 족제族弟 김부金傅로써 왕위王位를 계승하게 한 후 왕제王弟 효렴孝廉과 재상宰相 영경英景을 포로捕虜로 하고, 또 국고國庫의 재화財貨·진보珍寶와 병장兵仗, 자녀子女와 백공百工 중의 기교자技巧者를 취하여 자신이 데리고 돌아갔다.[109]

위의 글에서 견훤은 군사를 풀어 약탈하게 하고, 왕을 잡아 가차없이 죽인다. 또한 왕비를 끌어다 강간하고, 신라의 왕권을 마음대로 휘둘러 왕위를 계승하게 하며, 왕의 아우와 재상을 포로로 잡고, 많은 재물과 군기 등의 전리품을 빼앗아 돌아간다. 전쟁에서는 당연한 현상으로 여길 수 있으나 이러한 행동을 한 사람은 한 나라의 왕이다. 인의仁義를 베풀어야 함에도 불구하고, 오히려 여느 장수보다 더 잔혹하게 신라왕을 유린한다.

장흥長興(後唐 明宗 연호) 3년(敬順王 6년, 西紀 932)에, 견훤甄萱의 신

---

109 《삼국사기》하, 495~496쪽. 天成二年秋九月, 萱攻取近品城燒之, 進襲新羅高鬱府, 逼新羅郊圻, 新羅求救於太祖. (중략) 萱縱兵大掠, 使人捉王, 至前戕之, 便入居宮中, 强引夫人亂之, 以王族弟金傅嗣立, 然後虜王弟孝廉·宰相英景, 又取國帑珍寶·兵伐·子女·百工之巧者, 自隨以歸.

하 공직襲直이 용감하고 지략智略이 있었는데 태조太祖에게 와서 항복
하니, 훤萱이 공직襲直의 두 아들과 한 딸을 잡아다 다리 심줄을 불로
지져 끊었다.[110]

여기에서도 견훤은 부하로 있던 공직襲直이 태조에게 항복하자 그
자식을 잡아다가 잔인하게 고문한다. 이는 왕으로서의 인자함을 잃어
버린 것도 되지만 통치자로서 사람을 끌어들이는 능력을 상실하게 되
는 계기도 된다. 또한 보다 넓은 지역을 통치하기 위해 무리한 욕심을
드러낸다. 힘들고 지친 백성을 생각하기보다 자신의 욕심을 충족하
기에만 급급하여 전쟁을 벌이고 아울러 그러한 과정에서 잔인함을 드
러내어 결과적으로 그는 통치권을 상실하기에 이른다. 요컨대 열전에
드러난 궁예나 견훤은 태조 왕건에게 대항할 수 없으며 그들은 악정
을 통하여 오히려 왕건에게 백성을 몰아다주는 구실을 한 흉인凶人으
로 대표된다.

사관은 이렇게 논했다.

"신라의 운수가 다하고 올바른 도리를 잃어 하늘이 돕지 않고 백
성들도 붙지 않았다. 그러자 뭇 도적들이 그 틈을 타서 마치 고슴도
치 털처럼 일어났는데, 그 가운데 가장 강한 자는 궁예와 견훤 두 사
람뿐이었다. 궁예는 본래 신라의 왕자였는데도 도리어 제 나라를 원
수로 삼아, 심지어는 선조의 화상畵像까지도 베어버리기에 이르렀으
니 그 어질지 못함이 아주 심했다. 견훤도 역시 신라의 백성에서 일

---

110 《삼국사기》하, 501쪽. 長興三年, 甄萱臣襲直, 勇而有智略, 來降太祖, 萱收襲直二子一
女, 烙斷股筋

어나 신라의 국록을 먹으면서 불칙한 마음을 품고 나라의 위태함을 다행히 여겨 도읍을 침략하고 임금과 신하들을 마치 새나 짐승 죽이듯 했으니, 참으로 천하에서도 가장 악한 자였다.

그러므로 궁예는 자기 신하에게 버림을 받았고, 견훤은 자기 자식에게서 재앙을 입었다. 모두 스스로 취한 것이니 또 누구를 탓하랴. 비록 항우項羽나 이밀李密같이 뛰어난 재주를 가진 자도 한나라와 당나라가 일어나는 것을 막지 못했으니, 하물며 궁예나 견훤같이 흉악한 자가 어찌 우리 태조에게 대항할 수 있었겠는가?"[111]

위의 내용에서 사관이 말한 바는 궁예와 견훤의 부정함을 들어 태조의 건국이 당연함을 강조하고 있는 것이다. 사관史官의 의견을 후백제와 견훤의 이야기 마지막에 기록한 것은 일연도 이 사관의 의견에 동조했기 때문에 마지막을 정리하는 차원에서 실었을 것이다. 즉 궁예와 견훤의 패륜적인 행위는 결국 자신의 멸망과 함께 나라의 멸망을 가져오는 것이며, 스스로 취한 것이니 그 결과는 당연한 것이다. 더욱이 한나라 고조 유방과 맞서 싸우다 패위가 된 항우나 당나라 초기에 한기를 들고 일어섰다가 죽음을 당한 이밀과 비교해도 궁예와 견훤은 흉악한 자이기 때문에 태조의 건국을 저지할 수 없다는 것이다.

통치자는 왕으로서 왕도정치를 해야 백성이 편안하고 나라가 안정되어서 타의 모범이 되며, 후세에 길이 알려지게 되는 것이다. 그러나

---

111 《삼국유사》, 204쪽. 史論曰, "新羅數窮道喪, 天無所助, 民無所歸, 於是群盜投隙而作, 若猬毛然. 其劇者弓裔·甄萱二人而已. 弓裔本新羅王子, 而反以家國爲讎, 至斬先祖之畫像, 其爲不仁甚矣. 甄萱起自新羅之民, 食新羅之祿, 包藏禍心, 幸國之危, 侵軼都邑, 虔劉君臣若禽獸, 實天下之元惡. 故弓裔見棄於其臣, 甄萱産禍於其子, 皆自取之也, 又誰咎也? 雖項羽·李密之雄才, 不能敵漢·唐之興, 而況裔·萱之凶人, 豈可與我太祖相抗歟?"

그렇지 않은 부정적인 통치자는 왕도정치를 한 통치자와 함께 오랫동안 거론<sub>擧論</sub>되지만 늘 대조가 되어 부정적인 통치자의 모범으로 전락하여 경계의 대상이 되는 것이다. 따라서 훌륭한 통치자가 되려면 앞서 기록된 부정적인 통치자의 이야기를 염두에 두고 그런 통치자가 되지 않기 위해 늘 경계하고 노력하는 왕도정치를 해야 함을 알려주고 있는 것이다.

나. 욕구 지향적 모습

《삼국유사》 기이편<sub>記異編</sub> 〈경덕왕 충담사 표훈대덕〉조에 나오는 경덕왕은 아들을 낳지 못하자 왕비를 폐하여 사량부인에 봉한다. 《삼국유사》에는 경덕왕이 옥경의 길이가 8치나 되었기 때문에 아들을 낳지 못하였다고 기술되어 있다.

> 왕은 옥경의 길이가 여덟 치였다. 아들이 없으므로 왕비를 폐하여 사량부인沙梁夫人에 봉했다. 후비 만월부인滿月夫人의 시호는 경수태후景垂太后인데, 각간 의충依忠의 딸이다. 왕이 어느 날 표훈대덕表訓大德에게 명했다.
> "짐이 복이 없어 후사를 얻지 못했으니 대덕이 상제께 청해 아들을 두게 해주시오."
> 표훈이 올라가 천제께 아뢰고 돌아와 말했다.
> "천제께서 '딸을 구하면 되지만 아들은 안 된다'고 하셨습니다."
> 왕이 말했다.
> "딸을 바꿔서 아들이 되게 해주시오."
> 표훈이 다시 하늘로 올라가서 청하자 천제가 말했다.
> "그렇게 할 수는 있다. 그러나 아들이 되면 나라가 위태하리라."

표훈이 돌아오려고 하자 천제가 다시 불러 말했다.

"하늘과 사람 사이를 어지럽게 할 수 없는데, 이제 대사가 이웃 동네 오가듯 하면서 천기를 누설하니 이제부터 다시는 오가지 못하리라."

표훈이 돌아와 천제의 말을 알려주자 왕이 말했다.

"나라가 비록 위태해져도, 아들을 얻어 후사를 잇는다면 만족하오."

만월왕후가 태자를 낳자 왕이 매우 기뻐했다. 여덟 살이 되자 왕이 붕어하고 태자가 즉위했는데, 이가 바로 혜공대왕이다.[112]

보통 거인신화가 창조신과 관계되며 남성의 경우에는 후대로 갈수록 거인신의 면모가 신체의 특정 부분-특히 남근男根-이 큰 것으로 나오는 것을 볼 때 경덕왕의 옥경의 길이가 큰 것 역시 경덕왕의 인물됨, 곧 비범성을 상징하는 것으로 볼 수 있지 않을까 생각되나 본 설화에서는 남보다 큰 옥경이 비범성보다는 생산 장애 혹은 국가적 위기와 관련되어 나오고 있는 점이 특이하다. 이는 음경의 길이가 길어쉽게 배필을 정하지 못했다고 이야기되던 지철로왕智哲老王의 경우와도 비교할 수 있다.[113] 어쨌든 옥경의 길이가 긴 것이 아들을 낳지 못하는 장애요인으로 기술되고 있으나 둘 사이의 인과관계는 없는 것으

---

112 《삼국유사》, 155~157쪽. 王玉莖長八寸. 無子廢之, 封沙梁夫人. 後妃滿月夫人, 諡景垂太后, 依忠角干之女也. 王一日詔表訓大德曰, "朕無祜, 不獲其嗣, 願大德請於上帝而有之." 訓上告於天帝, 還來奏云, "帝有言, 求女卽可, 男卽不宜." 王曰, "願轉女成男." 訓再上天請之, 帝曰, "可則可矣. 然, 有男則國殆矣." 訓欲下時, 帝又召曰, "天與人不可亂, 今師往來如隣里, 漏洩天機, 今後宜更不通." 訓來以天語論之, 王曰, "國雖殆, 得男而爲嗣足矣." 於是, 滿月王后生太子, 王喜甚. 至八歲王崩, 太子卽位, 是爲惠恭大王.

113 길태숙·윤혜신·최선경, 앞의 책, 202쪽.

로 보인다. 그러나 옥경의 길이가 길어 아들을 얻지 못하였다는 것이 장애요인으로 기술된 것은 완벽한 모습을 갖춘 통치자의 모습이 아니라 인간이라면 누구나 가지고 있는 흠이 있는 사람이라는 것이다. 게다가 그는 인간적인 욕심을 부려 나라가 위태해진다는 경고를 들었음에도 불구하고 아들 낳기를 원한다.

신라 중대의 국왕들은 장자가 왕위를 계승하는 것을 철칙으로 여기고 장자에게 왕위를 물려주기 위해 아들 낳기를 간절히 원했다. 때문에 아들을 낳지 못하는 왕비를 폐위시키고 새로운 왕비를 맞는 일도 서슴지 않았다. 여기에 나오는 경덕왕의 경우도 그렇고 31대 신문왕 또한 그녀의 비인 김흠돌의 딸이 아들을 낳지 못하자 그녀를 출궁시키고 김흠운의 딸을 왕비로 맞이하였다. 이 외에도 33대 성덕왕, 38대 원성왕이 전비前妃를 출궁시키고 후비를 들여 아들을 낳았다. 이처럼 신라의 왕들이 아들을 낳기 위해 혈안이 된 이유는 신라사회가 정치·사회적 세력을 분산시키지 않기 위한 조치의 하나로 근친혼을 행해왔기 때문에 약 40% 정도에서 아들이 태어나지 못했다고 한다.[114] 따라서 아들에 대한 집착은 점점 더 강해질 수밖에 없었던 것이다. 물론 아들에 대한 집착이 왕으로서의 의무라고 생각할 수도 있지만 초기 건국신화에 나타나는 통치자들보다는 신성성이 결여되어 나타나고, 오히려 종족 보존의 인간적 욕망을 드러내고 있다. 경덕왕은 왕으로서의 신성성은 이미 선대의 후손이라는 점에서 그 정통성을 이어가고 있지만 초기 신화들보다는 점차 사회의 변화에 따라 욕구지향적인 인간임을 보여주는 통치자의 모습을 강조하고 있다. 그러나 결국 경덕왕의 욕심으로 인해 표훈대사가 경고했음에도 불구하고 태자

---

114  위의 책, 202~204쪽.

를 원했기 때문에 나라는 혼란에 빠지게 된다.

궁예 또한 스스로를 미륵불이라 칭하며 통치자로서의 정당성을 입증하려고 했던 것들이 오히려 정당성을 상실하게 한다. 그가 통치자가 되어 나라를 다스림에 있어 권위를 상실하면서 통치자로서의 정당성을 상실하게 되는 것이다.

천우天祐 2년 을축乙丑(孝恭王 9년)에 새 서울鐵圓城에 들어가 관궐觀闕·누대樓臺를 수즙修葺하였는데, 사치奢侈를 극極하였다.[115]

또 경문經文 20여 권을 자술自述하였는데, 그 말이 요망스럽고 모두 불경不經(正道에 맞지 않는)한 것이었다. 때로는 정좌正坐하여 강설講說하였는데, 승석총僧釋聰이 이르기를 "모두 사설邪說·괴담怪談으로써 가르칠 수 없는 것이라" 하니, 선종善宗이 듣고 노怒하여 철퇴鐵椎로 때려죽였다.[116]

왕과 왕족의 사치와 포학은 반역의 명분이 된다. 우리나라는 물론다른 나라의 경우에도 역사적으로 통치자의 사치와 포학은 통치자로서 백성을 힘들고 괴롭히는 일로서 그들의 믿음과 사랑을 잃었기 때문에 반란이 일어나기 마련이다. 마찬가지로 궁예는 스스로를 신격화시켜 통치자로서의 정당성을 확보하려던 종교적인 행동들이 오히려 자신을 왕의 자리에서 물러나게 할 수 있다는 것을 깨닫지 못했다.

---

115  《삼국사기》 하, 489쪽. 天祐二年乙丑, 入新京, 修葺觀闕樓臺, 窮奢極侈.
116  《삼국사기》 하, 490쪽. 又自述經二十餘卷, 其言妖妄, 皆不經之事, 時或正坐講說, 僧釋聰謂曰, 皆邪說怪談, 不可以訓, 善宗聞之怒, 鐵(趙炳舜本鐵上有以字)椎打殺之.

아울러 궁궐과 누대를 사치스럽게 수축하고 충언을 하는 신하를 철퇴로 죽이는 등 그의 행동은 이미 정상적인 통치자가 아니라 통제력을 상실한 광인狂人의 모습으로 여겨질 뿐이다. 이러한 궁예의 사치스러움과 포학성으로 인해 궁예는 통치자로서의 정당성을 상실하게 되고, 결국 고려 태조인 왕건에 의해 죽는다.

궁예나 견훤은 욕구지향적 성향 때문에`나라를 잃거나 죽음을 당하고, 경덕왕은 욕심을 부린 결과 스스로 그 벌을 받진 않았지만 후에 나라가 위기를 맞게 된다. 인간은 본능적으로 욕구나 욕망이 있는 것은 당연하나 통치자가 나라를 생각하지 않고 스스로의 욕구만을 성취하려고 하는 것은 한 개인에게만 피해를 주는 것이 아니라 나라 전체의 위기를 가져올 수 있는 것이다. 따라서 한 나라의 통치자는 개인적인 욕구나 욕망을 통제할 수 있어야 통치자로서의 자질이 갖추어져 있다 할 수 있다.


## 3. 통치자의 형상에 따른 조력자의 양상

인물을 형상화할 때에는 다양한 요소가 고려된다. 인물의 내면이나 외형, 특정한 버릇 같은 행동상의 특이점 외에도, 자신과 타인에 대한 인물의 태도, 인물에 대한 외부의 평가 등이 종합적으로 작용하여 인물의 총체적 성격을 드러내게 된다. 형상화의 요소들은 서술자를 통해 요약적으로 설명되거나, 등장인물의 언행을 통해서 간접적으로 드러난다.[117] 이러한 다양한 요소들 중 조력자의 경우 주요인물의

---

117  전주경, 앞의 논문, 17쪽.

형상에 적지 않은 영향을 미친다고 할 수 있다.

조력자는 일반적으로 서사에서 주인공에게 도움을 주는 등장인물로서, 주동인물이 목적을 달성하도록 도움이 되는 제행위諸行爲를 수행하는 인물은 모두 조력자로 통칭될 수 있다. 조력자는 서사 내에서 주동인물이 처한 상황의 개선을 위해 활동하는 보조인물로서, 이들을 통해 주동인물의 성격이 부각되는 한편, 이들 조력자의 도움 없이는 주인공의 성격형성이나 사건의 진행이 원활하지 않게 된다.[118]

속담에는 선조들의 삶의 지혜가 담겨 있는 만큼 우리의 생활에 깊은 교훈을 준다. 이러한 속담 중 아무리 쉬운 일이라도 혼자 하는 것보다 서로 힘을 합쳐서 하면 더 쉽다는 뜻으로 '백지장도 맞들면 낫다'는 말이 있다. 쉬운 일도 혼자보다는 여럿이 하면 더 쉽듯이 어려운 일도 많은 이들이 도와주면 못 할 것도 없을 것이다. 이처럼 일을 함에 있어서 힘이 되어 주는 존재를 '조력자'라고 한다.[119] 이러한 조력자는 문학작품에서 자주 등장하는데, 즉 작품에 등장하는 조력자의 양상에 따라 통치자의 형상이 다르게 나타날 수 있다.

문학작품에서 조력자의 등장은 주요인물의 힘으로 문제를 해결할 수 없을 때 중요한 역할을 한다. 특히 나라를 다스림에 있어서는 예측 불가능하고 다양한 어려움이 존재하기 때문에 통치자의 능력만으로는 해결이 불가능한 문제들이 많다. 이에 서사문학에 통치자를 위한 조력자가 등장하게 되는데, 통치자를 도울 수 있는 조력자가 있다고 하더라도 통치자로서의 자질이 갖춰져 있지 않으면 조력자는 오히려

---

118  위의 논문, 8쪽.

119  강지수, 「조력자의 변모 양상과 그 의미 : 영웅소설을 중심으로」, 인제대학교 교육대학원 석사학위논문, 2004, 55쪽.

그 기능을 상실하거나 통치자를 대신하는 사람으로 변질된다. 따라서 조력자의 등장은 통치자의 자질과 깊은 관련이 있는 것이다. 이러한 논의에 따라 다음은 통치자를 도와주는 조력자의 유형을 신이형神異型과 인간형人間型으로 분류하여 살펴보겠다.

## 1) 신이형神異型 조력자

신이형神異型 조력자는 신이한 힘을 가진 사물私物 또는 동물 등의 유형으로 나타난다. 그러나 이러한 유형들은 모두 신이한 힘이 드러나는 양상이기 때문에 굳이 나눠서 살펴볼 필요는 없다. 다음은 주몽 신화에 등장하는 신이한 조력자의 모습을 보여주고 있다.

왕의 여러 아들이 신하와 더불어 장차 주몽을 죽이려 꾀하자 주몽의 어미가 이를 알고 그에게 깨우쳐 주었다. '나라 사람들이 장차 너를 해치려 하니 네 재주로 어디 간들 못 살겠느냐. 빨리 떠나도록 하여라.'

이에 주몽이 오이烏伊 등 세 사람을 벗삼아 길을 가다가 엄수淹水에 이르자 물에게 이렇게 고했다. '나는 천제의 아들이고 하백의 손자이다. 오늘 도망하는 중인데 쫓아오는 자들이 거의 따라잡게 되었으니 어찌하면 좋겠느냐?'

그러자 고기와 자라들이 다리를 이루어 건너가게 한 뒤에 다리가 풀어졌다. 그래서 쫓아오던 기병들이 건너지 못했다. 졸본주에 이르러 도읍을 열었는데, 미처 궁전을 지을 겨를이 없어 다만 비류수沸流水 위에 집을 얽고 살면서 나라 이름을 고구려라 했다. 이로 인하여

고高를 씨氏로 삼으니, 그때 나이가 열두 살이었다.[120]

인용문에서 부여의 왕자들이 신하와 더불어 주몽을 죽이려하자 도망을 간다. 그러나 '엄수淹水'에 이르러 도망갈 길이 없자 도움을 요청한다. 이에 물고기와 자라들이 다리를 이루어 건너갈 수 있도록 주몽을 돕는다. 이는 《구약성서》에 등장하는 '모세'가 이스라엘 민족을 이끌고 이집트를 탈출하여 약속의 땅 '가나안'으로 가던 중, 그들의 신 '여호와'가 홍해바다를 가른 내용과 비슷하다. 두 이야기에서 조력자의 형상에 대한 차이점이 존재하지만 결론적으로 그들을 돕는 것은 신이한 힘이다. 특히 주몽신화에서는 '기아체험'에 있어서도 신이한 힘에 의해 도움을 받게 되는데, 그 형태가 동물로 등장한다. 이러한 신이神異한 조력자를 통해 주몽은 무사히 '고구려高句麗'라는 나라를 건국할 수 있었다.

삼국三國 중 신라는 역사적으로 외부의 침략을 많이 받았다. 여러 통치자들은 전쟁의 위험을 극복하고 삼국을 통일하게 되기까지 많은 어려움을 겪었을 것이다. 그때마다 통치자의 곁에서 문제를 해결해주고 도와주는 조력자가 있었음을 짐작할 수 있다. 다음은 신라의 제26대 진평대왕眞平大王이 천사에게서 받은 옥대에 대한 내용이다.

즉위 원년 천사가 대전大殿 뜰에 내려와 왕에게 말했다. "상황上皇께서 내게 명해 이 옥띠를 전해드리게 하셨습니다." 왕이 친히 꿇어

---

120 《삼국유사》, 82쪽. 王之諸子與諸臣將謀害之, 蒙母知之, 告曰, "國人將害汝, 以汝才畧, 何往不可. 宜速圖之." 於時, 蒙與烏伊等三人爲友, 行至淹水, 告水曰, "我是天帝子·河伯孫, 今日逃遁, 追者垂及, 奈何?" 於是, 魚鼈成橋, 得渡而橋解, 追騎不得渡. 至卒本州, 遂都焉. 未遑作宮室, 但結廬於沸流水上居之, 國號高句麗, 因以高爲氏 時年十二歲,

앉아 받은 뒤에 사자는 하늘로 올라갔다. 교묘郊廟의 큰 제사 때에는 왕이 반드시 이 띠를 둘렀다. 그 뒤 고구려 왕이 장차 신라를 치려고 계획하면서 물었다. "신라에는 세 가지 보물이 있어 침범하지 못한다는데, 무엇을 가리키는가?" "황룡사 장륙존상丈六尊像이 첫째요, 그 절의 구층탑이 둘째이며, 진평왕의 천사옥대가 셋째입니다" 그러자 계획을 그만두었다.[121]

위의 내용은 진평왕이 '천사옥대'를 받는 과정과 그것으로 인해 나라의 위기를 모면하게 된 경위에 대한 것이다. 옥대는 천제天帝가 천사天使를 시켜 왕에게 내린 것으로 외부의 침략이 많았던 신라에게 신성하고 소중한 물건이다. 직접적으로 옥대가 외적을 물리친 것은 아니지만 하늘의 물건이라는 이유만으로 신라를 지켜준 것이다. 그러나 존재 자체가 위협을 줄 수 있는 것은 오랫동안 유지할 수 없다. 따라서 신라의 제31대 신문대왕神文大王 시대에는 보다 직접적인 신神의 도움이 나타난다.

제31대 신문대왕神文大王의 휘는 정명政明인데, 김씨이다. 개요 원년 신사(681) 7월 7일에 즉위하자, 아버지 문무대왕을 위해 동해 바닷가에 감은사感恩寺를 창건했다. 이듬해 임오(682) 5월 초하루에 해관海官 파진찬 박숙청朴夙淸이 아뢰었다.

"동해 가운데 있던 작은 산이 감은사 쪽으로 떠내려와서는 물결을 따라 오가고 있습니다."

---

121 《삼국유사》, 112쪽. 卽位元年, 有天使降於殿庭, 謂王曰, "上皇命我傳賜玉帶. 王親奉跪受," 然後其使上天. 凡郊廟大祀皆用之. 後高麗王將謀伐羅, 乃曰, "新羅有三寶不可犯, 何謂也." "皇龍寺丈六尊像一, 其寺九層塔二, 眞平王天賜玉帶三也." 乃止其謀.

왕이 괴이하게 여겨 일관 김춘질金春質에게 점치게 했더니, 춘질이 아뢰었다.

"돌아가신 선왕께서 이제 바다의 용이 되어 삼한을 지키십니다. 또 김유신 공도 본래 33천天의 한 아드님인데 이제 이 땅에 내려와 대신이 되었습니다. 두 성인이 덕을 같이해 성을 지킬 보물을 내리려고 하시니, 만약 폐하께서 바닷길로 거둥하시면 반드시 값으로 따질 수 없는 큰 보물을 얻게 될 것입니다."

(중략)

왕이 배를 타고 산에 들어가자 용이 검은 옥띠를 가지고 와서 바쳤다. 왕이 그를 맞이하고 함께 앉아서 물었다.

"이 산과 대나무가 때로는 갈라졌다가 때로는 합해지니 무슨 까닭이오?"

용이 아뢰었다.

"비유하자면 한 손으로 치면 소리가 나지 않지만 두 손으로 치면 소리가 나는 것과 같습니다. 이 대나무는 합한 뒤에야 소리가 나게 되어 있습니다. 이것은 성왕께서 이 소리를 가지고 천하를 다스리게 되실 상서로운 징조입니다. 왕께서 이 대나무를 가져다 피리를 만들어 불어보십시오. 천하가 화평해질 것입니다. 이제 왕의 아버님께서 바다의 큰 용이 되시고, 유신이 다시 천신이 되었습니다. 이 두 성인이 마음을 같이해 이같이 값으로 따질 수 없는 큰 보물을 저로 하여금 왕께 바치게 하셨습니다."[122]

---

122 《삼국유사》, 144~147쪽. 第三十一神文大王, 諱政明, 金氏, 開耀元年辛巳七月七日卽位, 爲聖考文武大王創感恩寺於東海邊. 明年壬午五月朔, 海官波珍喰朴夙淸奏曰, "東海中有小山, 浮來向感恩寺隨波往來." 王異之, 命日官金春質占之, 曰, "聖考今爲海龍, 鎭護三韓. 抑又金公庾信乃三十三天之一子, 今降爲大臣, 二聖同德, 欲出守城之寶. 若陛下

인용문에서 신문대왕은 문무대왕을 위해 감은사感恩寺를 창건했
는데 동해 가운데 있던 작은 산이 떠내려 와 일관에게 점을 치게 하
니 문무왕과 김유신이 신이 되어 신라를 지킬 수 있는 보물을 주려고
한다고 했다. 여기서 문무왕은 죽어서도 용이 되어 나라를 지키기 위
해 바다에 묻히고, 김유신은《삼국사기》〈열전〉에서 많은 부분을 할애
할 정도로 신라의 대표적인 충신이다. 두 사람은 나라를 위해 헌신적
인 삶을 산 통치자와 충신으로 신라에서는 없어서는 안 될 인물들이
다. 그런 그들은 죽어서까지 신라를 걱정하여 신이 되어 신라를 지켜
줄 보물을 보내는데 그것이 바로 검은 '옥띠'다. 신문왕은 용의 말에
따라 그것을 궁으로 가지고 와 피리를 만들어 천존고天尊庫에 보관한
다. 그러나 천사옥대처럼 보관만 하는 것은 아니다. 실질적으로 나라
에 위험이 닥칠 때마다 피리를 불어 신의 도움을 받는 것이다.

> (중략) 왕이 돌아와 그 대나무로 피리를 만들어 월성月城 천존고天尊
> 庫에 간직했다. 피리를 불면 적군이 물러가고 병이 나으며, 가물 때
> 엔 비가 내리고 장마 때에는 개었다. 바람이 그치고 물결이 잠잠해
> 졌으므로, 이름을 만파식적萬波息笛이라 하고 국보로 삼았다.[123]

나라에 위험이 생길 때마다 만파식적을 사용하면 문제가 해결된
다. 적군이 물러가고 병이 나으며, 가물 땐 비가 내리고 장마 때는 비

---

行幸海邊, 必得無價大寶." (중략) 王泛海入其山, 有龍奉黑玉帶來獻, 迎接共坐, 問曰,
"此山與竹, 或判或合, 如何?" 龍曰, "比如一手拍之無聲, 二手拍則有聲. 此竹之爲物, 合
之然後有聲, 聖王以聲理天下之瑞也. 王取此竹, 作笛吹之, 天下和平. 今王考爲海中大
龍, 庾信復爲天神, 二聖同心, 出此無價大寶, 令我獻之."
[123] 《삼국유사》, 148쪽. 駕還, 以其竹作笛, 藏於月城天尊庫. 吹此笛則兵退病愈, 旱雨雨晴,
風定波平, 號萬波息笛, 稱爲國寶.

가 갠다. 바람이 그치고 물결이 잠잠해지므로 이름도 만파식적萬波息
笛이라 했다. 그런데 나라에 닥치는 위험의 대부분은 바로 자연재해
다. 병과 가뭄, 장마, 바람 등은 모두 인간이 통제할 수 없는 것들이
다. 과학이 발달한 현재도 자연을 통제할 수 없기 때문에 지금도 자연
재해로 인해 고통을 받는 사람들이 많다. 특히 삼국시대에는 자연재
해를 그대로 받을 수밖에 없다. 아무리 신성성을 갖고 있는 통치자라
고 해도 직접적으로 해결할 수 있는 방법이 없는 것이다. 때문에 그
를 관장하는 신에게 인간은 무력해질 수밖에 없는 것이다. 그러나 신
성성을 갖고 있는 통치자가 통치자로서의 자질을 갖추고 있다면 신이
그를 돕는다. 위의 예문에 만파식적은 신의 도움을 받을 수 있는 통신
수단으로써 자연재해를 비롯하여 나라의 위기를 모면하게 한 것이다.
다음은 자연물과 신의 도움을 받아 비처왕이 죽음을 면하게 된다는
내용이다.

제21대 비처왕毗處王 즉위 10년 무진(488)에 왕이 천천정天泉亭에 거
둥했다. 그때 까마귀와 쥐가 와서 울었는데, 쥐가 사람의 말을 했다.

"이 까마귀가 날아가는 곳을 찾아가시오."

왕은 기사를 시켜 따라가게 했다. 남쪽으로 가다가 피촌避村에 이
르자 돼지 두 마리가 싸우고 있었다. 기사는 한참 서서 바라보다가
갑자기 까마귀가 간 곳을 잃어버려 길가에서 배회했다. 그때 한 노
인이 못 속에서 나와 편지를 올렸는데 겉봉에 이렇게 씌어 있었다.

"이 편지를 열어보면 두 사람이 죽고, 열어보지 않으면 한 사람이
죽을 것이다."

편지를 가져와 왕에게 바쳤더니 왕이 말했다.

"두 사람이 죽는 것보다는 열어보지 않고 한 사람만 죽는 것이

낫다."

일관日官이 아뢰었다.

"두 사람은 보통 사람이고, 한 사람은 왕입니다."

왕이 그럴 듯하게 여겨 열어보니 편지에 이렇게 되어 있었다.

"거문고 갑을 쏘아라."

왕이 궁중에 들어와 거문고 갑을 보고 활을 쏘았더니 내전에서 분향수도焚香修道하던 중이 궁주宮主와 몰래 간통하고 있었다. 이에 두 사람은 죽음을 당했다.[124]

위의 내용에서 신라의 비처왕은 천천정天泉亭이라는 곳에 갔다가 까마귀와 쥐의 울음소리를 듣게 되었고, 쥐가 인간의 말로 도움을 받을 수 있는 곳으로 안내한다. 물론 직접적으로 편지를 준 것은 노인이지만 '까마귀'와 '쥐'가 도와주지 않았다면 극복할 수 없는 것이다. 편지의 내용에는 겉으로 보기에는 쉽게 생각해서 함정에 빠질 수 있지만 한 번 더 생각해 보면 위기를 모면할 수 있는 방법이 쓰여 있는 것이다. 다행히 일관의 도움으로 비처왕은 목숨을 구할 수 있었고, 간통한 궁주宮主와 중을 발견하여 죽였다. 《삼국유사》에 보면 이때부터 해마다 정월 첫 해일亥日, 첫 자일子日, 첫 오일午日이 되면 모든 일을 삼가 함부로 행동하지 않고, 보름날은 '까마귀를 기忌하는 날'로 삼아 찰밥으로 제사지냈다. 이런 것들을 속어로 '달도怛忉'라 하였는데, 슬프

---

124 《삼국유사》, 106~107쪽. 第二十一毗處王卽位十年戊辰, 幸於天泉亭, 時有烏與鼠來鳴. 鼠作人語云, "此烏去處尋之." 王命騎士追之, 南至避村, 兩豬相鬪, 留連見之, 忽失烏所在. 徘徊路傍, 時有老翁自池中出奉書, 外面題云, "開見二人死, 不開一人死." 使來獻之, 王曰, "與其二人死, 莫若不開, 但一人死耳." 日官奏云, "二人者庶民也, 一人者王也." 王然之開見, 書中云 "射琴匣." 王入宮見琴匣射之, 乃內殿焚修僧與宮主潛通而所奸也, 二人伏誅.

고 근심스러워 모든 일을 금기한다는 뜻이다. 이러한 풍속이 고려시대까지 계속되었다고 하는 것을 보면, 그 당시 까마귀의 도움에 깊은 감사를 하고 있다는 것을 알 수 있다. 특히 비처왕을 도와준 조력자는 까마귀와 쥐, 못 속에서 나와 편지를 전해준 노인, 편지의 내용을 제대로 해석한 일관으로 볼 수 있는데, 기록에 의하면 왕은 유독 까마귀에게 감사함을 전하고 있다. 일관은 자신의 직무를 다 한 것으로 여겨 조력자에서 제외시킨다고 하더라도, 노인과 쥐를 제외하고 까마귀를 기억하는 것은 아마도 까마귀가 우리나라에서 의미하는 바대로 비처왕에게도 불운의 소식을 전해주었고, 이를 통해 행동을 잘 살피고 삼가야 함을 강조하는 듯하다.

이와 같이 신이형神異型 조력자들이 자주 등장하는데, 이는 신성한 힘을 얻는 통치자의 신성성을 강조하기 위한 역할을 담당한다고 할 수 있다. 또한 사건 전개에 있어 신이형 조력자들은 통치자의 신성성神聖性을 입증하는 하나의 방법으로 사용되어 통치자로서의 정당성을 강조하고 있다.


## 2) 인간형人間型 조력자

조력자는 신이나 자연물처럼 신이한 형태로 등장하기도 하지만 인간형으로 등장하기도 한다. 인간형人間型 조력자의 경우, 무조건적으로 통치자를 돕는 충신형忠臣型과 자신의 권익權益을 추구하는 지략가형智略家型으로 나눌 수 있다. 두 유형은 통치자의 형상과 관계가 있는데 대체로 선왕先王의 통치권을 물려받은 통치자의 경우 충신형 조력자가 등장하는 반면, 새로운 통치권을 받게 되는 통치자의 경우 권익을 추구하는 지략가형 조력자로 나타난다.

　왕조王朝를 중심으로 서술된 삼국시대 서사문학은 충신형忠臣型 조력자가 적지 않게 등장한다. 통치자가 아무리 능력이 뛰어나다고 해도 주위에 충신이 없다면 나라를 다스리는 데 어려움이 따른다. 그러나 통치자라고 해서 모두 충신이 따르는 것은 아니다. 통치자로서 신하의 존경과 인정을 받을 때에야 충신이 있는 것이다. 또한 충신형 조력자는 임금을 섬기고 나라에 충성하는 마음은 물론, 통치자가 통치의 어려움을 극복하는 데 필요한 능력을 가지고 있어야 한다. 능력을 갖춘 충신만이 통치자를 도울 수 있는 훌륭한 조력자가 된다. 다음은 눌지왕에 대한 일화로 볼모로 잡혀간 아우를 그리워하며 신하들의 도움을 요청하는 내용이다.

　10년 되는 을축년에 이르러 왕이 여러 신하 및 나라 안의 호걸 협객들을 불러 모아 친히 연회를 베풀었다. 술이 세 차례 돌고 온갖 음악이 연주되자 왕이 눈물을 흘리면서 여러 신하에게 말했다.

　"지난날 나의 아버님께서 성심껏 백성들을 보살피느라 사랑하는 아들을 동쪽 왜국으로 보냈지만 (다시는) 보지 못하고 돌아가셨소. 또 짐이 즉위한 이래로 이웃 나라의 군사가 매우 강성해 전쟁이 그치지 않았는데, 고구려가 유독 화친을 맺자고 했기에 짐이 그 말을 믿고 친아우를 고구려에 보냈소. 그런데 고구려도 역시 억류하고 보내지 않으니 짐이 부귀를 누리면서도 이 아우들을 하루도 잊은 적이 없고, 울지 않은 적이 없소. 만약 이 두 아우를 만나 선왕의 사당에 함께 감사드리게 된다면 온 나라 백성들에게 은혜를 갚을 수 있을 것이니 누가 이 일을 이룰 수 있겠소?"

　그러자 여러 신하들이 한결같이 아뢰었다.

"이 일은 참으로 쉽지 않습니다. 반드시 슬기롭고 용맹스런 자라야 감당할 수가 있습니다. 신들의 생각에는 삽라군 태수 제상<sub>堤上</sub>이 할 수 있을 것 같습니다."

왕이 곧 제상을 불러다 물었더니 제상이 두 번 절하고 대답했다.

"신이 듣기로 '임금에게 근심이 있으면 신하가 욕되고, 임금이 욕되면 신하는 (그 일을 위해서) 죽는다'고 했습니다. 만약 일이 쉬운가 어려운가를 따진 뒤에 행한다면 이는 '불충<sub>不忠</sub>'이고, 죽을지 살지를 헤아린 뒤에 움직인다면 이는 '무용<sub>無勇</sub>'입니다. 신이 비록 불초하지만 명을 받들어 행하겠습니다."

왕이 매우 가상하게 여겨 술잔을 나눠 마시며 손을 잡고 작별했다.[125]


눌지왕은 신라 제19대 왕이다. 아버지는 내물왕으로 정사(417)에 즉위해 41년 동안 나라를 다스렸다. 그는 내물왕대에 볼모로 잡혀간 형제들을 그리워한다. 어느 날 신하들을 모아 놓고 잔치를 베풀었는데 술에 취하고 음악이 울려 퍼지자 눈물을 흘리며 형제들에 대한 이야기를 꺼낸다. 그리고 그곳에 있던 신하들에게 두 아우를 만나고 싶다고 하며 자신의 소원을 이뤄줄 신하가 있는지 묻는다. 그러나 모든 백관들이 쉬운 일이 아니라고 말하며, 대신 다른 사람을 추천한다. 그가

---

125 《삼국유사》, 101쪽. 至十年乙丑, 王召集群臣及國中豪俠, 親賜御宴, 進酒三行, 衆樂初作, 王垂涕而謂群臣曰, "昔我聖考, 誠心民事, 故使愛子東聘於倭, 不見而崩. 又朕卽位已來, 隣兵甚熾, 戰爭不息, 句麗獨有結親之言, 朕信其言, 以其親弟聘於句麗, 句麗亦留而不送. 朕雖處富貴, 而未嘗一日暫忘而不哭. 若得見二弟, 共謝於先主之廟, 則能報恩於國人, 誰能成其謀策." 時, 百官咸奏曰, "此事固非易也, 必有智勇方可. 臣等以爲歃羅郡太守堤上可也." 於是, 王召問焉. 堤上再拜對曰, "臣聞, '主憂臣辱, 主辱臣死.' 若論難易而後行, 謂之不忠, 圖死生而後動, 謂之無勇. 臣雖不肖, 願受命行矣." 王甚嘉之, 分觴而飮, 握手而別.

바로 삽라군 태수 제상堤上이다. 이에 왕은 제상을 불러 소원을 말하자 그는 '일의 어렵고 쉬움을 따져서 행한다면 충성스럽지 못하며, 죽고 사는 것을 생각한 뒤에 움직인다면 용맹이 없으니 왕의 명령을 받겠다'고 한다. 특히 《삼국사기》에서 박제상으로 그려지고 있는 인물이 《삼국유사》에서는 김제상으로 그려지고 있으며, 몸을 버리기까지 하는 충성스러운 신하와, 그 충성을 갸륵하고 애통하게 받아들이는 군주의 이중창으로 그려지고 있다.[126] 특히 《삼국유사》는 왜倭로 들어가 볼모를 구하고 자신은 왜倭의 끔찍한 고문을 견뎌 내는 내용을 자세히 서술하고 있어 제상의 충성스러움을 강조하고 있다. 이것이 통치자의 왕권확립이라든가 나라를 구하는 중대한 일이 아니었다고 해도, 군주의 마음을 헤아려 목숨을 바쳐 도와줬다는 점에서 통치자에게는 없어서는 안 될 충신으로 남는 것이다. 그렇기 때문에 많은 신하들 중에서 박(김)제상의 이야기가 《삼국사기》 열전에 기록되었으며, 《삼국유사》에서도 자세히 서술된 것이다. 즉 서술자의 시각에 따라 작품에 등장하는 등장인물의 성姓이나 서술방법 등의 요소들이 차이가 있기는 하지만 두 서술자가 모두 박(김)제상을 충신으로 여겼기 때문에 자세히 서술한 것이다. 다음은 진평대왕을 돕는 비형鼻荊에 관한 이야기다.

군사가 사실대로 아뢰자 왕이 비형을 불러 물었다.
"네가 귀신을 거느리고 논다니 참말이냐?"
비형랑이 말했다.

---

126  고운기, 「일연의 글쓰기에서 정치적 감각-《삼국유사》 서술방법의 연구 2」, 《한국언어문화》 42집, 한국언어문화학회, 2010, 25쪽.

"그렇습니다."

왕이 말했다.

"그렇다면 네가 귀신들을 부려서 신광사[127] 북쪽 개천에 다리를 놓아 보아라."

비형이 칙명을 받들고 그 무리들로 하여금 돌을 다듬게 해서 하룻밤에 큰 다리를 놓았으므로, 그 다리 이름을 귀교鬼橋라고 했다. 왕이 또 물었다.

"귀신들 가운데 인간 세상에 몸을 나타내어 조정의 정치를 도울 만한 자가 있느냐?"

"길달吉達이란 자가 있는데, 나라 정치를 도울 만합니다."

왕이 말했다.

"데리고 오라."

이튿날 비형이 길달과 함께 와서 알현하자 집사 벼슬을 내렸는데, 과연 충직하기 짝이 없었다.[128]


진평대왕은 진지대왕의 혼령과 도화녀 사이에서 태어난 비형鼻荊을 궁중에 데려다 길렀다. 그가 15세가 되자 집사執事의 벼슬을 주었는데 밤마다 먼 곳으로 달아나 귀신들을 거느리고 놀았다. 이에 진평왕은 비형랑을 불러 그 능력을 확인하였다. 또한 비형의 소개로 길달吉達이라는 충신을 소개 받는다. 진평왕은 폐위가 된 선왕인 진지왕의

---

127　참고한 텍스트에는 '신광사'라고 되어 있지만, 같은 책 원문에도 '神元寺'로 되어 있으므로 잘못 표기된 것으로 보인다.

128　《삼국유사》, 110~111쪽. 軍士以事奏, 王召鼻荊曰, "汝領鬼遊, 信乎." 郎曰, "然." 王曰, "然則, 汝使鬼衆, 成橋於神元寺北渠." 荊奉勅, 使其徒鍊石, 成大橋於一夜, 故名鬼橋. 王又問, "鬼衆之中, 有出現人間輔朝政者乎?" 曰, "有吉達者, 可輔國政." 王曰, "與來." 翌日荊與俱見, 賜爵執事, 果忠直無雙.

자손이지만 비형을 데려다 길렀다. 진평왕이 폐위된 선왕의 후손이라고 해서 죽일 수 있었지만 비형을 어진 마음으로 데려다 길렀기 때문에 비형뿐만 아니라 길달이라는 충신을 얻게 된 것이다. 다음은 문무왕대의 이야기다. 문무왕의 훌륭한 통치력과 인품에 대해서는 앞서 언급한 바 있다. 따라서 문무왕을 따르는 충신은 적지 않았을 것이다.

왕이 몹시 걱정하면서 여러 신하들을 모아놓고 방어책을 물었는데, 각간 김천존金天尊이 아뢰었다.

"요즘 명랑법사明朗法師가 용궁에 들어가 비법을 전수하여 왔다니 그를 불러 물어보십시오."

명랑법사가 아뢰었다.

"낭산 남쪽 기슭에 신유림神遊林이 있으니, 이곳에 사천왕사를 창건하고 도량을 열면 좋을 것입니다."

그때 정주에서 사자가 달려와 아뢰었다.

"당나라 군사들이 수없이 우리 국경에 들어와 바다 위를 순회하고 있습니다."

왕이 명랑법사를 불러 물었다.

"일이 이미 급박하게 되었으니 어찌하면 좋겠소?"

명랑이 말했다.

"채색 명주를 가지고 임시로 절을 지으십시오."

그래서 채색 명주로 절을 꾸미고, 풀로써 동·서·남·북과 중앙의 다섯 방위를 맡은 신상을 만들어 세웠다. 그리고 유가명승瑜伽明僧 열두 명을 두었는데, 명랑법사를 우두머리로 하여 문두루文豆婁의 비법을 썼다. 이때 당나라 군사와 신라 군사가 아직 접전하기 전이었는데, 갑자기 바람과 물결이 거세게 일어 당나라 배가 모두 침몰되

었다.[129]

위의 내용에서 문무왕은 나라에 큰 위기가 생기자 명랑법사를 부른다. 그는 용궁에 들어가 비법을 전한 자로 나라의 어려움을 극복할 수 있는 힘을 가진 것이다. 통치자가 나라를 통치함에 있어 수많은 고난과 위기가 생길 때마다 스스로 하는 것은 어려운 일이다. 그러한 점을 보완하고 도와주는 충신이 있기 때문에 통치자는 어려움을 극복하여 통치를 잘 할 수 있는 것이다. 그러므로 통치자 밑에 많은 관직을 두고 어진 신하를 등용하여 나라를 다스리는 데 도움을 받는 것이다. 문무왕이 통치할 때 당나라 군사들이 바다에서 배회하며 침략을 엿보자 급박한 문무왕은 명랑법사를 불러 해결책을 묻는다. 여기서 명랑법사의 해결책이 신이한 방법이지만 문무왕의 조력자는 명랑법사다. 특히 문무왕이 법력을 가진 명랑법사의 도움을 받을 수 있었던 것은 그가 통치자로서 나라의 위기를 해결하려 했기 때문이다. 자신의 이익만을 위했다면 경덕왕景德王처럼 비극적인 결말을 맞게 되었을 것이다.

다음은 신라 제45대 신무대왕神武大王에 관한 이야기다. 그가 왕위에 오르기 전 협사俠士 궁파弓巴의 도움을 받고 그의 딸을 왕비로 삼겠다고 약속했다. 궁파는 약속을 지켰지만 왕은 신하들이 궁파의 딸이 미천하니 왕비로 삼는 것은 불가하다는 말에 궁파의 딸을 왕비로 삼겠다는 약속을 지키지 않았다. 그래서 궁파는 왕을 원망해 반란을 일

---

129 《삼국유사》, 138~139쪽. 王甚憚之, 會群臣問防禦策. 角干金天尊曰, "近有明朗法師入龍宮, 傳秘法以來, 請詔問之." 朗奏曰, "狼山之南有神遊林, 創四天王寺於其地, 開設道場則可矣." 時有貞州使走報曰, "唐兵無數至我境, 廻梁海上." 王召明朗曰, "事已逼至如何." 朗曰, "以彩帛假搆矣." 王以彩帛營寺, 草搆五方神像, 以瑜珈明僧十二員, 明朗爲上首, 作文豆婁秘密之法. 時, 唐·羅兵未交接, 風濤怒起, 唐舡皆沒於水.

으키려고 했다.

이때 궁파는 청해진淸海鎭에서 수자리를 살고 있었는데, 왕이 약속 어긴 것을 원망해 반란을 일으키려고 했다. 그러자 장군 염장閻長이 그 소문을 듣고 아뢰었다.

"궁파가 장차 불충한 일을 저지르려 하니 소신이 이를 없애겠습니다."

왕이 기뻐 허락했다. 염장이 어명을 받들고 청해진으로 가서 사람을 통해 말했다.

"내가 임금에게 조그만 원한이 있기에 명공께 의지해 신명을 보전하려고 하오."

궁파가 듣고 크게 노했다.

"너희들이 왕에게 간해 내 딸을 왕비로 삼지 못하게 하고는 어찌 나를 보려고 하느냐?"

염장이 다시 사람을 통해 전했다.

"그것은 백관들이 간한 것이오. 나는 그 논의에 참여치 못했으니 명공께서는 혐의치 말아주시오."

궁파가 그 말을 듣고 그를 청사로 맞아들여 물었다.

"그대는 무슨 일로 여기 왔는가?"

염장이 말했다.

"왕에게 미움을 입었으므로 공의 막하幕下에 의탁해 해를 면하려고 하오."

궁파가 "잘 왔다"고 하며 술자리를 마련하고 몹시 즐거워했다. 그러자 염장이 궁파의 긴 칼을 뽑아 목을 베었다. 휘하의 군사들이 모두 놀라고 두려워하며 땅에 엎드렸다. 염장이 그들을 이끌고 서울에 이르러 복명했다.

"이미 궁파의 목을 베었습니다."

왕이 기뻐하며 상을 내리고 아간 벼슬을 주었다.[130]

위의 내용에서 신무대왕은 궁파라는 신하와 거래를 하여 어려움을 극복했으나 그로 인해 다른 위기를 맞게 된다. 그러나 그 소식을 듣고 염장閻長이라는 충신이 자처하여 궁파의 막하로 들어갔고, 결국 궁파의 목을 베었다. 여기서 신무대왕이 궁파와의 약속을 어겼다는 점은 통치자의 자질이 부정적인 형상으로 표현된 것이다. 그러나 신무대왕을 도와준 궁파는 이미 순수한 마음이 아니었고, 신무대왕이 약속을 어긴 것은 잘못된 일이나 통치자로서 신하의 간함을 무시할 수만은 없는 사안이니 왕의 잘못만은 아닌 것이다. 이에 궁파가 반란을 일으키자 염장은 스스로 자청하여 궁파의 막하로 들어간다. 염장은 왕을 돕는 데에 아무런 조건도 없었다. 단지 그가 왕이기 때문에 충심忠心을 다할 뿐이었다. 또한 염장은 궁파와의 약속에서 왕의 잘못이 없음을 알고 있었다. 백관들이 간하여 왕은 불가피하게 약속을 어길 수밖에 없음을 알고 왕을 돕기로 한 것이다.

지금까지 살펴본 조력자는 통치자의 자질에 관계없이 통치자의 고난을 해결해 주는 충신형忠臣型 조력자로 등장한다. 특히 긍정적인 통치자의 경우 충신형 조력자는 통치자의 긍정적인 형상을 강조하는 역

---

130 《삼국유사》, 164~165쪽. 時, 巴在淸海鎭爲軍戍, 怨王之違言, 欲謀亂. 時, 將軍閻長聞之, 奏曰, "巴將爲不忠, 小臣請除之." 王喜許之. 閻長承旨歸淸海鎭, 見謁者通曰, "僕有小怨於國君, 欲投明公, 以全身命." 巴聞之大怒曰, "爾輩諫於王而廢我女, 胡顧見我乎." 長復通曰, "是百官之所諫, 我不預謀, 明公無嫌也." 巴聞之, 引入廳事, 謂曰, "卿以何事來此." 長曰, "有忤於王, 欲投幕下而免害爾." 巴曰, "幸矣." 置酒歡甚, 長取巴之長劍斬之, 麾下軍士, 驚慴皆伏地. 長引至京師, 復命曰, "已斬弓巴矣." 上喜賞之, 賜爵阿干.

할을 한다. 반면 부정적인 통치자의 경우 이야기의 초점이 충신형 조력자에 맞춰져 서술되는데, 이는 통치자의 부정적인 형상이 충忠의 개념을 강조하는 역할로 등장함을 확인할 수 있다.

다음으로 지략가형智略家型 조력자를 살펴보고자 한다. 조력자의 지략적인 면모는 통치자에게 있어 가장 도움이 되는 특성이다. 역사적으로 통치권이 없는 자가 통치권을 갖기 위해 수많은 전쟁을 치를 때마다, 통치자의 곁에는 지략가가 존재한다. 중국의 예로 유비劉備에게는 제갈공명諸葛孔明이 있었고, 우리나라는 왕건의 곁에 최승우崔承祐가 있었다. 아래 인용문은 각간角干이었던 원성왕이 아찬 여삼餘三이라는 지략가 덕분에 통치권을 갖게 되는 과정을 보여주고 있다.

이찬 김주원金周元이 처음 재상이 되었을 때 (원성)왕은 각간이 되어 재상 다음 자리에 있었다. 어느 날 꿈에 복두幞頭를 벗고 흰 갓을 썼는데, 열두 줄 가야금을 들고 천관사 우물 속으로 들어갔다. 꿈을 깬 뒤에 사람을 시켜 점치게 했더니 이렇게 말했다.

"복두를 벗는 것은 벼슬을 잃을 조짐이고, 가야금을 든 것은 칼枷을 쓸 조짐이요, 우물 속에 들어간 것은 감옥에 들어갈 조짐입니다."

왕이 그 말을 듣고 몹시 걱정하여 문을 닫아걸고 나가지 않았다. 그러자 아찬 여삼餘三이 와서 뵙기를 청했다. 왕이 병을 핑계로 나오지 않자 다시 청했다.

"원컨대 한번만 뵙게 해주십시오."

왕이 허락하자 아찬이 말했다.

"공께서 꺼리는 일이 무엇입니까?"

왕이 꿈 이야기와 점쳤던 이야기를 모두 말했더니 아찬이 일어나 절하고 말했다.

"이것은 참으로 상서로운 꿈입니다. 공께서 만약 큰 자리에 올라 저를 버리지 않으신다면 공을 위해 해몽해드리겠습니다."

왕이 곧 좌우를 물리치고 해몽해달라고 했다. 아찬이 말했다.

"복두를 벗은 것은 (공보다) 더 높은 사람이 없음을 말하고, 흰 갓을 쓴 것은 면류관을 쓸 조짐입니다. 열두 줄 가야금을 든 것은 12세손 이 왕위를 이어받을 조짐이고, 천관사 우물 속으로 들어간 것은 대 궐로 들어갈 상서로운 조짐입니다."

왕이 말했다.

"내 위에 김주원이 있으니 내 어찌 (그보다) 윗자리에 오르겠소?"

아찬이 말했다.

"남몰래 북천신北川神에게 제사지내는 것이 좋겠습니다."

왕이 그 말대로 했다. 얼마 안 되어 선덕왕이 죽자 나라 사람들이 김주원을 받들어 왕을 삼으려고 대궐로 맞아들이려 했다. 그의 집은 냇물 북쪽에 있었는데 갑자기 냇물이 불어서 건너지 못했다. 그러자 (원성)왕이 먼저 궁에 들어가 즉위했다. 재상(김주원)의 무리도 모두 와서 붙으며 새로 등극한 왕께 절하고 축하했다. 이가 바로 원성대 왕元聖大王이다.[131]

---

131 《삼국유사》, 159~160쪽. 伊飡金周元, 初爲上宰, 王爲角干, 居二宰. 夢脫幞頭·著素笠· 把十二絃琴, 入於天官寺井中. 覺而使人占之, 曰, "脫幞頭者, 失職之兆, 把琴者, 著枷之 兆, 入井, 入獄之兆." 王聞之甚患, 杜門不出. 于時, 阿飡餘三來通謁, 王辭以疾不出. 再 通曰, "願得一見." 王諾之. 阿飡曰, "公所忌何事." 王具說占夢之由, 阿飡與拜曰, "此乃 吉祥之夢. 公若登大位而不遺我, 則爲公解之." 王乃辟禁左右而請解之, 曰, "脫幞頭者, 人無居上也, 著素笠者, 冕旒之兆也, 把十二絃琴者, 十二孫傳世之兆也, 入天官井, 入宮 禁之瑞也." 王曰, "上有周元, 何居上位." 阿飡曰, "請密祀北川神可矣." 從之. 未幾, 宣德 王崩, 國人欲奉周元爲王, 將迎入宮, 家在川北, 忽川漲不得渡, 王先入宮卽位, 上宰之徒 衆, 皆來附之, 拜賀新登之主. 是爲元聖大王

위의 예문에서 보이는 왕은 원성대왕元聖大王이다. 그는 신라 제38대 왕으로 을축(785)에 즉위해 14년 동안 다스렸다. 그는 대아간의 아들로서 왕의 자리에 올랐다. 이찬 김주원이라는 유력한 왕후보자가 존재했지만 '복두幞頭를 벗고 흰 갓을 쓰고 열두 줄 가야금을 들고 천궁사天官寺 우물 속으로 들어갔다'는 꿈을 통해서 그는 왕위에 오른 것이다. 앞서 살핀 단군신화를 비롯해서 백제 무왕이 왕위에 오르기까지 그들은 독특한 탄생담을 통해 통치자로서의 신성성과 정당성을 부여받았다. 그러나 위의 원성대왕은 통치자가 되기 위한 신화적인 탄생담도 없는 대아간의 아들이며, 왕이 될 수 있는 김주원이라는 유력한 후보자가 존재함에도 불구하고 왕이 되었다. 그 이유는 그가 꾼 예지몽豫知夢을 아찬阿湌 여삼餘三이 해몽을 잘 했기 때문이다. 꿈을 꾸었더라도 잘못된 해몽을 그대로 알고 세상을 등지고 살았다면 왕이 될 수 없었을 것이다. 그러나 아찬阿湌 여삼餘三은 제대로 된 꿈을 해석해주고, 그래도 왕이 선뜻 나서지 않자 '비밀히 북천신에게 제사를 지내면 좋을 것'이라고 충고를 해준다. 따라서 얼마 안 되어 선덕왕이 세상을 떠나자 나라 사람들은 김주원을 왕으로 삼아 장차 궁으로 맞아들이기로 했지만 북천 북쪽에 있던 그의 집 근처의 냇물이 불어서 건널 수 없게 되자 원성왕이 먼저 들어가 왕위에 오르게 된 것이다. 이는 왕이 여삼의 말에 따라 북천신에게 제사를 지냈기 때문에 신이 김주원을 궁으로 오지 못하게 된 것이다. 이는 신의 도움이라기보다 아찬 여삼의 도움이 있었기 때문에 가능했던 일이다.

다음 인용문의 경문왕은 원래 낭도로 18세 국선이 되었으나 왕의 딸과 결혼을 하여 헌안왕憲安王의 뒤를 잇게 된다. 그러나 그 과정에서 범교사範教師라는 조력자가 나타나지 않았다면 절대로 왕이 될 수 없었을 것이다.

낭이 자리를 피해 절하고 머리를 조아리며 물러나 부모에게 아뢰었다. 부모가 놀라고 기뻐하면서 자제들을 모아놓고 의논했다.

"왕의 맏공주는 얼굴이 몹시 못생겼고, 둘째공주는 몹시 아름답다. 그에게 장가들면 행복할 것이다."

낭의 낭도 가운데 우두머리인 범교사範敎師가 그 소문을 듣고 그의 집을 찾아와 낭에게 물었다.

"대왕께서 공주를 공에게 아내로 주시려 한다는데 정말입니까?"

"그렇습니다."

"누구에게 장가드시렵니까?"

"부모님께서 내게 아우가 좋다고 하셨습니다."

"낭께서 만약 아우에게 장가드신다면 저는 반드시 낭이 보는 앞에서 죽을 것입니다. 그 언니에게 장가드시면 반드시 세 가지 좋은 일이 있게 될 테니 명심하십시오."

"시키는 대로 하겠습니다."

뒤에 왕이 날을 가려서 낭에게 사자를 보냈다.

"두 딸 가운데 공의 마음대로 하시오."

사자가 돌아와서 낭의 뜻을 아뢰었다.

"맏공주를 맞으시겠답니다."

그 뒤 석 달이 지나 왕의 병이 위독해지자 여러 신하들을 불러 말했다.

"짐은 손자가 없으니 죽은 뒤의 일은 마땅히 맏사위 응렴이 잇도록 하라."

이튿날 왕이 붕하자 낭이 유조를 받들어 즉위했다. 그러자 범교사가 왕에게 나아가 아뢰었다.

"제가 아뢰었던 세 가지 좋은 일이 이제 모두 드러났습니다. 맏공주에게 장가들었으므로 왕위에 오른 것이 첫째입니다. 옛날에 염모했던 둘째 공주도 이제 쉽게 취할 수 있게 된 것이 둘째입니다. 언니에게 장가들었으므로 왕과 부인이 몹시 기뻐한 것이 셋째입니다."

왕이 그 말을 고맙게 여겨 대덕大德 벼슬을 내리고, 황금 130냥을 주었다. 왕이 붕하자 경문景文이라고 시호를 올렸다.[132]

낭도의 우두머리인 범교사範敎師는 헌안왕이 제안한 일을 국선에게 확인하고는 두 가지 선택의 길을 알려준다. 그러나 누구든 그 답은 정해진 것이다. 즉 범교사라는 인물이 신비한 힘을 가진 인물이 아니더라도 생각해낼 수 있는 충고지만 자신의 목숨을 선택의 조건으로 걸어 국선을 설득한다. 국선과 그의 부모는 두 공주의 외모만으로 판단하여 단순하게 결론을 내렸으나 일반적으로 생각해 보더라도 장유유서長幼有序에 기인한 장자長子 우선을 사회규범으로 여기는 시대에 맏공주의 사위가 아니면 왕이 될 운명에서 멀어지는 것은 당연하다. 또한 맏공주도 왕의 자식이니 외모로만 판단하여 거부했다는 것 자체가 왕과 왕비에게는 슬프고 가슴 아픈 일이 될 것이다. 그러나 국선은 맏공주를 선택했고, 이에 왕은 그에 대한 신념이 생겨 자신의 후계자로 지목할 수 있었던 것이다. 이러한 여러 상황들은 왕의 자리에 조금만

---

132 《삼국유사》, 165~166쪽. 郎避席而拜之, 稽首而退, 告於父母, 父母驚喜, 會其子弟議曰, "王之上公主貌甚寒寢, 第二公主甚美, 娶之幸矣." 郎之徒上首範敎師者聞之, 至於家問郎曰, "大王欲以公主妻公, 信乎?" 郎曰, "然." 曰, "娶娶?" 郎曰, "二親命我宜弟." 師曰, "郎若娶弟, 則予必死於郎之面前, 娶其兄, 則必有三美. 誠之哉." 郎曰, "聞命矣." 旣而王擇辰而使於郎曰, "二女惟公所命." 使歸以郎意奏曰, "奉長公主爾." 旣而過三朔, 王疾革, 召群臣曰, "朕無男孫, 窀穸之事, 宜長女之夫膺廉繼之." 翌日王崩, 郎奉遺詔卽位. 於是, 範敎師詣於王曰, "吾所陳三美者, 今皆著矣. 娶長故, 今登位一也, 昔之欽艶弟主, 今易可取二也, 娶兄故, 王與夫人喜甚三也." 王德其言, 爵爲大德, 賜金一百三十兩. 王崩, 諡曰景文.

욕심을 부린다면 생각할 수 있는 사항들이다. 그러나 애초에 헌안대왕의 질문에 답을 하는 국선에게는 생각할 수 없는 것들이었다. 따라서 이를 깨우쳐 주는 인물이 바로 범교사고, 자신의 목숨을 담보로 했기 때문에 국선은 두 번째 선택을 할 수밖에 없었다. 결과적으로 국선은 범교사의 도움으로 한 나라의 통치자가 될 수 있었던 것이다.

통치자가 한 나라를 다스리는 데 운명적인 요소와 능력이 중요하기도 하지만 통치란 혼자 하는 것이 아니기 때문에 주위에 조력자들이 반드시 있어야 한다. 그것이 신이神異한 힘이든 충신忠臣의 힘이든 조력자가 없는 통치자는 없다. 그 중 인간형人間型 조력자는 통치자의 자질과 관련이 있을 수도 있으나 그렇지 않을 수도 있다. 통치자로서 충분한 자격을 갖추었다면 충신으로서의 역할이 통치자의 긍정적인 형상을 더욱 돋보이게 하며, 반대 상황에서의 충신은 서술의 중심이 되어 충忠을 강조하는 서사구조로 나타난다. 아무리 신성성神聖性을 갖추었다고 해도 통치자도 사람이므로 실수나 잘못된 판단을 하는 경우가 있는데 이를 옆에서 도와주는 역할을 하는 자가 바로 충신이다. 또한 삼국시대 서사문학에 등장하는 지략가형 조력자들은 주로 새로운 통치자를 만들어 낼 때 통치자의 운명을 깨닫게 해주고, 통치자가 깨닫지 못하는 상황을 풀이해 줌으로써 무사히 통치자의 길을 갈 수 있도록 도와주는 역할을 한다.

지금까지 신이형神異型 조력자와 인간형人間型 조력자로 분류하여 두 종류의 조력자가 통치자의 형상에 따라 드러나는 양상에 대해 살펴보았다. 신이형 조력자는 대부분 신이한 힘이 직접 등장하거나 자연물에 신성성神聖性이 더해져 나타나는 경우이다. 이는 통치자의 신성성이 성립함과 동시에 통치자로서의 정당성을 증명하는 형태로 등장한다. 즉 통치자는 이미 신성한 인물이기 때문에 신의 지배를 받는 자연물은 당연히 신의 뜻에 따라 신성한 인물을 돕는 것이다. 이에 반해 인간형人間型 조력자는 두 가지 형태로 나눌 수 있다. 하나는 평범한 인물을 도와 통치자를 만드는 지략가형智略家型이고, 다른 하나는 훌륭한 통치자를 도와 어려운 일을 대신 해결해 주거나 통치자의 곁에서 잘못된 점을 충고하고 바로잡으려고 하는 충신형忠臣型이다. 예를 들면 원성대왕을 도운 아찬阿湌 여삼餘三과 경문왕을 도운 범교사가 전자에 속하며, 내물왕을 도운 박(김)제상 비형랑, 염장 등이 후자에 속한다. 전자의 경우는 새로운 통치자를 도와 자신이 권력의 핵심에 들어가게 되고, 후자의 경우는 어려움에 처한 통치자를 돕기는 하나 권익을 바라지 않기 때문에 전자의 경우보다 충신忠臣의 형상에 비중을 두고 있다. 결론적으로 통치자가 비범한 능력이나 도덕적인 면에서 능력을 갖추었을 때만 등장하는 신이神異한 조력자와는 달리 통치자가 잘못된 판단이나 실수를 하는 등의 능력을 상실했거나 패륜적인 통치자라고 하더라도 인간형人間型 조력자는 존재하다는 것을 확인할 수 있다.


## 4. 결연과정에 나타나는 통치자의 형상

인간은 역사적인 존재로서 현존하는 인류는 과거에 뿌리를 두고 미래로 이어져 있으므로 과거와 미래를 연결하고 있는 것이다. 그런데 여기서 역사의 주체자로서의 인간의 연속성이 유지되지 않는다면 역사는 그 방향을 잃게 될 것이다. 그러므로 인간존재의 연속성을 유지하기 위해 종족보존이 이루어져야만 한다. 이러한 종족보존種族保存을 가능하게 하는 것은 남녀의 결합으로 성립하는 혼인이므로 인간의 역사는 혼인을 통하여 유지된다고 할 수 있을 정도로 서로 유기적 관계를 맺고 있다. 고전 서사문학에 있어 남녀 간의 결연結緣은 혼인婚姻을 통해 이루어지며, 특히 통치자의 결연은 통치자의 형상에 있어서 중요한 역할을 하고 있다. 다음은 통치자의 결연과정을 신이神異한 결연과 계략적計略的인 결연으로 나누어 살펴보고자 한다.

## 1) 신이神異한 결연

인간의 통과의례라고 할 수 있는 관혼상제冠婚喪祭 중에서 관례冠禮, 상례喪禮, 제례祭禮는 당사자의 의지와 관계없이 이루어지는 의례지만 혼례婚禮는 당사자의 의지가 개입될 수 있다. 그러나 당사자의 의지가 중요하다고 하지만 당사자가 통치자라면 다르다. 통치자는 한 나라를 다스리는 자로서 음양오행陰陽五行에 따르면 왕은 '양陽'을 의미함과 동시에 천신天神으로 대변될 수 있고, 왕비는 '음陰'을 의미함과 동시에 지신地神으로 대변할 수 있다. 따라서 삼국시대에 항간에서는 비록 자유로운 연애로 혼인이 맺어졌다고 하지만 통치자의 혼인은 다른 것이다. 신성성이 강조된 신화에서는 배우자의 선택에서도 신성성이 부여되기 마련이다. 우리나라의 건국신화에서는 신성성을 지닌 통치자들은 자신의 배우자를 선택함에 있어 배우자의 신성성이 결연의 당위성當爲性을 제시하고 있다. 단군신화에서 환웅이 웅녀와 혼인할 때도 그렇고 수로왕신화에서도 배우자를 선택함에 있어 배우자의 신성성에 대한 묘사가 많은 부분 차지하는 것도 이 때문이다. 먼저 혁거세의 신이한 결연에 대한 내용이다.

그러자 (육촌) 사람들이 다투어 축하하며 이렇게 말했다.

"이제 천자가 이미 내려왔으니 마땅히 덕 있는 아가씨를 찾아 짝을 지어야겠다."

이날 사량리 알영정<sub>閼英井</sub> 가에 계룡<sub>鷄龍</sub>이 나타났는데, 왼쪽 옆구리에서 여자아이를 낳았다. 자태와 얼굴이 남달리 고왔지만 입술이 닭의 부리 같았는데, 월성<sub>月城</sub> 북천에 데려가서 목욕시키자 부리가 떨어져 나갔다. 그래서 그 냇물 이름을 발천<sub>撥川</sub>이라 했다. 남산 서쪽 기슭에 궁실을 짓고 두 신성한 아이를 받들어 길렀다. 사내아이는 알에서 나왔는데, 그 알이 박과 같았다. 우리나라 사람들이 바가지를 '박'이라 했으므로, 아이의 성을 '박'<sub>朴</sub>이라 했다. 여자아이는 그가 나온 우물의 이름을 따서 이름 지었다. 두 성인의 나이가 열세 살이 되던 오봉 원년 갑자(기원전 57)에 남자가 즉위해 왕이 되고, 여자를 왕후로 삼았다.[133]

혁거세신화에서 혁거세는 부족장들이 기이한 탄생을 한 여인을 찾아 배우자로 삼았다. 그녀는 혁거세와 마찬가지로 신이한 탄생을 하였으며 혁거세는 왕이 되자 그녀를 배우자로 삼은 것이다. 다른 신화와 달리 적극성이 다소 부족하기는 하나 신성성은 아주 짙다. 계룡의 왼쪽 옆구리에서 태어난 점, 태어난 모습이 독특하나 월성 북천에서 탈갑<sub>脫甲</sub>한 점 등 신성한 특성을 갖추고 있다. 이 두 신성한 아이가 혼

---

133 《삼국유사》, 89~90쪽. 時人爭賀曰, "今天子已降, 宜覓有德女君配之." 是日, 沙梁里 閼英井邊, 有雞龍現而左脇誕生童女, 姿容殊麗, 然而唇似雞觜, 將浴於月城北川, 其觜撥落, 因名其川曰撥川. 營宮室於南山西麓, 奉養二聖兒. 男以卵生, 卵如瓠, 鄉人以瓠爲「朴」, 故因姓'朴', 女以所出井名名之. 二聖年至十三歲, 以五鳳元年甲子, 男立爲王, 仍以女爲后.

인을 하게 되는 것이다. 따라서 신라는 음양陰陽의 조화로운 이치에 따라 두 성인의 결혼으로 완벽하고 안정된 국가를 세우게 된 것이다.

다음은 수로왕신화이다. 수로왕신화에서 수로왕은 신하들의 건의를 받게 되지만 거절한다. 그 이유는 하늘의 계시를 받기 위해서 왕후의 간택을 기다리고 있는 것이다.

건무 24년 무신(48) 7월 27일, 9간들이 조회할 때에 왕에게 아뢰었다.

"대왕께서 강림하신 이래 아직 아름다운 짝을 만나지 못했습니다. 청컨대 신들의 집에 있는 처녀 가운데 가장 아름다운 사람을 골라서 궁중으로 들여보내 배필로 삼도록 하십시오."

왕이 말했다.

"짐이 이곳에 내려온 것은 하늘의 명이고, 짐을 도와 왕후가 되는 것도 또한 하늘이 명이니, 그대들은 염려 말라."

곧 유천간에 명해 가벼운 배와 좋은 말을 끌고 망산도望山島에 가서 기다리게 하고, 다시 신귀간에게 명해 승점乘岵까지 가서 있게 했다. 갑자기 바다 서남쪽으로부터 붉은 돛을 달고 붉은 깃발을 휘날리는 배가 북쪽을 향해 왔다. 유천간 등이 먼저 섬 위에서 횃불을 들자 사람들이 다퉈 건너와 땅에 내렸다. 그들이 달려오자 신귀간이 바라보고 대궐로 달려가 아뢰었다. 왕이 그 이야기를 듣고 기뻐하며 9간 등을 보내 목란으로 만든 키를 바로잡고 계수나무로 만든 노를 저어 맞아들이게 했다. 9간들이 곧장 대궐 안으로 모셔들이려 하자 왕후가 말했다.

"나는 그대들을 평소에 몰랐는데, 어찌 경솔히 따라가겠소?"

유천간 등이 돌아가 왕후의 말을 아뢰자 왕이 옳게 여겼다. 유사

有司들을 데리고 대궐에서 서남쪽으로 60보쯤 되는 곳으로 가서 산 기슭에다 장막을 쳐 임시 거처를 만들고 기다렸다. 왕후는 산 밖에 있는 별포別浦 나루에 배를 매어두고 육지에 올라 높은 언덕에서 시고 있었다. 거기서 입고 있던 비단 바지를 벗어 산신령께 예물로 드렸다. 그곳에는 시종해 온 잉신媵臣 두 사람이 있었는데 이름은 신보 申輔와 조광趙匡이었으며, 그들의 아내 두 사람은 모정(모정)과 모량 (모량)이라고 했다. 또 종들까지 아울러 헤아리면 20여 명이나 되었다. 그들이 가지고 온 수놓은 비단, 두꺼운 비단과 얇은 비단綾羅, 의 상, 필로 된 비단疋緞, 금과 은, 구슬과 옥, 아름다운 옥瓊玖, 장신구들을 이루 헤아릴 수가 없었다. 왕후가 행재소에 차츰 가까이 가자 왕이 나와 맞으며 함께 장막 안으로 들어갔다. 잉신 이하의 여러 사람들은 섬돌 아래에 나아가 왕을 뵙고 곧 물러갔다. [134]

수로왕은 하늘에서 내려줄 것을 미리 알고 부족장들이 권하는 여 인을 물리친다. 또한 배우자를 맞이하게 되는 부분도 다른 건국신화 들과는 달리 국혼의 모습을 갖추고 있다. 수로왕의 배우자인 허황옥許 黃玉은 아유타국阿踰陁國의 공주로서 환몽을 한 부모의 명을 받아 많은

---

134 《삼국유사》, 210쪽. 屬建武二十四年戊申七月二十七日, 九干等朝謁之次, 獻言曰, "大王 降靈已來, 好仇未得. 請臣等所有處女絶好者, 選入宮闈, 俾爲优麗." 王曰, "朕降于玆天 命也. 配朕而作后, 亦天之命, 卿等無慮." 遂命留天干押輕舟, 持駿馬, 到望山島立待; 申 命神鬼干就乘岾, 忽自海之西南隅, 掛緋帆, 張茜旗, 而指乎北. 留天等先擧火於島上, 則 競渡下陸, 爭奔而來. 神鬼望之, 走闕奏之. 上聞欣欣, 尋遣九干等, 整蘭橈, 揚桂楫而迎 之, 旋欲陪入內, 王后乃曰, "我與(爾)等素昧平生, 焉敢輕忽相隨而去!" 留天等返達后之 語, 王然之, 率有司動蹕, 從闕下西南六十步許地, 山邊設幔殿祇候. 王后於山外別浦津 頭, 維舟登陸, 憩於高嶠, 解所著綾袴爲贄, 遺于山靈也. 其地侍從媵臣二員, 名曰申輔· 趙匡, 其妻二人, 號慕貞·慕良. 或臧獲幷計二十餘口, 所齎錦繡綾羅·衣裳疋段·金銀珠 玉·瓊玖服玩器, 不可勝記. 王后漸近行在, 上出迎之, 同入帷宮, 媵臣已下衆人, 就階下 而見之卽退.

보물을 싣고 수로왕과 혼인을 하러 온다. 그러나 위의 일화처럼 통치자의 배우자가 될 위엄을 보인다.

왕의 적극적인 의지가 있었다고 하지만 수로왕도 신성神聖함을 지니고 있으며 자신의 미래에 대한 예견을 할 수 있는 능력을 지니고 있었다고 본다. 그런데 수로왕의 배우자를 찾게 해 준 것은 바로 신神이다.

"저는 아유타국阿踰阤國의 공주입니다. 성은 허許이고 이름은 황옥黃玉인데, 나이는 16세입니다. 본국에 있을 때인 올해 5월에 부왕께서 황후와 함께 저를 돌아보며 이렇게 말씀하셨습니다. '아비와 어미가 어젯밤 꿈에 황천상제皇天上帝를 함께 뵈었는데, 이렇게 말씀하셨단다. "가락국의 임금 수로는 하늘에서 내려 왕위에 오르게 한 자이니 그야말로 신성한 사람이다. 게다가 새로 임금이 되어 아직 배필을 정하지 않았으니 경들은 모름지기 공주를 보내 그의 배필을 삼으라." 말이 끝나자 (상제는) 하늘로 올라갔단다. 꿈을 깬 뒤에도 상제의 말이 귀에 사뭇 쟁쟁하니 너는 이제 바로 부모를 하직하고 그곳을 향해 가거라.' 저는 곧 바다에 떠서 멀리 증조蒸棗를 찾고, 하늘로 가서 반도蟠桃를 좇으며, 진수蠙首로써 외람되게도 왕을 모시고 용안을 가까이하게 되었습니다."¹³⁵

아유타국의 공주 허황옥許黃玉은 부왕과 모후의 꿈에 상제가 나타

---

135 《삼국유사》, 211~212쪽. "妾是阿踰阤國公主也. 姓許名黃玉, 年二八矣. 在本國時, 今年五月中, '父王與皇后顧妾而語曰, 爺孃一昨夢中, 同見皇天上帝, 謂曰, "駕洛國元君首露者, 天所降而俾御大寶, 乃神乃聖, 惟其人乎! 且以新莅家邦, 未定匹偶, 卿等須遣公主而配之." 言訖升天. 形開之後, 上帝之言, 其猶在耳, 你於此而忽辭親, 向彼乎往矣.' 妾也浮海遐尋於蒸棗, 移天夐赴於蟠桃, 蠙首敢叨, 龍顔是近."

나 '가락국의 왕 수로首露를 하늘이 내려 보내서 왕위에 오르게 하였으니 신령스럽고 성스러운 사람인데 배필을 아직 정하지 못하였으니 공주를 보내서 배필을 삼게 하라'고 지시한다. 이에 허황옥은 부모와 작별하고 배를 타고 멀리 증조蒸棗를 찾고, 하늘로 가서 반도蟠桃를 찾아 모양을 가다듬고 수로왕을 찾아간다. 배우자를 신이 정해줬다는 화소話素는 후대 소설에도 나타난다. 이처럼 통치자가 배우자를 찾는 과정에도 평민과 다른 신성함이 있다는 것을 알 수 있다.

이러한 신이한 결연양상은 통치자의 형상에 있어서 신성성神聖性을 강조하는 중요한 역할을 한다. 특히 신의 혈통을 통해 신성성을 이미 갖고 있는 통치자의 경우 국가를 건립하는 과정에서 배우자의 선택은 피할 수 없는 과정이지만 평범한 결연은 신성한 통치자의 정당성을 무너지게 할 위험이 따른다. 따라서 신의 계시를 받거나 신이한 탄생담을 통해 나타난 배우자와 결연함으로써 통치자의 신성성이 더욱 확고히 성립될 수 있는 것이다.

## 2) 계략적計略的인 결연

남녀의 결연 이야기 중에 가장 두드러진 강세를 보이고 있는 이야기는 정치적인 의미를 띠고 있는 혼인 문제에 관한 이야기이다.[136] 이러한 예는 현재도 돈 많은 재벌과 가난한 서민의 경우 예상할 수 있지만, 지금은 '재력'이 혼인의 목적인 반면, 삼국시대는 통치자가 일반

---

136   노영미, 「《삼국유사》를 통해 본 삼국시대의 남녀 결연과 사회적 양상」, 《논문집》 3, 서울여자대학교대학원, 1995, 307~308쪽.

인에서 왕위에 오르거나 권력에 접근하는 수단으로써 혼인 문제가 계략적인 사고에서 이루어졌음을 알 수 있다. 《삼국유사》에서 제48대 경문대왕이 바로 그러한 계략적 결연양상을 보이고 있다. 앞서 살펴봤듯이 그는 범교사範敎師가 헌안대왕의 둘째 공주를 취하려는 김응렴의 뜻을 굽히게 하고 용모가 매우 초라한 맏공주를 먼저 취하게 했던 것은 권력의 핵심으로 진입하기 위한 중요한 수단으로 남녀 결연이 이루어졌던 것이다. 이러한 과정은 신이한 결연양상과는 다른 계략적인 결연양상을 보여주고 있다. 태공 김춘추의 이야기 또한 계략적 결연의 예라고 볼 수 있다.

그런 지 열흘 뒤에 유신이 춘추공과 함께 정월 오기일午忌日에 자기 집 앞에서 축국蹴鞠을 하다가 일부러 춘추의 옷자락을 밟아 옷고름이 떨어지게 하고는 말했다.

"우리 집에 들어가 꿰맵시다."

춘추공이 그 말대로 했다. 유신이 아해에게 바느질을 시키자 아해가 "어찌 하찮은 일을 가지고 가벼이 귀공자를 가까이 하겠어요?"라면서 이내 사양했다. 그래서 아지에게 시켰더니 공이 유신의 뜻을 알고 드디어 그를 사랑했다. 이때부터 자주 오갔는데, 누이가 임신한 것을 알고 유신이 꾸짖었다.

"네가 부모님께 아뢰지도 않고 아기를 가졌으니 어찌 그럴 수 있느냐?"

공이 곧 나라 안에 소문을 퍼뜨리고 누이를 불태워 죽이려 했다.[137]

---

137 《삼국유사》, 121~122쪽. 後旬日庾信與春秋公, 正月午忌日, 蹴鞠于庾信宅前, 故踏春秋之裙, 裂其襟紐. 請曰, "入吾家縫之", 公從之. 庾信命阿海奉針, 海曰, "豈以細事, 輕近

헌안대왕과 경문왕(김응렴)은 용모가 초라한 딸을 이용했는데 반해, 김유신은 자기의 예쁜 여동생을 이용했다는 점이 다르다. 또 헌안대왕과 김응렴의 경우는 결국 김응렴이 왕위까지 오르는 데에 혼인이 큰 원인이 되었음에 대해 김유신은 지속적으로 왕(김춘추)의 신임을 유지시킬 수 있는 수단으로 작용했다는 점에서 차이가 드러난다. 그러나 이 두 설화는 한결같이 권력을 지속적으로 유지하기 위한 수단으로 남녀 혼인을 계획적으로 결행했다는 공통성을 지니고 있다. 말하자면 계략적인 계획에 따라 결연이 진행되었다는 것이다. 김응렴은 스스로 계략을 세우지 않고, 조력자인 범교사의 지략에 의해 혼인의 대상을 정한다. 김응렴이 계략을 세우지 않았다는 점에서 그의 정치적 야심이 있다고는 할 수 없으나 그가 권력에 욕심이 없었다면 자신이 결혼하고자 했던 예쁜 여동생을 선택했을 것이다. 또한 김유신은 김춘추의 신임을 유지시킬 수 있는 수단으로 계략적인 혼인계획을 세운다. 자신의 정치적 욕심을 숨기고 치밀한 계획에 의해 두 사람을 만나도록 유도한다. 결국 두 사람은 혼인에 이르고, 김유신은 권력을 유지할 수 있게 되었다.

또 다른 계략적인 결혼의 예는 제45대 신무대왕의 이야기에서 확인할 수 있다.

제45대 신무神武대왕大王이 왕위에 오르기 전에 협사俠士 궁파弓巴에게 말했다.

"내게는 하늘을 함께하지 못할 원수가 있으니 그대가 나를 위해

---

貴公子乎?" 因辭. 乃命阿之, 公知庾信之意, 遂幸之, 自後數數來往. 庾信知其有娠, 乃噴之曰, "爾不告父母而有娠何也?" 乃宣言於國中, 欲焚其妹.

없애주시오. 내가 왕위에 오르면 그대 딸을 왕비로 삼겠소."

　궁파가 허락하고 마음과 힘을 다해 군사를 내어 서울에 쳐들어가 그 일을 이뤘다.[138]

　위의 예는 신무대왕이 권력의 핵심을 지향하는 사람인 궁파가 딸을 이용하여 왕의 신임을 지속적으로 유지하려고 했다는 측면에서 김유신과 김춘추의 경우와 유사하지만, 김유신은 자기의 여동생을 이용했음에 비해 궁파는 자기의 딸을 이용했다. 또한 김유신의 경우는 성공했지만 궁파의 경우는 실패로 돌아갔다는 점이 다르다. 그러나 신무대왕은 자신이 왕위에 오르고자 혼인을 계략적으로 이용하였다는 점에서 공통적인 결연양상을 보여주고 있다. 즉 신라시대 권력 투쟁이나 신분간의 대립 양상이 첨예하게 나타났음을 알 수 있고, 그 하나의 수단으로 여동생이나 딸과 같은 가장 가까운 혈연이 정치적 수단으로 이용되어 계략적인 결연의 형태가 드러나는 것을 알 수 있다. 다음 무왕의 경우는 계략적인 결연양상이 적나라하게 드러나 있다.

　그는 재주와 도량이 넓고 깊어 헤아리기 어려웠는데, 늘 마薯를 캐서 팔아다 생활했으므로 나라 사람들이 그것을 이름으로 삼았다. 그는 신라 진평왕의 셋째 공주인 선화善花가 세상에 둘도 없이 아름답다는 소문을 듣고 머리를 깎고 서울로 왔다. 동네 여러 아이들에게 마를 나눠주었더니 아이들이 친하게 그를 따랐다. 그래서 동요를 짓고는, 아이들을 꾀어 부르게 했다.

---

138 《삼국유사》, 163쪽. 第四十五神武大王潛邸時, 謂俠士弓巴曰, "我有不同天之讎, 汝能爲我除之, 獲居大位, 則娶爾女爲妃." 弓巴許之, 協心同力, 擧兵犯京師, 能成其事.

148

| 선화공주님은 | 善化公主主隱 |
|---|---|
| 남 몰래 짝 맞추어두고 | 他密只嫁良置古 |
| 서동 방을 | 薯童房乙 |
| 밤에 알을 안고 간다 | 夜矣卵乙抱遣去如 |

그 동요가 서울에 가득 퍼져서 대궐까지 들리게 되었다. 백관들이 (그 동요의 내용을 사실로 믿고) 힘껏 간해 공주를 먼 곳으로 유배 보내게 했다. 떠날 즈음 왕후가 순금 한 말을 노자로 주었다. 공주가 유배지로 가고 있는데 서동이 도중에 나타나 절하고 모시고 가려 했다. 공주는 그가 어디서 온 사람인지는 몰랐지만 우연이라 믿고 기뻐했다. 그래서 서동이 공주를 따라가게 되었고 몰래 정도 통하게 되었다. 그런 뒤에야 서동의 이름을 알고는 그 동요가 실현되었다고 믿었다.[139]

위의 인용문에서 알 수 있듯이 서동은 아름답다는 선화공주와 혼인을 하기 위해 계략적인 계획을 세운다. 먼저 노래를 지어 아이들에게 부르게 하는 것이 첫 번째 계략이다. 두 번째 계략은 유배를 가는 선화공주를 우연히 만난 것처럼 꾸며서 계획적으로 접근한다. 이러한 계략에 의해 서동은 선화공주와 혼인을 하게 되고, 나아가 백제의 왕이 되기에 이른다. 평민이 공주와 결혼을 하겠다는 것 자체가 평범하

---

139 《삼국유사》, 187~188쪽. 器量難測. 常掘薯蕷, 賣爲活業, 國人因以爲名. 聞新羅 眞平王第三公主善花美艷無雙, 剃髮來京師, 以薯蕷飼閭里羣童, 郡童親附之, 乃作謠, 誘羣童而唱之云, "善化公主主隱, 他密只嫁良置古, 薯童房乙, 夜矣卵乙抱遣去如." 童謠滿京, 達於宮禁, 百官極諫, 竄流公主於遠方. 將行, 王后以純金一斗贈行, 公主將至竄所, 薯童出拜途中, 將欲侍衛而行, 公主雖不識其從來, 偶爾信悅, 因此隨行, 潛通焉, 然後知薯童名, 乃信童謠之驗.

지는 않기 때문에 치밀한 계략이 필요했던 것이다. 따라서 서동의 목표가 무엇이든 그는 치밀한 계략 덕분에 아름다운 선화공주와 혼인을 하게 되고, 이에 백제의 왕이 될 수 있었던 것이다.

이처럼 계략적인 결연양상에 따라 통치자들은 일반인에서 왕이 되기도 하고, 나라의 큰 힘이 되어줄 인물을 얻기도 한다. 일반인이었던 통치자들은 결연에 의해 왕이 되는데, 그 결연과정에서 통치자가 될 인물들의 계략이 잘 드러나 있다. 이는 그들이 평범한 인물에서 한 나라의 통치자가 되는 과정을 통해 그들의 뛰어난 능력을 보여주어 통치권 획득에 대한 정당성을 입증하는 한 예라고 할 수 있다. 즉 계략적인 결연양상이 그들을 비겁하게 보이게 하는 것이 아니라 그들의 뛰어난 두뇌와 용기를 보여주는 방법으로 작용하는 것이다.

지금까지 통치자의 결연과정에 나타나는 두 가지 양상에 대해 살펴보았다. 하나는 신이한 결연과정인데, 이를 통해 서사전개에 있어서 통치자의 신성성神聖性 성립을 확고히 하는 데 중요한 역할을 차지하고 있음을 확인할 수 있었다. 다른 하나는 계략적인 결연과정으로 통치권이 없는 평범한 인물이 통치권을 획득하는 데 있어 계략을 세우고 실행에 성공함으로써 통치권 획득에 대한 정당성을 부여하고 있다. 결과적으로 두 결연과정 모두 서사구조에서 통치자의 통치권 획득에 대한 정당성이나 통치권을 확고히 하기 위한 수단으로 작용됐음을 알 수 있었다.


## 5. 통치자 형상의 소설적 변이양상

예술작품을 통시적 관점에서 바라본다면 작품의 형태는 시간이 흐르고 시대가 바뀜에 따라 조금씩 변화해 간다. 문학작품의 형태가 변한다는 사실은 동일한 인식認識에서 표현된 작품들을 시대별로 나열해 놓고 비교해 보면 바로 알 수 있다. 당대當代와 전대前代에 표현된 작품의 형태가 다른데, 이러한 문학작품의 형태적 변이는 우리의 체험이 새로운 인식과 만나 새로운 체험으로 변이되는 것처럼 전대에 창조된 문학작품의 형태를 결정짓는 미적 인식에 대하여 당대에 새로이 생성된 미적 인식이 결합됨으로써 생겨난 현상이다. 그러므로 문학은 작품이 창조되는 순간 그 사회가 창조해 낸 문학작품의 형태를 결정짓기도 하지만 전대의 인식과 형태적 구조를 계승하여, 그 속에 원형적인 의미를 계승한다고 할 수 있다.

특히 설화는 서사 갈래의 일종으로 볼 수 있는데, 서사문학은 등장인물이 세계와 대면하면서 창조해 가는 성격과 그에 따른 삶의 방식을 문제 삼는다.[140] 또한 소설은 다른 많은 문학 갈래로부터 영향을 받았으며, 그 중에서도 인물설화에서 많은 영향을 입었다. 설화가 소설화되는 과정에서는 여러 가지 변화가 일어난다. 조윤제는 '설화문학과 소설문학은 문학사상에 있어 서로 전후의 관계에 서게 되고, 모두 서사를 위주로 하는 동계同系의 문학이 될 것이며, 소설문학은 설화문학으로부터 받은 영향이 적지 않다'[141]고 하여 설화와 소설의 관계에 대하여 규명한 바 있다. 또한 장덕순은 '설화는 현실적인 실사實事에서 비약하며, 비현실적인 설화 이전에 현실적으로 가능한 실사가 있어서 그것이 설화적으로 비대하여진 것'이라고[142] 하여 설화의 소설

---

140 허원기, 「《삼국유사》 구도 설화의 의미-특히 重編曹洞五位와 관련하여」, 한국정신문화연구원 한국학대학원 석사학위논문, 1995, 3~4쪽.

141 조윤제, 「설화문학고」, 《문장》 3-3, 135~136쪽.

142 장덕순, 「설화의 소설화 과정」, 『한국고전소설연구』, 새문사, 1983, 13쪽.

화과정에 대하여 설명하고 있다. 이는 설화 이전에 존재한 실사實事를 통해 문학으로 발전되는 과정을 말하는 것이다. 시대의 변천에 따른 작가의 문화적 소양과 취미, 교양을 감안하면 이러한 변화의 양상은 당연한 것이다.

새로 창조된 문학작품과 전대작품의 형태와 의미 사이에는 변한 부분과 변하지 않은 부분이 생기게 되는데, 변하지 않은 부분은 새로이 창조된 문학 작품이 전대 문학작품의 형태를 계승한 부분으로 그것이 누적되어 장르적 변형이 된다. 따라서 문학작품의 형태와 의미는 전대작품의 원형이 후대의 작품에 계승되는 유기체적 특성을 지닌다. 그러므로 고전연구가 오래되고 어렵다고 피하기보다 그 원형을 찾아 문학의 궁극적인 변화를 읽어내야 한다. 이것이 문학 연구의 기본자세이기 때문이다. 본고에서는 앞장에서 논의한 통치자의 인물형상이 후대문학에서 어떠한 면모로 변형되었는가를 밝혀 삼국시대 서사문학의 문학사적 의의를 찾고자 한다. 특히 통치자의 인물형상 중 긍정적인 면모를 통해 영웅소설에 등장하는 영웅의 인물형상을 비교하고, 부정적인 면모에서는 풍자소설에 나타나는 비판의식과 풍자적 서술요소를 비교하여 삼국시대 서사문학이 갖는 문학사적 의의를 밝히고자 한다.

## 1) 영웅소설

《삼국사기》 열전은 왕후, 종실, 공주 등의 열전을 두지 않고 있고, 열전 10권 중 김유신에게 3권을, 나머지 7권에 49명의 개인전을 나누어 기술하고 있다. 《삼국사기》에 있어 인물의 배열은 시대 순서에 따르지 않고 열전 권1에서 권7까지는 국상이나 국가에 공이 있는 인물 즉 제신諸臣이고, 권8은 후세에 전범이 될 만한 일반인을 수록하고 있으며, 권9와 권10은 반역자인 창조리, 개소문, 궁예, 견훤 네 명을 수록하고 있고, 승려는 두 명이다. 이는《삼국사기》찬술자가 유가적 관념에서 쓴 것임을 짐작케 하고 있다.[143] 많은 학자들은 유학이 통치자가 통치를 하는 데 가장 적합한 사상이라고 한다. 특히 충忠을 강조하는 면에서 그러하다. 따라서《삼국사기》열전은 입전대상만 보더라도 통치자를 위한 유가적 관념에 충실하고 있음을 알 수 있다. 통치자를 입전대상으로 설정하지 않았더라도 열전에는 통치자의 형상에 대한 많은 부분을 담고 있음을 짐작할 수 있다.

《삼국유사》의 인물설화는 주로 역사적 신이神異에 대한 개인의 행적과 일화의 기록이다. 여기에서 역사적 신이라는 말은 역사와 신이가 대립적으로 쓰이고 있다. 입전 대상 인물로는 단군을 비롯한 금와, 주몽, 혁거세, 알영, 탈해, 알지, 수로 등과 같은 시조, 왕, 혹은 그 배필의 생애에 관한 기록이 보인다. 이들 중에는 한 나라의 통치자로서 작품에 등장하는 인물에 대한 묘사가 일대기적으로 비교적 완벽하게 기록된 경우도 있고, 그렇지 못한 경우도 있다. 또한 통치자를 중심으로 된 형상에 있어서 신이神異한 출생이 있은 후 왕이 되기까지, 그리고 죽음 이후 신이神異에 이르기까지의 서사전개가 드러나고 있다.[144]

《삼국사기》열전과《삼국유사》의 서사적 내용은 인물의 생애를 중심으로 기술되기 때문에 주인공이 갖는 전기적 유형을 찾아내기란 그리 어렵지 않다. 그러나 주인공인 통치자의 이념은 곧 집단적인 국

---

143    위의 논문, 20~21쪽.

144    이상설, 「《삼국유사》인물설화의 소설화 과정 연구」, 앞의 논문, 15~16쪽.

가의 목적과 일치하며 여기에는 이념을 실현하기 위한 행위가 전제된다.[145]

먼저 단군 전승의 구조는 신화시대에서 역사시대로 이탈해가는 과도기적 인식이 살아있다. 즉 역사와 신화가 공존해 있는 이중적 구조로 건국주의 탄생을 기록한 역사면서 그의 혈통을 천신天神으로 설정하여 신화가 된 것이다. 신화神話는 그 자체만으로 위엄과 중요성을 부여하는 규범적인 힘을 가진다. 특히 신화의 예언적이면서도 신비스러운 측면은 민족의 이념을 담는 사상적 형태로 발전하게 되었다.[146]

천신天神인 환인의 아들로 환웅이 태어나며, 환웅은 인간 지배의 왕이 된다. 그의 아들 단군이 고조선의 시조가 되어 나라를 통치하다가 죽어서 나라의 수호신이 되었다는 서사전개를 이루고 있다. 여기에서 단군이 태어나는 것이 이 신화의 중심 내용이며 단군의 통치과정에 대해서는 설명이 없다. 또한 단군의 탄생에 있어 곰이 인간이 되어 환웅과 결혼을 하게 되며 웅녀가 단군을 낳는다는 내용이 전개되고 있다.[147] '천신의 손자 단군'으로도 모자라 '곰이 인간이 되는' 신이한 모태母胎까지 나타난다. 신화와 역사를 구분할 수 없는 시대에 통치자에게 신성성神聖性은 필수조건이었다. 이를 통치자의 신성성을 극대화할수록 통치자로서의 정당성을 획득하게 되는 것이다.

주몽신화에서 유화는 황하의 신 하백의 딸로 천제의 아들 해모수를 만나 사통을 한 후 낳은 아들이 주몽朱蒙이다. 또한 그는 알로 태어나 버림을 받지만 짐승과 신비한 기운이 그를 돌봐준다. 알에서 태어

145  위의 논문, 16쪽.
146  위의 논문, 22쪽.
147  위의 논문, 23쪽.

난 신화 속 주몽은 이미 태어나면서 신성성을 부여받고, 동시에 범인凡人과는 다른 태생적인 능력을 지니게 되며, 이를 통해 영웅으로서 앞으로 전개되는 서사의 기초를 완성한 것이다. 알에서 태어난 신화 속의 주몽은 그 능력 또한 이미 태생적으로 부여되어 있어 통치자로서의 면모를 과시하고 있다.

이러한 삼국시대의 인물설화는 왕에게 신성성을 설정하면서 통치자로서의 정당성이 민족의 구성원들에게 받아들여지게 되고, 즉위하는 과정을 통해 신성계神聖界와 지상계地上界의 융합의식을 말해준다. 여기에 나타난 주인공은 신성계에서 비롯된 신성한 통치자가 되고 통치자가 갖는 왕권은 바로 신성한 것이 된다. 그리고 이러한 변화들은 인간과 마찬가지로 한 인격으로서의 삶이 내포되어 있는 것이다.[148]

삼국시대 서사문학에서는 주인공이 비범하게 출생한다는 점에서 천제환웅, 해모수, 하늘로부터 받은 초월적 존재의 힘으로 되어있다. 그러나 후대 문학으로 내려오면서 주인공의 신성한 탄생과는 달리 다소 세속적인 삶과 연결되어 나타난다. 즉 신성성을 부여받은 통치자에서 인간의 능력을 뛰어나게 발휘하는 영웅의 자리로 내려오게 되는 것이다. 영웅소설의 경우 영웅소설이 따르고 있는 장르적 관습이나 원형적 모티프를 제공한 전대작품을 규명하려는 연구는 선학들에 의해 이미 시도된 바[149]가 있고, 영웅소설이 따르고 있는 장르적 관습의 시원이 되는 요소들이 삼국시대 서사문학에서 출발하고 있음을 확인

---

148  위의 논문, 37쪽.

149  김열규, 『한국민속과 문학연구』, 일조각, 1971.
    김열규, 『한국문학사』, 탐구당, 1983.
    조동일, 「영웅의 일생, 그 문학사적 전개」, 《동아문화》 10집, 서울대학교 동아문화연구소, 앞의 논문, 1971.

할 수 있다.

고소설에서는 영웅의 형상에서 신성성神聖性이 신이神異, 지괴地塊 등의 요소로 변하여 그들의 탄생에만 나타나고, 가족의 기자정성祈子精誠과 태몽胎夢을 통한 영웅의 출현을 예고한다.

우리나라 대표 영웅소설 하면 〈홍길동전〉이 있다. 이 작품은 작자 허균에 의해 창작되었으며, 작품에는 홍길동이라는 주인공이 등장한다. 홍길동의 탄생은 태몽을 통해 범상치 않은 인물임을 암시하고 있다.

화셜 됴션국 셰종됴 시졀의 ᄒᆞᆫ 지샹이 〃시니 셩은 홍이오 명은 뫼라. 딩 〃 명문거족으로 쇼년 등과ᄒᆞ여 벼슬이 니죠판셔의 니르민, 물망이 됴야의 읏듬이오, 츙효 겸비ᄒᆞ기로 일홈이 일국의 진동ᄒᆞ더라. 일즉 두 아들을 두어시니, 일ᄌᆞᄂᆞ 일홈이 인형이니 명실 뉴시 쇼싱이오, 일ᄌᆞᄂᆞ 일홈이 길동이니 시비 츈셤의 쇼싱이라.

션시의 공이 길동을 나흘 ᄢᅦ의 일몽을 어드니, 문득 뇌졍벽녁이 진동ᄒᆞ며 쳥룡이 슈염을 거ᄉᆞ리고 공의게 향ᄒᆞ여 다라들거ᄂᆞᆯ, 놀나 ᄭᅢ다르니 일쟝츈몽이라. 심즁의 딩희ᄒᆞ여 ᄉᆡᆼ각ᄒᆞ되, '닉 이졔 룡몽을 어더시니 반ᄃᆞ시 귀ᄒᆞᆫ 자식을 나흐리라' ᄒᆞ고 즉시 닉당으로 드러가니, 부인 뉴시 니러 맛거ᄂᆞᆯ, 공이 흔연이 그 옥슈를 니그러 졍이 친압고져 ᄒᆞ거ᄂᆞᆯ, 부인이 졍쉭 왈,

"샹공이 쳬위 죤즁ᄒᆞ시거ᄂᆞᆯ, 년쇼 경박ᄌᆞ의 비루ᄒᆞ물 ᄒᆡᆼ코져 ᄒᆞ시니 쳡은 봉ᄒᆡᆼ치 아니ᄒᆞ리로쇼이다."

ᄒᆞ고, 언파의 손을 썰치고 나가거ᄂᆞᆯ, 공이 가쟝 무류ᄒᆞ여 분긔를 ᄎᆞᆷ지 못ᄒᆞ고 외당의 나와 부인의 지식이 업스물 한탄ᄒᆞ더니, 맛ᄎᆞᆷ 시비 츈셤이 ᄎᆞ를 올니거로 그 고요ᄒᆞᆷ를 인ᄒᆞ여 츈셤을 잇글고 협실의 드러가 졍이 친압ᄒᆞ니, 이 ᄯᅢ 츈셤의 나히 십팔이라. ᄒᆞᆫ 번 몸

을 허흔 후로 문외의 나지 아니ᄒ고 타인을 취홀 뜻이 업스니, 공이

긔특이 넉여 인ᄒ여 잉첩을 삼어더니, 과연 그 달붓허 틱긔 잇셔 십

삭만의 일기 옥동을 싱ᄒ니, 긔골이 비범ᄒ여 진짓 영웅 호걸의 긔

상이라.(경판30장본, 1쪽)


위의 내용에서 홍길동은 특별한 태몽을 갖고 태어난다. 세속에서

는 태몽을 통해 성별뿐만 아니라 미래를 점치기도 한다. 따라서 태몽

에 '용龍, 호랑이虎, 뱀蛇' 등의 천상적 이미지가 등장하고, 꿈속에서

특이한 계시를 받으면 비범한 인물이 될 운명을 갖게 된다. 이는 고소

설, 특히 영웅소설에서 영웅의 일대기에 속하는 서사구조로 홍길동의

기이한 탄생담은 건국신화나 기타 설화에서 등장하는 통치자의 신이

한 탄생과 혈통에 대한 인물형상과 닮았음을 알 수 있다. 이처럼 〈왕

장군전〉, 〈장국진전〉, 〈유충렬전〉, 〈홍계월전〉 등 많은 영웅소설들이

〈홍길동전〉처럼 태몽을 얻고 태어나고, 태몽 속에는 천상적인 이미지

(별, 용, 청의동자 등)가 강하게 드러나 있다. 〈장백전〉과 〈옥주호연〉은

명문대가에서 늦도록 자식이 없다가 치성하여 태몽을 얻은 후 주인공

이 탄생하게 된다. 이와 같이 영웅소설의 대부분은 작품의 탄생부분

에서 태몽이 나타나 있고, 태몽 속에는 천상적인 이미지가 드러나 있

는 경우가 많다.

또한 태어난 주인공은 '기골이 비범하여 영웅호걸의 기상이다.'라

는 부분에서도 알 수 있듯이 영웅의 풍체나 외형에서도 영웅다운 모

습을 강조하고 있는데, 이는 삼국시대 서사문학에서도 이미 나타난

서술구조다. 예를 들어 주몽신화에서 주몽이 태어나자 '뼈대와 몸가

짐이 영특하고도 기이했다骨表英奇'[150]고 서술하고 있다. 또한 다음은 수로왕에 등장하는 인물의 외형적 묘사에 대한 내용이다.

열이틀이 지나 이튿날 아침이 밝자 무리들이 다시 모여들어 금합을 열어보았다. 그러자 여섯 개의 알들이 사내아이들로 변화했는데, 그 모습이 매우 훤칠했다. 상에 앉히고 무리들이 절하며 치하한 뒤에 공경을 다해 모셨다. 사내아이들은 날마다 커졌다. 열댓새가 지나자 신장이 9척이나 되어 마치 은나라 탕왕湯王 같았다. 얼굴은 용 같아서 마치 한나라 고조高祖 같았고, 눈썹이 여덟 가지 색인 것은 당의 요임금 같았으며, 눈동자가 둘씩 있는 것은 우虞의 순임금 같았다.[151]

수로왕은 여섯 알에서 태어난 아이 중 가장 먼저 태어난 아이를 왕으로 삼아 '수로首露'라는 이름이 생겼다. 그런데 여섯 알에서 나온 사내 아이들에 대한 인물묘사는 외형적인 면모와 내면적인 면모를 함께 강조하고 있다. 9척 신장은 '은나라 탕왕', 얼굴은 용 같아서 '한나라 고조', 눈썹이 여덟 가지 색인 것은 '당나라 요임금', 눈동자가 둘씩 있는 것은 '우虞나라의 순임금'과 닮았다고 묘사하고 있다. 이는 외형적인 면모를 서술하는 동시에 모두 중국의 훌륭한 통치자에 빗대어 그들의 내면적인 면모도 강조하고 있는 것이다. 따라서 삼국시대 서사문학에 등장하는 통치자는 외형적인 비범함을 강조하여 인물형상을

---

150 《삼국유사》, 82쪽.

151 《삼국유사》, 206쪽. 過浹辰, 翌日平明, 衆庶復相聚集開合, 而六卵化爲童子, 容貌甚偉. 仍坐於床, 衆庶拜賀, 盡恭敬止. 日日而大 踰十餘晨昏, 身長九尺則殷之天乙, 顏如龍焉則漢之高祖, 眉之八彩則有唐之高, 眼之重瞳則有虞之舜,

나타내고 있다. 이는 영웅소설의 영웅의 외형적인 모습뿐만 아니라 고소설에 등장하는 주인공들의 인물형상과도 닮았음을 알 수 있다.

영웅소설은 영웅의 일대기를 작품화한 소설이다. 일대기 소설은 사람이 태어나서, 자라고, 성인이 되어, 죽는 과정을 나타내는 시간이 작품 전체의 기초가 되고 있다. 그러므로 영웅소설이란 구조적인 측면에서 모든 작품이 일대기 구조로 이루어져 있다. 성장부분의 경우에는 〈홍길동전〉의 주인공 홍길동이 서자의 자식으로 태어났기 때문에 고난이 시작되고, 신이한 능력을 타고 났음이 드러난다. 〈장백전〉은 그의 부모가 죽음으로 인해 고난이 시작되고, 사명산 천관도사에게 문무를 배워 신이한 능력을 갖게 된다. 〈옥주호연〉의 주인공들 또한 신이한 능력을 갖게 된다. 이와 같이 영웅소설의 성장부분은 인물의 고난이 시작되고, 초월한 능력을 타고 났음이 나타나며, 이러한 요소로 인해 인물의 비범성이 드러난다. 따라서 삼국시대 서사문학에 등장하는 통치자의 형상에서 비범한 능력을 발휘하여 나라를 세우고, 통치에 있어 고난을 극복하는 과정과 닮았음을 알 수 있다.

또한 〈홍길동전〉의 홍길동이 신분제와 관련된 사회제도의 모순과 부패한 관리들에 의해 억압당하고 있는 백성들을 구제하기 위해 싸우고, 이상국인 율도국을 건설한다. 싸우는 과정에서 신이한 능력을 여러 차례 발휘한다. 〈장백전〉의 경우는 제도를 운영하는 인물들이 정사를 제대로 돌보지 않아 백성들이 도탄에 빠져 있어 장백은 원황제를 물리치고 새로운 왕조를 건설하는데 이 때 또한 신이한 능력을 많이 행사한다. 이와 같이 영웅소설의 활동부분은 여러 차례의 활약을 통해 입공立功하게 되고, 그 과정에서 신이한 능력을 행사하는데 그를 통해 인물의 남다름을 나타내고 있다. 이는 '주몽신화'에 등장하는 주몽의 형상과도 닮았다. 주몽은 7세에 활을 잘 쏘는 능력을 인정받았으며, 남들이 보지 못하는 통찰력으로 훌륭한 말을 알아보고 자신의 소유로 만든다. 또한 위기에 처했을 때는 신이한 조력자의 도움을 받고, 결국에는 '고구려'라는 나라를 세우기에 이른다.

마지막으로 〈홍길동전〉의 홍길동은 율도국을 건설하고 선정을 베풀어 백성들이 격양가를 부르고, 그는 부귀를 누리게 된다. 그리고 홍길동은 왕후와 함께 승천하는 죽음을 맞이하게 되어 행복한 결말을 이루고 있다. 〈옥주호연〉 또한 천궁요지로 가는 죽음으로 끝을 맺고 있으므로 행복한 결말이다. 이와 같이 대부분의 영웅소설의 종결부분은 모든 위기가 해결되어 행복한 결말을 이룬다. 삼국시대 서사문학의 종결부분에는 나라가 세워지고, 통치의 어려움을 극복하며, 왕조의 교체로 나라가 안정되는 등 영웅소설과 마찬가지로 행복한 결말을 갖고 있다.

정리하자면 삼국시대 서사문학에서 통치자는 비정상적인 출생으로 왕의 정당성을 획득하나 후대 문학인 고소설에서는 이로 인해 고난을 겪고, 이 고난을 극복하여 위대한 승리를 이룬다. 즉 고소설에서 비정상을 이유로 주인공과 부패한 현실이 심하게 대결하며 결국 이를 극복하고 영웅이 된다. 따라서 이러한 대결을 통해 영웅으로서의 정당성을 획득하게 된다. 또한 삼국시대 서사문학의 통치자들은 여러 가지 고난을 겪기도 하나, 주인공이 탁월한 능력을 발휘하거나 조력자의 도움을 받아 반대자와의 분열을 극복하고 국가적 질서를 구축하는 전제로서 등장한다. 그러므로 삼국시대 서사문학의 통치자들은 적대자와의 대결을 해결하고 자아와 세계의 동질적이고 상호보완적인 관계를 회복할 수 있는 위대한 능력을 지니고 있는데, 후대 고소설의 영웅적 주인공도 그러한 인물로 나타나고 있다.

서사문학의 각 작품들은 이러한 큰 흐름 속에서 그 작품의 특징을 드러낸다. 신성성神聖性이 강조된 신화적 인물은 신성성이 강한 것에서 약한 것으로 변화한다. 역사적 인물은 호국적(호국적) 성격과 도덕적 성격[152]이 서사전개의 중요한 요소로 작용하고 있다. 그리고 초기 영웅소설에서는 신성성과 가계계승家系繼承이 공존하면서 주체적이고 투쟁적인 면을 보여준다.[153]

이러한 서사적 흐름은 17세기 말기로 접어들면서 당대 사회의 문화적, 사회적 제약을 받는 인물들이 다양하게 출현하는 것으로 변모한다. 그래서 이 시기 이후에 양산된 다수의 작품들은 호국적 가치를 실현하는 인물이 중심이다. 물론 후대에 가서 일부 고소설의 경우 여성 인물을 통해 여성의식의 성장을 보여주고는 있으나 이 또한 당대의 공동선公同善이라 할 수 있는 집단적 윤리 가치에 의존하고 있다고 볼 수 있다.[154] 따라서 삼국시대 서사문학에 등장하는 통치자의 형상이 후대 문학에 등장하는 영웅적 인물형상에 영향을 미쳤다는 점에서 우리 서사문학의 흐름이 연속성과 변화성을 동시에 지니고 있음을 확인할 수 있다.

건국영웅 이야기의 주인공들은 대체로 신이라기보다 인간이며, 그들의 행위는 인간의 능력을 뛰어나게 발휘한 영웅적인 것이 된다.[155] 여기서 우리는 이들 신화가 반역사 신화로의 변이를 엿볼 수 있으며

---

152  특히 김유신이나 강감찬은 호국적인 면과 도덕적인 면에서 긍정적으로 평가되고 있고, 견훤은 도덕적인 면에서 부정적으로 평가되고 있다. 그리고 서동의 경우에는 계략으로 선화공주와 결연할 수 있는 계기로 삼았으며, 이로 인해 서동이 왕위에 오를 수 있게 되었다. 이런 점에서 직접적이지는 않지만 서동의 인물서사에서도 도덕성이 일부 작용하고 있는 것으로 볼 수 있다.(김용기, 앞의 논문, 3~4쪽)

153  위와 같음.

154  위와 같음.

155  조희웅, 『구비문학개설』, 일조각, 1987, 38쪽.

개인의 영웅적 능력을 발휘하는 이야기들은 서사문학의 인물유형의 둘째 단계에 와 있음을 확인할 수 있다. 이는 삼국시대의 영웅설화는 개국이나 건국의 비조鼻祖라는 특이성이 이야기의 성격을 어느 정도 규정짓고 있는 것이기는 하나, 그것이 영웅서사문학의 전통을 발전적으로 계승하고 있으며 개인의 일대기적인 구성을 두루 갖춘, 그리하여 하나의 전체를 구성하여 이른바 영웅소설의 서사적 완결의 효시[156]라는 데 그 의의가 큰 것이다.

통치자의 신성성이나 비범한 능력, 자질 등이 그것이다. 통치자로서의 당위성當爲性을 증명하는 요소들이 인물형상의 중요한 부분을 차지한다. 이러한 요소들이 후대문학 중 고소설, 특히 고소설 가운데 영웅소설의 주인공인 영웅의 인물 형상에 나타나고 있을 뿐만 아니라 삼국시대와 마찬가지로 작품의 내적 구조에 많은 역할을 차지한다. 즉, 삼국시대 서사문학의 통치자 형상에 나타나는 '신이한 혈통 및 탄생'과 '비범한 능력' 등이 영웅의 공식처럼 여겨질 만큼 후대 문학의 인물형상에 있어서 원형을 제시하였다고 할 수 있다.

이와 같이 소설에 나타나는 영웅의 일생은 설화시대에 등장하는 통치자의 일생구조와 다르다고 할 수 없다. 즉 설화시대에 등장하는 통치자의 모습이 후대의 소설에서 영웅의 모습으로 이어진다고 할 수 있다. 이러한 영웅의 모습과 탄생은 앞서 살펴본 건국신화의 통치자 모습과 닮았고, 후대에 등장하는 영웅은 훌륭한 통치자의 능력을 갖고 있다. 즉 신화의 특성과 닮았으나 신화와 같은 설화에서는 영웅적 특징을 갖추게 되면 통치자가 된다. 그러나 후대 문학에 들어서서 영

---

156  W. Kayser, Das sprachliche Kunstwerk, Frande Verlag, 1972, 180쪽. (이상설, 「《삼국유사》 인물설화의 소설화 과정 연구」, 앞의 논문, 171쪽)에서 재인용.

웅들은 비극적 결말을 갖게 된다. 이는 소설이 등장하게 된 조선후기에는 이미 통치자가 존재했기 때문에 영웅적인 면모를 갖게 되면 통치자를 위협하는 반동인물이 되기 때문이다. 따라서 후대 영웅소설에서 영웅의 인물형상화에 영향을 미쳤으나 영웅의 일대기적 구조는 후대의 시대·사회를 고려하여 비극적 결말이 될 수밖에 없었던 것이다.

통치자의 형상이 후대 문학의 인물형상에 지대한 영향을 미쳤다는 점에서 인물의 성격과 서사전개의 변모는 전대의 문학적 전통을 이어가면서도 특정 시대가 요구하는 인물을 창조해 낼 때 나타나는 현상이다. 따라서 서사문학에 나타난 세계관의 변모된 양상을 살필 수 있는 좋은 계기가 되었다고 생각한다.


## 2) 풍자소설

《삼국사기》는 본기, 연표, 잡지, 열전으로 구성되어 있으나 본기와 열전에 비중을 두어 핵심적으로 기술하였다. 《삼국사기》의 열전은 《사기》 열전처럼 당시의 중요 인물의 전기적인 면을 서술한 것이다. 인물중심의 전기 형식이므로 편찬자들은 기록된 것과 들은 것을 적절히 조화시켜 기록하였다고 볼 수 있다. 수많은 인물을 모두 기록할 수 없기 때문에 사건과 행위를 중심으로 인물의 역사성에 따른 경중성 등을 기준으로 정하여 선발적으로 기록한 것이다. 따라서 《삼국사기》 열전은 왕의 사적을 다룬 본기와 달리 일반 개인의 전기라고 할 수 있기에 기록된 것보다는 들은 것, 구전되는 것을 수용하여 기록했을 가능성이 크며, 전설적인 면이 개입됐을 소지가 있다. 또한 《삼국사기》 열전은 주로 위국충절을 중심으로 한 인물을 중심으로 난세를 극복하

려는 정신적인 교훈을 삼으려는 것으로 볼 수 있다.[157] 따라서 열전에
는 국가적인 인물이 아닌 평범한 인물도 적지 않다. 편찬자는 그들 개
인의 삶에서 국가·사회의 공익성이라는 거창한 의미까지는 아니더라
도 어느 정도의 교훈적인 의미를 찾아내고 있다. 따라서 열전의 내용
은 개인의 인생문제일 수만은 없으며, 다소 사회현실이 반영되기 마
련인 것이다.[158] 이러한 점에서《삼국사기》열전에 등장하는 통치자의
형상 중 부정적인 면모는 후대인들에 대한 교육적 측면에서 고려해
볼 때 그들의 삶을 통해 부정적인 행위에 대한 경고를 하고 있는 것이
다.《삼국유사》에서도 보이는 통치자의 부정적 형상은 이와 같은 기
능으로 편찬자인 일연의 목적이 포교라는 점을 추측한다면 부정적 인
물 형상화는 이러한 경고의 기능을 하고 있는 것이다.

이와 같이 우리 문학에는 예로부터 풍자성이 강한 작품들이 많다
는 점에서 풍자는 고전문학으로부터 현대문학까지 계승되어 온 전통
의 하나라고 할 수 있다. 즉 고대 설화는 물론 고시가에 풍자가 많았
으며, 특히 가면극에 풍자적인 성격이 많이 나타나 있음을 볼 수 있
다. 이러한 풍자는 특히 우리의 서민문학, 평민문학에 강하게 나타나
있고, 고전문학의 중요한 특질을 이루고 있다.[159]

풍자는 원래 스스로가 지니는 바의 내적 형식에 의거하여 정의되
는 장르개념이었으나, 18세기 이후의 서양문학 전통에서는 모든 장르
에 나타날 수 있는 특유한 태도나 어조, 또는 문학상의 기교를 가리키
는 개념으로 바뀌었다.[160] 따라서 풍자문학이란 인간과 사회, 정치의

---

157  신형식, 『《삼국사기》 연구』, 일조각, 1984, 341쪽.

158  박현숙, 「《삼국사기》 소재 〈설씨〉 지도방안 연구」, 인제대학교 석사학위논문, 2010, 1~2쪽.

159  이상설, 「《삼국유사》 인물설화의 소설화 과정 연구」, 앞의 논문, 180쪽.

160  한용환, 『소설학 사전』, 고려원, 1992, 452쪽.

윤리적 타락墮落과 위정자爲政者의 부조리를 고발하고 폭로하며 이를 야유하거나 조소하고, 비난하여 공격하는 문학을 뜻한다. 그러므로 풍자문학은 사회적 문학양식으로서, 비판정신을 바탕으로 하며, 시대 의식을 배경으로 한 것이 특징이다. 풍자는 사회의 부조리가 심할 때 나타나는데, 특히 사회 자체가 경직되어 직접적으로 사회문제를 해결 하기 어려울 때 성행되는 간접적인 비판문학이라 할 수 있다.[161]

이러한 풍자문학은 다양한 형태로 나타나는데, 조소나 야유 등 소극적인 풍자와 공격과 비판 등 적극적인 풍자가 있다. 그리고 풍자의 대상에는 모든 비인간적인 인간, 사회, 정치의 부조리가 되기도 하고, 위정자爲政者 등의 인물로 등장할 수 있다. 따라서 풍자문학의 창작 의도는 일반적으로 대상에 대한 불만이나 증오 등을 깊게 지니고 있으며 이를 통한 상처나 한恨 등이 풍자문학의 기본 바탕이 된다. 그리고 풍자작가들은 결국 시대적이며 교훈적인 이상을 드러내어 많은 사람들이 배워야 할 본보기를 제시한다.[162]

《삼국유사》 기이편에 〈사금갑〉이라는 이야기가 기록되어 있는데, 신라 제21대 비처왕 때 있었던 이야기다. 왕이 천천정天泉亭에 행차했는데, 그 때 까마귀와 쥐가 나와서 울고 있어서 왕이 이상히 여겨 살펴보니 쥐가 사람의 형상으로 말하기를 '이 까마귀가 가는 곳을 찾아가라.' 하였다. 왕이 기사에게 명하여 뒤따르게 했는데, 남쪽으로 가피촌에 이르렀을 때 돼지 두 마리가 싸우고 있어서 구경하다가 갑자기 까마귀가 간 곳을 잃어버리고 말았다. 길가에서 배회하고 있을 때 연못에서 한 노인이 나타나 편지 한 통을 바쳐 왔다. 그 편지에는 '이

---

161   위의 논문, 181쪽.

162   위와 같음.

편지를 열어 보면 두 사람이 죽을 것이요, 열어보지 않으면 한 사람이 죽을 것이다'라는 왕의 지혜를 시험하는 문구文句가 있었다. 이 때 일관이 왕에게 편지를 개봉할 것을 가르쳐 주게 되는데 그 속에는 '거문고 갑을 쏴라'라는 말이 써 있었다. 결국 편지의 내용을 본 왕이 내전의 분향수도승焚香修道僧과 궁주宮主를 죽인다는 내용으로 되어있다. 여기서 분향수도승과 궁주가 죽게 된 원인은 그들의 비윤리적 행위 때문이다. 즉 이 설화는 구체적으로 비윤리적인 행위를 하고 있는 궁주와 분향수도승의 향락을 고발하고 비판하고 있다. 이 이야기를 통하여 우리는 신라시대의 도덕적 풍속의 타락을 짐작할 수 있다. 일반인보다도 몸과 마음을 깨끗이 닦아야 하는 승僧이며, 한 나라의 정치적 중심에 있는 궁주로서 비윤리적 행위를 했다는 것은 그 자체로 신라가 어느 정도 타락했는지를 보여준다.

신라가 정치나 군사적으로 강대국의 위치에 올라 있어도 조정이나 항간에서 일어나는 윤리적 풍속은 그리 올바르지 못했을 것이다. 이러한 사회적 풍속을 교정시키기 위해 이러한 일화가 기록되었다고 볼수 있다. 비처왕이 궁주와 불교적인 타락이라는 비윤리적 행위를 척결하고 윤리적 풍속의 가치규범을 세운다는 면에서 통치자로서의 자격을 획득하게 된다. 이는 곧 현실적으로 문란해진 국가의 규범이나 풍속을 교정하려는 의도를 내포하고 있다. 따라서 이 설화를 통해 왕은 윤리적 가치관의 혼란인 남녀 간의 부정을 발견하고 이를 징계함으로써 그의 권위와 풍속 교정에 대한 의지를 표출하고 있다. 이는 단순한 법규의 나열이나 구호의 외침보다도 더욱 효과적인 방법으로 윤리소설 혹은 풍자문학으로서의 기능과 위치를 가진다.

경문왕 이야기는 '임금님 귀는 당나귀 귀'라는 설화로 유명하다. 그러나《삼국유사》에 실린 경문왕의 이야기는 그가 왕이 되는 과정에 초점을 맞추고 있다. 이 이야기는 역사적 사실과 신화가 공존하고 있다는 측면에서 특이한 풍자적 면모를 지니고 있다. 즉 김응렴金膺廉이 범교사範敎師의 말대로 맏공주를 취하여 왕위에 오른 것은 거의 역사적 기록이라 할 만하고 '침전寢殿의 뱀', '나귀의 귀', '도림사道林寺의 죽림竹林' 이야기는 극히 풍자적인 설화이다.

왕이 되기 전 응렴은 18세에 국선이 되었으며, 헌안왕의 눈에 들어 맏공주의 부마가 되고, 3개월이 지난 후 왕의 유언에 따라 유소遺簫를 받들어 즉위하였다. 그런데 왕이 된 경문왕은 일찍이 왕의 침전에 저녁마다 무수한 뱀이 모여들므로 궁인宮人들이 놀라고 무서워서 쫓아내려 하니, 경문왕은 '내가 만일 뱀이 없으면 편안히 자지 못하니 금하지 말라'고 하였다. 그러므로 매일 잘 때에는 뱀이 혀를 내밀고 왕의 가슴을 덮어 주었다고 서술되어 있다. 여기서 '뱀'은 우리나라에서 긍정적이기보다 부정적인 동물을 상징한다.[163] 따라서 경문왕이 뱀이 없으면 편안히 자지 못할 정도라고 하니 경문왕은 뱀과 함께 부정적 인물로 상징된다고 할 수 있다. 이는 경문왕이 통치자가 되는 과정에 있어서 계략적인 결연을 통해 이루어졌으므로 그의 정치적 야심을 상징적으로 풍자한 것이라 볼 수 있다.

다음으로 경문왕의 귀와 관련된 설화다. 그가 왕위에 오르자마자 귀가 갑자기 커져버려 마치 당나귀의 귀와 같이 되었다. 궁인은 물론 왕후도 모르고 오직 복두幞頭 만드는 장인만이 그 비밀을 알고 있었다. 그러나 그 장인은 왕의 비밀을 함부로 발설할 수 없어 평생토록 다른 사람들에게 자기만이 아는 왕의 비밀을 얘기할 수 없었다. 그러다가 죽음이 다가온 때에 그 장인은 도림사의 대나무 숲 속 아무도 없

---

163  위의 논문, 75~76쪽.

는 곳에 들어가 대나무를 보고 외쳤다는 이야기다.[164] 이 이야기는 현대에 알려진 '임금님 귀는 당나귀 귀'라는 설화의 내용과 같기는 하나 그 의미는 조금 다르다. 현대는 당나귀 귀를 부끄러워 한 왕이 결국 다른 사람의 충고를 듣고 부끄러워하지 않고 훌륭한 통치자가 되었다는 내용이다. 그러나 《삼국유사》에 기록된 이 이야기는 정치적 풍자를 역설적으로 표현하고 있다.

경문왕의 귀가 갑자기 길어져서 당나귀의 귀와 같이 되었다는 것은 경문왕이 스스로 부끄러워 오직 복두를 만드는 장인에게 보였다는 점에서 그 모양이 상당히 우스웠을 것이다. 대체로 당나귀는 동양이나 서양에서 어리바리하고 자기의 능력을 정확히 모르고, 버릇없고 착실하지 않고 어른들을 존경하지 않는 이미지로 사용된다. 당나귀가 등장하는 옛 이야기에서 당나귀의 이미지는 일하기 싫어 꾀를 부리는 등의 대체적으로 부정적인 이미지를 볼 수 있다.[165] 따라서 경문왕의 귀를 당나귀의 모습에 비유한 것 자체가 경문왕의 부정적인 모습을 풍자한 것이다.

또한 경문왕의 비밀을 아는 단 한 사람, 복두 만드는 장인에게 경문왕은 함구령緘口令을 내린다. 이는 통치자가 일반 백성들의 입과 귀를 막으려는 폐쇄된 정치·사회를 풍자한 서사구조라고 할 수 있다. 이어 그 장인은 평생토록 비밀을 간직한 채 죽음에 이르게 되자 더 이상 참지 못하고 도림사의 대나무 숲에 시원하게 말해버린다. 다시 말해, 통치자의 비밀을 간직한 그는 병이 들어 죽음을 앞에 두자, 더 이

---

164  위의 논문, 76쪽.

165  벌로마, 「한국어의 동물속담 속에 나타난 상징의미 연구」, 건국대학교 석사학위논문, 2009, 52~53쪽.

상 두려울 것이 없어진 그는 그동안 참아 왔던 것을 풀어낸다. 그 후 대나무 숲은 바람이 불 때마다 '임금님 귀는 당나귀 귀'라는 소리가 들리고, 이를 안 경문왕은 숲의 대나무를 모두 베어버린다. 여기서 장인이 말한 대나무 숲이 상징하는 존재가 백성이라고 본다면 통치자의 폐쇄된 정책에도 불구하고 통치자의 부정적인 면모는 언젠가는 폭로될 수 있다는 것을 드러내며 통치자가 아무리 백성의 눈과 귀를 막으려고 해도 감출 수 없음을 상징적으로 드러내고 있다.

이러한 백성의 입과 귀를 막으려는 폐쇄된 정치·사회의 풍자 중심의 당나귀 설화는 경문왕 시대의 어두운 일면을 보여 주며 이는 곧 신라의 쇠락으로 이어지게 된다. 이 같은 풍자의 이야기는 시대적 이념의 왜곡이나 윤리적 타락을 설명하기 위하여 삼국시대 서사문학에서부터 등장했음을 알 수 있다.

다음은 《삼국사기》 열전 중 〈설총전〉에 포함되어 있는 '화왕花王'이라는 꽃을 의인화한 이야기다.

> 총聰이 이렇게 말하였다. "신臣이 들으니 옛적에 화왕花王(牧丹의 異稱)이 처음으로 오자, 이를 꽃동산에 심고 푸른 장막을 둘러 보호하였더니, 봄철(3春)을 당하여 어여쁘게 피어 백화百花를 능가凌駕, 홀로 뛰어낫습니다.
>
> (중략)
>
> 어떤 이가 말하기를 '(이렇게) 두 사람이 왔는데 (그 중) 어느 것을 취하고 어느 것을 버리시겠습니까?' 하니, 화왕花王이 가로되 '장부丈夫의 말에도 또한 도리道理가 있지만, 미인美人은 (한번) 얻기 어려우니 이를 어찌하면 좋을까' 하였습니다. 장부丈夫가 나와 말하기를 '나는 왕이 총명하여 사리事理를 아시는 줄로 알고 왔더니, 지금 보

니 소료(생각)와는 다릅니다. 무릇 임금이 된 사람은 간사하고 아첨하는 자를 가까이하고, 정직正直한 자를 멀리하지 않는 이가 드뭅니다. 이러므로 맹가孟軻:孟子는 불우不遇하게 일생을 마쳤으며, 풍당馮唐은 낭서郎署(宿衛官이니, 卑職)에 잠기어 흰 머리가 되었습니다. 예로부터 그런 것이니 낸들 어찌 하리오' 하니, 화왕花王이 이르기를 '내가 잘못하였다. 내가 잘못하였다'고 하였다 합니다."

이에 왕神文王이 안색顔色을 바르게 하여 이르기를 "그대의 우화寓話에 정말 깊은 의미가 있도다. 글로 써서 왕자王者의 계감戒鑑을 삼게 하기 바라노라"하고, 총聰을 발탁拔擢하여 높은 관직官職에 임명하였다.[166]

위의 인용문은 《삼국사기》 열전에서 〈설총〉에 관한 내용으로 설총이 신문대왕에게 해준 '화왕계'라는 이야기로 유명하다. 이 내용은 설총에게 신문대왕이 이야기를 해 달라고 하자 설총은 꽃을 비유하여 말하고 있는데, 여기서 '화왕'은 바로 신문대왕을 가리키며 장미는 간신姦臣을, 할미꽃은 충신忠臣을 빗대어 표현하고 있다. 결국 설총의 이야기에서 비판의 대상은 바로 간신姦臣의 말을 믿는 왕이다.

통치자들의 외모나 통치의 방법에 대해 부정적으로 평가하고, 그 결과를 들어 예시한 것은 바로 그들을 비판하는 방법이라고 할 수 있다. 후대에 등장하는 풍자소설이 주로 부동적 인물과 환경을 작가 내

---

166 《삼국사기》하, 435~436쪽. 聰曰, 唯, 臣聞昔花王之始來也, 植之以香園, 護之以翠幕, 當三春而發艷, 凌百花而獨出, (중략) 或曰, 二者之來, 何取何捨, 花王曰, 丈夫之言, 亦有道理, 而佳人難得, 將如之何, 丈夫進而言曰, 吾謂王聰明識理義, 故來焉耳, 今則非也, 凡爲君者, 鮮不親近邪佞, 疎遠正直, 是以孟軻不遇以終身, 馮唐郎潛而皓首, 自古如此, 吾其奈何, 花王曰, 吳過矣吳過矣, 於是王愁然作色曰, 子之寓言誠有深志, 請書之以謂王者之戒, 遂擢聰以高秩.

면의 이상에 대조시켜 희화하는 방법을 사용하며 현실을 직접 반영하기보다는 과장, 왜곡, 비꼼 등으로 변형시키는 방법을 사용한다는 점에서 앞에서 제시한 통치자들의 여러 부정적인 면과 과장된 표현 방법은 바로 이러한 풍자문학의 효시가 될 수 있는 풍자의 방법을 제시해 줄 수 있는 서사구조라고 할 수 있다.

한국문학사에서 풍자문학이 가장 활발했던 시기 중의 하나는 실학파에 의해 전통적 도덕사회에 대한 반성과 자각이 움튼 18세기라 볼수 있다. 특히 이용후생利用厚生 학파를 대표하는 인물로서 당시로서는 획기적인 한문단편이라는 단형 서사문학 양식을 선보인 연암 박지원의 작품들은 풍자문학에 확고한 위치를 차지한다. 그는 조선의 봉건사회가 와해의 징후를 폭넓게 드러내고 있는 시대적 배경을 중심으로 사회변동의 새로운 기운과 구조적 모순을 정확히 파악함으로써 한문단편이라는 문학양식으로 극명하게 드러냈다.[167] 물론 시대를 초월하여 정치권력이나 경제제도, 사회의 부조리 등에 대한 비판적인 시각은 항상 존재해 왔다. 여기서 전대의 풍자 이야기와 고소설의 풍자소설과의 연관관계를 규명하는 작업은 상당한 의미가 있다고 본다. 왜냐하면 한국문학사의 연속성 문제에 대한 해명과 시대를 초월한 비판정신의 단면을 확인할 수 있기 때문이다.[168]

삼국시대 서사문학에 있어서 '화왕계'와 대적할 수 있는 풍자소설인 〈호질虎叱〉은 《열하일기熱河日記》관내정사關內程史 평에 수록된 작품으로 호랑이를 의인화한 우화적 단편소설이다. 단편소설로서는 가장 간결하면서도 주제를 잘 표현해 놓은 압축된 작품으로 연암의 가장

---

167  이상설, 「《삼국유사》 인물설화의 소설화 과정 연구」, 앞의 논문, 146쪽.
168  위의 논문, 147쪽.

난해한 문장으로 알려져 있다. 이 작품은 유학자의 위선적인 음탕한 생활과 그 위선적인 심리를 분석하고 해부하여 풍자한 작품이다.[169]

'화왕계'와 마찬가지로 〈호질〉은 정공법이 아닌 우회적 비판을 하고 있다. 작가는 표면에 나서지 않고 호랑이를 풍자의 주체로 내세워 날카롭고 신랄하게 공격한다. 그 대상은 북곽선생이지만 이는 당시 가식과 위선으로 뭉친 선비들을 상징하는 것으로, 작가는 풍자의 주체인 호랑이를 내세워 북곽선생으로 하여금 스스로 모든 가식과 위선을 폭로하도록 작품을 구성했다. 북곽선생의 아첨하는 모습에서 해학의 절정을, 호랑이의 준엄하고도 날카로운 고발과 공격에서 풍자의 극치를 볼 수 있다.[170] 다시 말해서 이 작품은 풍자와 해학이 동일 질서 위에 구축되어 있으면서, 사회비판의식이 확고히 드러나고 있음을 알 수 있다. 또한 북곽선생이 위선을 떨며 오물을 뒤집어쓰고 있었던 우스운 모습은 이미 논의한 바 있는 경문왕의 우스운 형상과 닮았다. 즉 통치자와 선비에 대한 비판적 의식을 해학적으로 설정하여 풍자하고 있는 것이다.

〈양반전兩班傳〉은《연암외집燕巖外集》에 수록되어 있는 작품으로 극히 간단한 장편소설이다. 이 작품 역시 〈호질〉과 같이 양반 유학들을 모델로 하고 그들의 형식적이면서 위선적인 무능력한 생활을 풍자하고 비판하였다. 즉 내일의 생계를 마련하지 못하면서도 독서만 하고 손님 접대와 군수 초대 등으로 놀기만 일삼는 양반, 양식이 떨어지면 자력자급하지 않고 관곡을 타다 먹는 양반들의 무기력한 생활을 잘 표현하고 있는 것이다. 또한 당시 일반 상인들이 양반들에게 학대를

---

169  위와 같음.
170  위의 논문, 184쪽.

받으면서도 양반의 생활을 얼마나 동경하고 있었던가를 절실한 비유를 통해 표현한 작품이다.[171] 이 작품에 드러난 양반들의 무기력함과 허례허식을 통한 비합리적인 생활방식을 그들의 말과 행동으로 표출하여 신랄하게 풍자한 소설이다. 이는《삼국사기》열전에 나타난〈궁예〉의 모습에서도 확인할 수 있다. 궁예가 후고구려를 세우고 통치자로서의 정당성을 찾고자 스스로를 신격화하여 치장하고, 불승들을 불러들여 곁에 두는 등의 행동들을 세밀히 서술한 것은 바로 궁예의 부정적인 면모를 풍자한 것이다. 또한《삼국유사》에서 '지철로 왕의 옥경의 길이가 한 자 다섯 치가 되어 알맞은 짝을 얻기 어려웠다.'는 내용이나 '왕은 옥경의 길이가 여덟 치였다.'는 내용은 왕의 외형 중 가장 음밀한 부분을 과장되게 표현하여 그들의 부정적인 면모를 부각시키는 데 사용한 것은〈춘향전〉에서 양반의 우스운 형상을 통해 양반의 부정적인 면모를 드러낸 것과 닮았음을 알 수 있다.

삼국시대 서사문학에 등장하는 통치자의 형상에 있어서 부정적으로 표현된 부분들이 변이과정을 통해 후대문학 중 풍자소설에서 대상을 비판하는 양상이 문학적 연속성에 의한 것임을 발견할 수 있다. 고소설에서의 풍자는 우회적迂廻的 풍자에서 벗어나 천민경시賤民輕視, 위선적인 유학자와 양반 등의 현실 문제를 직접적으로 비판하고 있다. 특히 연암 박지원의 소설을 중심으로 활발하게 창작되었음을 알 수 있다. 문학은 진실의 추구에 있으므로 겉으로 드러난 현상을 그대로 수용할 것이 아니라 사실에 바탕을 둔 실상을 규명하는 데서 진실이 발현된다는 것은 연암 문학관의 핵심인 것이다.

지금까지 삼국시대 서사문학에 등장하는 통치자의 형상을 중심으

---

171  위의 논문, 149쪽.

로 후대문학과의 비교를 통해 삼국시대 서사문학의 의의를 찾아보고
자 하였다. 이에 통치자의 긍정적인 면모는 영웅소설에 등장하는 주
요 인물인 영웅의 형상과 비교하였다. 또한 통치자의 부정적인 면모
는 풍자소설에 있어 풍자대상에 대한 비판의식과 풍자적 서술요소와
비교하여 유사점을 발견하였다. 따라서 삼국시대 서사문학이 후대문
학에 원형적인 모티브를 제공한다는 점에서 국문학사에 있어 차지하
는 의의가 크다고 할 수 있다.


## 6. 나오는 말

　본고에서는 지금까지 삼국시대 문학을 대표하는《삼국사기》와《삼
국유사》를 대상으로 연구를 하였다. 두 문헌에 드러나는 인물, 특히
통치자를 중심으로 그들이 어떠한 양상으로 드러나는지를 유형화하
여 살펴보고, 이러한 인물의 특징이 후대문학에 어떠한 방식으로 관
련되었는지를 밝히려고 하였다.

　2. 통치자로서의 자격조건에 따른 형상에서는 통치자의 형상을 세
가지 유형으로 나누어 살펴보았다. 첫 번째는 통치자의 신성성에 관
한 내용으로 건국이나 왕위 승계 과정에서 신성성神聖性의 성립이 통
치자로서의 정당성을 입증하는데 중요한 역할을 한다는 것을 알 수
있었다. 반면 선대先代의 신성성을 이어받은 통치자라고 하더라도 그
가 하늘의 뜻, 즉 민심民心을 잃어버리거나 통치자로서의 자격을 상실
한다면 통치자는 신성성을 상실하게 되어 결국 폐위廢位가 되고, 더
나아가 나라를 망하게 할 수 있으므로 통치자에게 위민적 역할과 사
명이 무엇보다 중요했음을 알 수 있다.

두 번째는 통치자로서의 능력에 대한 형상을 중심으로 논의하였다. 건국신화建國神話뿐만 아니라 시대가 변화함에 따라 통치자의 신성성보다는 통치자의 능력이 통치자로서의 정당성을 입증하는데 중요한 역할을 하고 있다는 점을 강조하고 있음을 보았다. 특히 통치자로서의 능력은 바로 통치와 관계된 일이고, 신이한 혈통이나 기이한 탄생담보다는 능력 형상화가 현실적인 정당성을 제시하고 있는 것이다. 즉 후대로 내려올수록 통치자로서의 능력이 강조된다는 것은 그만큼 신성성을 통한 정당성을 인정받는 것보다 현실적인 의식이 반영된 것이며, 문학이 이러한 시대적 의식의 변화를 담고 있다는 것을 발견할 수 있다.

마지막으로 통치자의 자질 중에서 가장 기본이 되는 것은 바로 통치자의 인간성이다. 신성성神聖性이 있거나 비범한 능력을 갖고 있다고 하더라도 그가 윤리·도덕적으로 부적합한 통치자라면 앞의 두 가지는 모두 무용지물無用之物이 된다. 오히려 신성성이나 비범한 능력들이 부정적 형상을 강조하는 역할을 할 수 있다. 통치자의 윤리·도덕적 형상화를 통해 백성과 신하의 믿음을 얻게 되지만, 통치자로서의 자질을 인정받지 못 하고 정당성을 잃게 되는 것은 물론 신까지도 등을 돌리게 되는 결과를 낳는다. 그 결과로 부정적 인물형상에 있어서 대부분의 통치자들이 윤리·도덕성을 잃어 버렸기 때문에 역사적으로 부정적으로 형상화되는 것이다. 따라서 통치자에게 있어 가장 중요한 덕목이 바로 윤리·도덕적 자질이라고 할 수 있다.

3. 통치자의 형상에 따른 조력자의 양상에서는 통치자와 조력자의 형상에 대해 논의하였다. 조력자는 신이형과 인간형 조력자로 나눌 수 있는데, 여기에서 인간형 조력자는 충신의 형태와 지략가智略家의 형태로 세분되지만 따로 구분하여 논하지 않았다. 먼저 신이형 조

력자는 대부분 신성神聖한 힘으로 직접적인 개입과 간접적인 개입으로 볼 수 있는데 직접적인 개입은 주로 통치자의 탄생과정에 보이고, 간접적인 개입은 자연물을 통해 통치자가 어려움에 처했을 때 나타난다. 신이형 조력자의 형상은 통치자의 신성성神聖性을 강조하는 역할로 신의 직접적인 개입에서는 말할 것도 없고, 간접적인 개입에 있어서 '만파식적'이라든가 '천사옥대' 같은 신물神物을 통해 통치자의 통치를 돕는 형상으로 나타남을 알 수 있었다.

다음으로 인간형 조력자는 충신형忠臣型과 지략가형智略家型으로 나눌 수 있다. 통치자가 통치를 함에 있어 충忠의 마음을 다해 신하로써 살신성인殺身成仁의 자세로 통치자를 돕는 조력자와 일반인이 통치자가 될 때 옆에서 통치자를 이끌어주는 지략가의 역할을 하는 조력자로 나눌 수 있다. 전자의 경우 긍정적이거나 부정적인 통치자보다는 충신忠臣으로써의 조력자에게 초점이 맞춰지게 되고, 후자의 경우 통치자가 왕권을 획득하는 데 도움을 주는 대신 조력자 자신도 권력의 핵심에 들어가게 된다. 결국 조력자는 통치자의 통치권을 획득하거나 확고히 하는데 지대한 영향을 미치게 되고, 부정적인 통치자에게 충신忠臣으로서의 조력자는 통치자의 부정적인 형상을 더욱 강조하는 역할을 한다고 할 수 있다.

4. 결연과정에 나타나는 통치자의 형상에서는 통치자의 결연 형상에 대해 논의하였다. 본고에서는 신이한 결연과 계략적인 결연으로 나누어 진행하였다. 먼저 신이한 결연은 배우자나 혼인하는 과정에 신성성을 부여하여 통치자의 신성성神聖性을 더 강조할 수 있었다. 특히 이와 같은 신이한 결연은 주로 건국신화에서 등장하였는데, 이는 통치자의 신성성을 더욱 확고히 하는 역할을 하는 신화적 특성이라고 할 수 있다.

다음으로 계략적戰略的 결연은 통치자들 중에 선대의 신성성神聖性을 이어받지 못한 왕들이 있는데, 왕이 되는 과정에서 반드시 필요한 것이 계략적인 계획이 필요하다. 물론 그들은 기이한 탄생을 통해 인물의 신성함을 보이고 있으나 통치자로서의 정당성을 입증하기에는 신성성이 부족하다. 이에 계략적인 결연과정을 통해 왕은 뛰어난 두뇌를 보임으로써 통치자로서의 능력을 과시하며 정당성을 획득하게 되는 것이다. 따라서 통치자의 결연은 순수한 의미로 서사구조에 등장하는 것이 아니라 통치자로서의 정당성을 입증하는 방법으로 통치자의 신성함을 강조하거나 통치자가 될 수밖에 없는 필연적인 근거를 들기기 위해 사용되었음을 알 수 있었다.

5. 통치자 형상의 소설적 변이양상에서는 앞서 논의한 통치자의 형상을 중심으로 후대문학과의 연속성을 찾으려고 했으며, 이를 '영웅소설'과 '풍자소설'의 두 가지 측면에서 논의하였다. 먼저 영웅소설은 후대 문학에 있어서 서민의식이 반영된 대표적인 소설장르라고 할 수 있는데, 영웅소설에 있어서 영웅의 형상은 작품형성에 중요한 위치를 차지한다. 이에 통치자의 긍정적인 면모가 영웅소설의 주요인물인 영웅의 형상과 닮았음을 밝혀 후대문학과의 영향관계에 있어서 삼국시대 서사문학의 의의를 찾았다. 삼국시대의 인물설화는 왕을 신성계의 존재로 설정하면서 그의 신성존재가 민족의 구성원들에게 수용되고, 즉위하는 과정을 통해 한 인격으로서의 삶이 내포되어 있다. 예를 들어 단군신화에 따르면, 최초의 국가 고조선을 세운 이는 단군이다. 그런데 단군신화는 단군의 활약보다는 그가 태어나기 전까지의 과정에 초점이 맞춰져 있다. 신화의 주인공이 환웅이나 웅녀라고 해도 과언이 아닐 만큼 단군의 인물형상보다 그의 혈통이 중심이 되고 있는 것이다. 즉, 단군이 왕이 될 수 있었던 데에는 단군 자신의 능력보다는

환인과 웅녀 사이에서 태어났다는 혈통이 중요하게 작용했다.[172] 아마도 역사 초창기에 단순하던 사회상을 반영한다고 생각한다. '신이한 탄생과 혈통, 비범한 능력, 윤리·도덕적인 자질' 등과 함께 결연이라든가 조력자의 형상 등 모두 후대 영웅소설에서 볼 수 있는 화소話素들이다. 즉 통치자를 대상으로 그들의 삶과 사상을 그려내고 있는데 이러한 인물의 형상화가 후대에 등장하는 영웅소설의 인물형상에 나타나는 특징과 닮아 있다는 것을 알 수 있었다.

두 번째로 후대 문학에 등장하는 풍자문학에 있어서 풍자의 비판의식과 방법을 제시했다는 데 의의가 있다고 본다. 풍자문학이란 인간·사회·정치의 윤리적 타락이나 부조리를 고발하고 폭로하며, 그 대상을 야유하거나 조소하고, 비난·공격하는 문학을 뜻하는데, 여기서 폭로와 고발, 비난과 공격 등의 비판의식은 삼국시대 문학에서부터 드러남을 알 수 있다. 특히 풍자소설의 대표 작가인 박지원의 작품에 있어서 사회 현실의 부조리한 면과 양반의 위선과 패악悖惡에 대한 면에 대해 신랄하게 비판했으며, 그들을 조소하고 야유하는 방법은 이미 삼국시대부터 등장함을 밝혔다. 따라서 삼국시대 서사문학에 등장하는 통치자의 형상에 있어서 부정적인 면모를 통해 부조리한 현실을 직시하고 비판하는 의식과 풍자하는 방법을 제시하였다는 데 의의가 있다고 할 수 있는 것이다.

삼국시대 서사문학을 대표할 수 있는 《삼국사기》와 《삼국유사》는 다양한 성격을 가진 문헌으로 다방면에서 연구가 활발히 진행되고 있다. 본고에서도 이를 바탕으로 삼국시대 서사문학에 등장하는 통치자

---

172  박찬흥, 「통치자의 자질, 단군에서 이성계까지」, 《내일을 여는 역사》 30호, 내일을 여는 역사, 2007, 169~170쪽.

의 형상을 중심으로 살펴보았다. 그리고 이를 후대 문학과 비교하여 삼국시대 서사문학의 의의를 밝히는데 노력하였다. 이는 서사문학이 일정한 구조를 가진 꾸며낸 이야기로 통시적通時的으로 구전口傳되어 오면서 첨가되거나 삭제되기 때문에 매우 가변적可變的이라 할 수 있기 때문이다.[173] 따라서 후대문학에 등장하는 인물형상을 통해 삼국시대 서사문학에 내재하고 있는 문학의 원형을 고찰하는 것은 서사양식이 갖는 문학사적 의의를 찾을 수 있는 작업이 될 뿐만 아니라 후대의 문학양식으로 이어지면서 변모되는 문학 담당층의 의식세계까지 보여주고 있다는 점에서 이 글의 의의를 두고자 한다.

---

[173]  안기수, 「서사문학에 나타난 영웅인물의 형상화 방법과 의미」, 《어문논집》 32, 중앙어문학회, 2004, 118쪽.

2부

후대 설화의 통치자 형상

2장

# 《고려사》 열전 중 〈신우전〉에 나타난 통치자 형상 연구

* 이 글은 「《고려사》 열전에 나타나는 통치자의 형상 -〈신우전〉을 중심으로-」, 《인문사회논총》 제19호, 용인대학교 인문사회과학연구소, 2012.에 실린 것을 수정·보완하였다.

# 1. 들어가는 말

고려시대연구에 있어서 《고려사절요高麗史節要》와 더불어 《고려사高麗史》는 《삼국사기三國史記》 이후 기전체의 사서로 고려시대의 역사를 체계적으로 전해 주고 있다.[1] 《고려사》는 세가世家 46권, 지志 39권, 표表 2권, 열전列傳 50권, 목록目錄 2권으로 모두 139권이다. 이 중 《고려사》 열전은 역사서술의 한 형식이라는 점에서 전傳 형식은 역사기술의 한 형식이었으면서도 후대에 내려와 개인문집에서 한문 문체의 한 형식으로 채택되어졌다. 다시 말해 실재 역사 속의 인물을 대상으로 서술했던 전이 문인들의 문집에서도 같은 형식으로 나타난다. 다만 역사서의 열전은 사관의 역사인식이, 문인들의 문집에 실린 전에는 개인의 현실인식이 반영되어 있다는 것이 차이라고 할 수 있다. 역사기술의 한 형식인 전을 문학의 양식으로 전제하는 한 전의 문학성을 발견해 내야 한다. 특히 전은 서술자가 입전 대상자의 흥미로운 삶에 대한 관심보다는 특이한 삶을 통해서 그 인물의 본질적인 삶의 원리를 해명하는 데 집중한다.[2] 이러한 《고려사》 열전의 문학적 특성에 대해 지속적으로 연구가 되었지만 비교적 활발하지는 않다.

먼저 《고려사》 열전의 초기 연구는 장덕순에 의해 설화 유형이 분류되는 것[3]으로 시작되었다. 이후 조동일은 《고려사》 열전은 사실을 기술하고자 했고, 편찬의도와 밀착되는 사실이나 주장만을 소중하게 여기며 문학적인 형상화에 유의하지 않고 있음을 지적하면서도 〈윤

---

[1] 김광철, 「고려사 간신열전 소재인물에 대한 분석」, 《논문집》 3, 창원대학교, 1981, 1쪽.

[2] 김균태, 「고려사 열전의 문학성과 한계」, 《선청어문》 16, 서울대학교 국어교육과, 1988, 454~455쪽.

[3] 장덕순, 『한국설화문학연구』, 서울대학교 출판부, 1978.

관전〉, 〈김부식전〉, 〈김방경전〉의 서술방식을 고찰하였다.[4] 조태영은 서사문학적 측면에서 열전에 표현된 인물형상, 서술시각, 서술양상을 면밀히 고찰하였다. 특히 평균적인 서술량에 비해 방대한 서술이 가해진 대작들이 확장된 서술 속에서 그 체재와 구성, 서술기법 등에 있어서 열전 서술특성에 최대치를 실현하고 있음을 밝히고, 그들 가운데 고려 전·후를 대표하는 〈윤관전〉과 〈김방경전〉을 선정하여 장편열전의 서술양상을 고찰하였다.[5] 이에 공미옥은 《고려사》 열전 중 입전의도가 강화되어 풍부한 서사성을 보이는 작품들에 주목하면서 무신武臣의 난亂을 기준으로 후기 인물에 해당하는 작품들을 선정하고, 그에 드러난 장편화 된 양상을 분석하여 서사적 성격을 밝히려고 했다.[6] 그러나 고려 후기 인물전의 장편화에 대한 논의에서 가장 많은 분량을 차지한 〈신우전〉을 제외한 부분에 의문이 든다. 단지 연구자는 신진사대부에 편중되었다는 서술만 있을 뿐이다. 특히 《고려사》에서 신우는 왕으로서의 인정을 받지 못했다면 그에 대한 논의도 있어야 한다. 또한 결론에서는 인물형상화에 있어서 역성혁명과 조선 개국의 정당성이라는 이데올로기적인 측면에서 그 의의를 찾는다면 빠질 수 없는 인물이 '신우'다.

최근 이정란은 〈신우전〉의 편찬방식과 자료적 성격에 대해 논의한바 있다. 〈신우전〉의 구체적인 편찬방식과 내용을 검토하고 세가世家및 열전의 양식과 대비하여, 자료로서 〈신우전〉이 갖는 성격을 규명하였다. 특히 다양한 검토를 통해 〈신우전〉이 좀 더 철저한 방법으로

---

4    조동일, 『한국문학통사』, 지식산업사, 3판, 1994.

5    조태영, 「고려사 열전의 인물형상과 서술양상 연구」, 서울대학교 박사학위논문, 1991.

6    공미옥, 「《고려사》 후기인물 장편열전의 서사적 성격」, 부산대학교 석사학위논문, 2002

열전화 되었으면서도 여전히 세가적 속성이 잔존함으로써 〈신우전〉
이 열전의 형식에 세가적 속성과 내용이 가미된 성격을 가진 특수한
기록임을 밝혔다.[7] 하지만 이는 서지학적 입장에서 논의가 진행되었
기 때문에 작품의 내면적 특성에 대한 연구는 아니다.

　문학행위는 언어를 빌어 인간의 근원적인 삶을 형상화해 내는 작
업이며, 문학연구는 형상화된 언어예술을 분석하여 작가가 제시하려
고 했던 근원적인 인간 삶의 원리를 해명해 내는 것이라고 전제할 때,
연구자들은 서술된 작품을 통해 인간의 근원적인 삶의 존재 양식을
발견해 내야 한다.[8] 특히 문학의 표면에 나타난 이념적이고 화석화된
삶의 원리보다는 그 이면에 숨겨져 있는 삶의 존재 양식을 발견해 내
고 역사 속에서 그것이 갖는 의미를 분석해 내는 것이 문학성을 고찰
하는 가치 있는 작업이라고 할 수 있다.

　따라서 본고에서는 지금까지 문학적 논의에서 도외시度外視 된 〈신
우전〉을 대상으로 작품에 드러난 통치자의 인물형상을 통해 문학적
의의를 밝히고자 한다. 특히 그의 다양한 부정적 형상을 분석하여 역
사적 흐름을 이해하고, 개국에 대한 이데올로기적 측면에서 문학적
의의를 밝히는 데 목적이 있다. 논의의 진행을 위해 주요 텍스트는 북
한사회과학원에서 번역한 《고려사》[9]로 한다.

---

7　이정란, 「《고려사》〈신우전〉의 편찬방식과 자료적 성격」, 《한국사학보》 제48호, 고려사학
　　회, 2012.

8　김균태, 앞의 논문, 455쪽.

9　정인지 외 저, 고려사, KRPIA.CO.KR, ⓒ 2012 ㈜누리미디어 All Rights Reserved.(정인
　　지 외, 『고려사』, 허성도 역, 북한사회과학원, 1998.) 이하 작품 인용에서는 원문과 작품에
　　인용된 권수만 밝히도록 한다.

## 2. 《고려사》의 찬술 배경과 '신우'에 대한 평가

고려후기는 정치·사회·경제·문화 등 모든 분야에 걸쳐 커다란 변화와 갈등을 겪었던 시기였고, 고려사회 내부는 물론이고 한국 중세사회의 단계적 역사발전 과정의 모습을 뚜렷하게 보여준 시기였다.[10] 특히 고려 말의 시대적 상황은 혼란 그 자체였기 때문에 망국의 지경에 이르게 되었고, 결국 새로운 나라의 건설이 불가피했던 시기라고 할 수 있다.

조선은 개국 당시 역성혁명이라는 상황에 걸맞은 강력한 명분과 정당성이 요구되었기 때문에 태조는 원년 10월에 고려 역사의 편찬을 명하고, 이에 의해 정도전과 정총에 의해 태조 4년 《고려국사》가 찬진撰進되었다. 그러나 몇 가지 문제로 《고려국사》는 태종 12년~16년, 세종 원년~3년까지 개수改修가 이루어졌고, 세종 5년~6년은 수교讎校를 했으며, 그 이후 《고려사전문》을 개찬하였으나 내용이 소략하고 필삭이 공정치 못하여 또다시 세종 31년 정월에 《고려사》 편찬을 시작하여 문종 원년 8월에 완성된다.[11] 여기서 주목할 점은 《고려국사》에서부터 《고려사전문》이 백지화되는 과정에서 여말의 서술이 핵심적 문제로 논의되었다는 것이다. 이는 여말 서술이 조선 개국의 문제해명을 위한 민감한 쟁점 사안이 되고 있음을 알 수 있으며, 이러한 특징이 여말의 인물전에서 나타나는 것을 알 수 있다.

이와 같은 《고려사》 열전의 편찬배경을 생각할 때, 고려 후기에 나타나는 열전에는 어떤 구성상의 특이성을 가지고 있으며, 또한 시대

---

10    도현철, 『고려말 사대부의 정치사상연구』, 일조각, 2002, 1쪽.
11    공미옥, 앞의 논문, 4~5쪽.

상황이 입전대상을 형상화하는 데 관련되어 입전대상인물이 작품 속에서 어떻게 그려지고 있는가 하는 점들을 제기해 볼 수 있다.[12] 특히 《고려사》 열전은 모두 50권으로 되어 있으며, 후비전, 간신전, 반역전 등을 비롯해 입전대상이 상당히 다양하다. 그 중에서 마지막 5권을 할애하여 입전된 사람은 고려 말의 통치자였던 우왕 '신우'다. 신우는 혼란했던 고려시대 말기에 등장한 왕으로서 공민왕의 양아들로 소개가 된다. 그러나 《고려사》 세가에도 올라있지 않을 만큼 통치자로서 인정받지 못한 사람이었다. 단지 아래의 인용문과 같이 '공민왕의 세가'에 잠시 등장할 뿐이다.

> 갑신일에 왕이 갑자기 죽었다. 왕위는 23년 있었으며 나이는 45세였다. 왕의 성질은 본래 엄격하고 신중하였으며 행동이 예의에 맞았다. 그러나 만년에 와서 의심이 많고 조포하며 질투가 강하였고 황음에 빠졌다.
>
> 10월에 정릉의 서쪽에 장사하고 능호를 현릉玄陵이라 하였다. 신우辛禑 2년 9월 기유일에 인문 의무 용지 명렬 경효 대왕仁文義武勇知明烈敬孝大王이란 시호를 주었고 11년 9월 병자일에 명나라가 공민恭愍이란 시호를 주었다.[13]

위의 인용문에는 공민왕의 죽음만 명시되어 있고, '신우'와 관련된 내용은 단지 공민왕의 시호가 내려진 시기를 언급하는 대목에서만

---

12    위의 논문, 5쪽.

13    《고려사》 제44권 - 세가 제44 - 공민왕 갑인 23년(1374) 甲申 王暴薨 在位二十三年 壽四十五王性本嚴重動容中禮 至晚年猜暴忌克荒惑滋甚 十月 葬于正陵之西陵曰玄陵 辛禑二年 九月 己酉 諡曰仁文義武勇智明烈敬孝大王十一年 九月 丙子, 大明賜諡曰恭愍.

제시될 뿐이다. 이처럼 '신우'가 고려역사에서 왕의 세가에 들 수 없
는 이유는 그가 공민왕의 친자가 아니기도 했지만 그의 말로末路가 부
정적이었기 때문이다. 그는 《고려사》 열전에 입전되는 반역자 '신돈'
의 아들로 태어났다. 신돈이 자신의 아들인 '모니노牟尼奴'를 공민왕
에게 양자로 권하자 아들이 없는 것을 근심한 공민왕은 양자로 받아
들인다.

> 신우의 아명은 모니노牟尼奴이니 신돈辛旽의 비첩婢妾 반야般若의
> 소생이다. …… 공민왕이 항상 아들 없음을 근심하던 차에 하루는
> 미행으로 신돈의 집에 가니 신돈이 그 아이를 가리키면서 말하기를
> "원컨대 전하께서는 이 아이를 양자로 삼아서 뒤를 이으소서"
> 라고 하였다. 이때 왕이 아이를 곁눈으로 보고 웃기만 하고 대답
> 하지 않았다. 그러나 마음속으로는 이에 동의하였던 것이다. 신돈은
> 그의 도당인 오일악吳一鶚을 은밀히 시켜 소원문을 써가지고 낙산사
> 洛山寺 관음보살 앞에 가서 기도하게 하였는데 그 글에 이르기를 "원
> 컨대 당신의 제자 신돈의 혈육分身인 모니노가 수명과 복록을 가지
> 고 이 나라에 살게 하여 주십시오"라고 하였다.[14]

위의 내용은 〈신우전〉 처음에 제시된 부분이다. 신우의 아명이 모
니노이며 신돈의 비첩 반야의 소생으로 등장한다. 공민왕이 무자無子
를 걱정하던 차에 신돈이 양자로 삼으라는 말을 겉으로는 인정하지
않았지만 이미 마음속으로는 동의하였다. 여기에 신돈은 자신의 욕망

---

14  《고려사》 제133권 - 열전 제46 - 신우 1 辛禑小字牟尼奴旽婢妾般若之出也 …… 恭愍王常
    憂無嗣一日微行至旽家旽指其兒曰 願殿下爲養子以立後 王睨而笑不答然心許之旽密令
    其黨吳一鶚爲書祈洛山觀音云 願令弟子分身牟尼奴福壽住國

을 이루기 위해 낙산사 관음보살에게 기도를 하고, 결국 그의 뜻대로 모니노는 공민왕의 양아들이 된다. 그러나 혹자는 신우가 신돈의 친자가 아닐 것이라고 밝히고 있다.

혹자는 말하기를 "처음에 반야가 임신해서 만삭이 되자 신돈이 자기의 친구인 중 능우能祐의 어머니 집으로 반야를 보내 해산시켰고 능우의 어머니가 이 아이를 길렀었는데 첫돌이 못되어 죽었다. 능우는 신돈의 책망이 두려워서 죽은 아이와 얼굴이 비슷한 아이를 사방으로 탐구하다가 이웃에 있는 병졸의 아이를 훔쳐서 딴 곳에 두고 신돈에게 말하기를 '아이가 병이 났으니 처소를 옮겨서 키우도록 하여 달라'하니 신돈이 이를 승낙하였다. 그 후 1년이 지나 신돈이 그 아이를 데려다가 자기 집에서 양육하였는데 동지밀직 김횡金鋐이 보내 준 여종 김장金莊을 유모로 삼았다. 그러므로 반야도 그것이 자기 아이가 아닌 줄을 몰랐다"고 하였다.[15]

신돈의 비첩 반야가 만삭이 되어 능우의 집에서 해산을 했으나 능우의 어머니가 잘못해 아이가 죽게 되자, 능우는 신돈의 책망이 두려워 병졸의 아이를 훔쳐 신돈의 아이로 삼았는데 병을 핑계로 1년 동안 보지 못한 반야도 그의 아들인지 몰랐다는 내용이다. 이러한 신우의 혈통에 대한 부정적인 형상은 신우가 통치자로서 인정받지 못했기 때문이다. 실제로 공민왕은 신우를 양자로 들일 때 자신이 밖에서 나온

---

15  《고려사》제133권 - 열전 제46 - 신우 1 或云 初般若有身滿月旽令就友僧能祐母家産能祐母養之未期年兒死能祐恐旽議旁求貌類者竊取隣家隊卒兒置諸他所告旽曰 兒有疾請移養 旽諾 居一年 旽取養于家以同知密直金鋐所賂婢金莊爲乳媼般若亦未知爲非其兒也

자식으로 포장하여 혈통에 문제 삼지 않도록 조치를 취했으나 통치자의 부정적 결말을 통해 그의 혈통도 부정적으로 형상화되고 있는 것이다.

> 그 후 신돈을 수원으로 귀양 보내게 되었는데 왕이 근신들에게 말하기를,
> "내가 일찍이 신돈의 집에 갔을 때에 그 집 여종과 내통하여 아들을 낳았으니 그 아이를 경동시키지 말고 잘 보호하라!"고 하였으며 신돈을 죽인 후 왕은 모니노를 데려다가 명덕 태후의 궁전明德太后殿에 두고 수시중守侍中 이인임李仁任에게 이르기를 "맏아들이 있으니 나는 근심 없다"라고 하고 계속해서 말하기를 "신돈의 집에 아름다운 여자가 있는데 자식을 낳을 수 있다는 말을 듣고 내가 가까이 하였더니 이 아이를 낳았다"라고 하였다.[16]

우왕은 《고려사》에서 통치자로서의 대접을 받지 못한다. 세가에서도 빠졌으며, 열전에서조차 왕호로 불리지 않는다. 기록에는 모두 '신우'라는 이름을 그대로 사용하였다. 과거 한 나라의 통치자는 반드시 그 혈통이 신성함을 들어 통치의 정당성을 획득했다. 물론 통치자의 신성함이 대부분 건국신화에서 보이지만 우리나라는 전통적으로 직계존속直系尊屬을 원칙으로 왕권이 이어졌기 때문에 이미 건국신화에서 획득한 신성성은 굳이 따로 밝힐 필요가 없었다. 즉, 선왕의 후손인 것으로도 충분히 통치자로서의 정당성이 성립되기 때문인데, 선대

---

16  《고려사》제133권 - 열전 제46 - 신우 1 及旽流水原王語近臣曰 予嘗至旽家幸其婢生子 母令驚動善保護之 旽旣誅王召牟尼奴納明德太后殿謂守侍中李仁任曰 元子在吾無憂矣 因言 有美婦在旽家聞其宜子遂幸之乃有此兒

의 피를 물려받은 왕족이 아닐 경우 그에 대한 신성성이 필요하지만 신우의 경우에는 그런 것조차 존재하지 않았다. 물론 그가 통치자로서 부정적인 면모를 드러냈기 때문이기도 하나 이러한 혈통에서부터 신성성을 부여받지 못했기 때문에 역사에서조차 그를 왕으로 인정하지 않는 것이다. 따라서 《고려사》 열전에 등장하는 신우의 형상을 구체적으로 살펴보겠다.

## 3. 《고려사》 열전에 나타난 '신우'의 형상

### 1) 통치자로서의 형상

신우가 공민왕의 눈에 들어 양자가 된 것은 그의 됨됨이가 남달랐기 때문일 것이다. 공민왕의 뒤를 이어 그가 왕이 된 나이는 10세로 아직 정치를 하기에는 부족한 면이 있었으나 공민왕의 기대처럼 통치자로서의 면모를 보인다.

> 신우가 서연관을 불러서 글을 강독하려 할 때에 내시 김현金玄이 "매월 휴가일에는 강독을 정지하는 것이 좋겠다"라고 말하였으나 신우는 "글 읽는 것은 정무를 보는 것이 아니어늘 휴일이라 해서 어찌 그만두겠느냐?"고 하면서 드디어 강독석에 나갔다.[17]

---

17 《고려사》 제133권 - 열전 제46 - 신우 을묘 원년(1375) 禑欲召書筵官講書臣者金玄曰 每月暇日宜停講 禑曰 讀書非視事何可廢也 遂出講

신우는 김현金玄이 쉬는 날에는 강독을 정지하는 것이 좋겠다고 하자 글 읽는 것이 정무를 보는 것이 아니므로 휴일이라 해서 그만둘 수 없다며 강독석에 나간다. 물론 이 부분이 통치자로서의 면모라고 강조할 수 없으나 왕이 된 나이가 10살밖에 안 됐다는 점을 감안한다면 어린 나이임에도 불구하고 일의 옳고 그름을 판단할 수 있는 능력이 있었음을 알 수 있다. 다음 예문에서는 이보다 더 통치자로서의 면모를 보여주고 있다.

> 6월. 대언代言 이원횡李元紘이 기우제에 쓸 향香을 봉封하면서 그 축판祝板(축문)을 잊어버리고 오랜 후에 생각이 나서 축판을 가지고 와서 서명押을 청하니 신우가 성내어 말하기를 "제사에 관한 일은 삼가해서 하지 않으면 안 되는 것인데 어찌 그처럼 태만하느냐?"고 꾸짖었다.
>
> 가뭄이 심하여 술을 금하였다. 그리고 신우가 재상들에게 말하기를 "궁중에서도 역시 술을 쓰지 말아야 한다"고 하였다. 재상들이 대답하기를 궁중에서까지 금주할 필요는 없다고 하니 신우가 말하기를 "나는 식성이 술을 좋아하지 않으므로 이제부터 다시는 술을 마시지 않겠다"라고 하였다.[18]

평소 6월은 우리나라에서 장마기간이 있는 때로 많은 비가 내려 농작물에 충분한 수분을 공급해주는 기간이라 할 수 있다. 물론 그 정도에 따라 해가 될 수도 있으나 농경사회에서 충분한 비는 없어서는 안

---

18 《고려사》 제133권 - 열전 제46 - 신우 병진 2년(1376) 六月 代言李元紘封雩祭香忘其祝板久而請押禑怒曰 祀事不可不愼爾何慢耶 以大旱禁酒禑謂宰相曰 宮中亦不宜用酒 宰相以爲不可禑曰 予性不好酒自今不復飲

되는 조건이다. 그러나 비가 내리지 않는 것은 농업에 큰 영향을 미친다. 물론 나중에 올 수도 있으나 그것 또한 농업에는 좋지 않은 현상이다. 결국 정상적인 수확이 불가능하다는 것이고, 이는 백성들의 생활과도 밀접한 관계를 맺고 있기 때문이다. 따라서 만백성의 어버이인 통치자는 이러한 점을 감안하여 통치를 해야 하는데 위의 예문에서 바로 통치자로서 갖춰야할 면모를 보여주고 있다. 그는 아직 어린 나이임에도 불구하고 가뭄을 위한 기우제를 태만히 하는 신하들을 꾸짖고, 재상들에게 가뭄이 심함을 이유로 궁중에서도 술을 금하라 명한다. 이에 재상들이 궁중에서까지 금주할 필요가 없다고 하니 신우는 스스로 술을 좋아하지 않으므로 술을 마시지 않겠다고 한다.

> 간의諫議 이열李悅이 상소문의 초고를 써서 바쳤더니 신우가 대언 이원횡李元紘에게 묻기를 "이 글은 어느 날 쓸 것인가?"라고 한즉 이원횡이 "오늘 저녁에 쓸 것입니다"라고 대답하였다.
>
> 그런즉 "언제 다시 복사하여 서명을 받겠느냐?"고 책망하였으며 또 예문관 검열藝文館檢閱 김이음金爾音에게 대하여는 그 상소문을 미리 작성하게 하지 않은 잘못을 추궁하여 그를 순군옥巡軍獄에 가두었다. 재삼 목인길睦仁吉 등이 김이음을 석방할 것을 청하니 우가 말하기를 "명령이 너무 경솔하게 되니 급하게 석방할 수 없다"라고 하고 거부하였다. 목인길 등이 재차 청하게 되자 비로소 석방하였다.[19]

위의 인용문에서는 정사를 돌봄에 있어 신하들의 게으름을 책망하

---

19  《고려사》제133권 - 열전 제46 - 신우 병진 2년(1376) 諫議李悅製▨文以進禑問代言李元紘曰 此▨用於何日 對曰 在今夕 曰 然則當復何時寫之而受押 又以藝文檢閱金爾音不豫令作▨囚巡軍獄宰樞睦仁吉等請禑曰 命令大輕未可遽釋 仁吉等再請乃釋之

는 형상이 드러난다. 그는 상소문의 초고를 보며 언제 복사하여 서명을 받겠느냐고 책망하였으며 예문관에게는 상소문을 미리 작성하게 하지 않은 것을 추궁하여 순군옥巡軍獄에 가둔다. 그의 행동이 지나침이 있으나 국가의 일을 가볍게 여기지 않는 통치자로서의 면모를 보여준다. 마지막으로 다음은 도당에 내린 교서의 내용이다.

신우가 다음 내용의 교서를 도당에 내렸다.

"이제 듣건대 변방 주민들이 적에게 포로 되었다가 요행 도망쳐서 귀환해도 모두 적의 간첩으로 지목하여 덮어놓고 죽인다는데 이것은 심히 옳지 않은 일이다. 고향 떠난 사람마다 제 고향을 생각하고 그리워하는 것은 인정에 당연한 일이다. 하물며 부모 처자가 있는 사람으로서 그 누구나 돌아올 생각을 하지 않겠는가? 다만 죽는 것이 두려워서 도적을 따라갔을 따름이다. 그러므로 이제부터는 적에게서 도망쳐 돌아온 사람을 반드시 표창할 것이며 비록 실지로 간첩행위를 한 자라도 죽이지 말고 관청에서 금품과 식량을 주어 그 생활을 보장할 것이다. 만약 왜놈을 죽이고 돌아온 사람이 있다면 상을 주고 등수를 올려 주라! 그리고 이 지시를 변방 고을들로 하여금 일반에게 게시하게 하라! 그리고 만일 이 지시를 위반하는 자는 처벌한다."[20]

전란이 끝난 후 포로로 잡혀갔다가 다행히 도망쳐 귀환한 백성들

---

20    《고려사》 제133권 - 열전 제46 - 신우 정사 3년(1377) 禑下書都堂曰 今聞邊民被虜於賊幸
      而逃還皆指爲賊諜輒殺之甚不可也夫思鄕懷土人情之常況有父母妻子者孰不思還 特畏
      死從賊耳自今凡逃還者必加褒賞雖實諜者母得殺戮官給資粮以遂其生如有斬倭還者賞
      之加等 其令邊郡張榜以示 違者罪之.

을 죽이는 처사에 대해 신우가 그들을 받아들이라 명하는 모습에서 백성을 귀하게 여기는 마음을 보여준다. 고향 떠난 사람마다 제 고향을 그리워하는 것은 당연한 일이므로 죽는 것이 두려워 도적을 따라갔을 뿐이니 적에게서 도망쳐 돌아온 사람을 표창하며 간첩 행위를 한 자라도 죽이지 말고 생활을 보장할 것을 명한다. 또한 만약 이를 어기는 자를 처벌할 것을 엄하게 명한다. 이러한 면은 백성을 사랑하는 군주의 모습을 여실히 보여주는 것이라 할 수 있다.

신우는 고려 왕의 후손이 아니라 양자로서 기록되었기 때문에 실제 왕족이라 할 수 없으나 공민왕의 선택으로 왕자가 되고, 공민왕의 뒤를 이어 14년간 고려의 통치자로 지낸다. 아무리 고려 왕족의 피를 이어받지는 않았다고 해도 공민왕은 어린 나이임에도 불구한 신우에게서 범인凡人과는 다른 면모를 발견하였기 때문에 양자로 받아들일 결심을 하게 된 것이다. 물론 공민왕이 주장하는 바에 따르면 신우는 왕족의 피를 이어받았다고 할 수는 있으나 기록상으로는 양자가 분명하다. 그럼에도 그가 공민왕의 양자가 되어 왕이 되었던 것은 위에서 살펴본 바와 같이 통치자로서의 면모가 있었기 때문이라 볼 수 있다.


## 2) 통치자의 부정적 형상

《고려사》가 조선 초에 완성되었다는 것을 감안할 때 고려 말 나라를 위태롭게 했던 마지막 왕들에 대한 부분은 그리 곱게 서술할 수 없었을 것이다. 특히 전왕을 무시하고 새로운 나라를 건립한 조선 초의 관리들은 과거를 부정해야 자신들의 반란이 개혁이 되고, 혁명이 되는 것이다. 따라서 국운이 다한 고려 말 통치자에 대한 서술은 비교적 부정적인 형상으로 나타나기 마련이다. 나아가 신우는 고려왕조의 후손으로서 왕이 된 것이 아니라 고려왕의 정통성을 물려받지 못한 통치자이기 때문에 더욱 그러한 면이 신랄하게 드러나는 것이다. 이러한 신우의 부정적인 형상은 몇 가지 패턴을 가지고 나타나는 것을 알 수 있다.

### (1) 생명의 존엄성을 상실한 사냥꾼

신우는 다양한 취미생활을 갖고 있었으나 그 중에 가장 활발히 즐겼던 것은 바로 사냥이었다. 예로부터 사냥은 힘의 상징이 되었고, 통치자로서는 의무적으로 즐길 수 있는 놀이가 바로 사냥이었다. 따라서 통치자인 신우가 사냥을 하는 것은 문제가 되지 않는다. 다만 그 방법과 정도에서 너무 지나쳤기 때문에 열전 곳곳에 그에 대한 신하의 걱정과 우려가 동반된다.

> 우가 서울의 성 동쪽에서 사냥하고 다음날에 백안교伯顔郊에서 사냥하였는데 최영 등이 짐승을 신우가 있는 곳으로 몰아가니 신우가 활로 쏘아 맞혔다.[21]

위의 내용은 신우가 왕이 된 지 6년이 되던 해에 관한 내용이다. 그는 이때까지만 해도 보편적인 사냥을 했다. 다만 사냥에 대한 그의 관심이 날로 커지고 있어 그의 사냥에 대한 내용이 빈번히 등장한다.

---

21  《고려사》 제134권 - 열전 제47 - 신우 경신 6년(1380) 禑獵于城東翼日又獵于伯顔郊崔瑩
等驅獸而前禑射中之

신우가 임치 등을 데리고 마을로 돌아다니며 닭과 개를 때려잡았
는데 사람들이 그가 누구인지 알지 못하고 욕설을 하므로 피해 달아
났다. 또 불일사佛日寺 들에서 사냥하였다.[22]

위의 인용문에는 신우가 사냥을 즐겨 하였으나 산이 아닌 마을로
돌아다니며 닭과 개를 때려잡았다고 한다. 심지어 살생殺生이 금지된
사찰寺刹 앞에서 사냥을 하는 등 비정상적인 행동을 하는 모습이 그려
진다. 이로써 그는 자비롭고 인자한 통치자의 형상에서 멀어지고 있
음을 보여주는 것이다. 다음은 그의 특이한 사냥 방법을 보여준다.

신우가 임치 등을 데리고 마을 골목을 돌아다니면서 끈끈한 액체
를 칠한 장대로 참새를 잡아다가 담 밑에서 불에 구어 먹었다.
신우가 일을 보지 않고 날마다 아이들과 함께 마을로 돌아다니며
닭과 개를 때려잡곤 했으나 재상이나 간관 중에서 간하는 사람이 없
었다.[23]

신우는 끈끈한 액체를 칠한 장대로 참새를 잡아 담 밑에서 불에 구
워 먹고, 아이들을 데리고 닭과 개를 때려잡곤 했다. 참새를 사냥하는
방법도 비정상적이지만 닭과 개를 때려잡을 때 아이들을 데리고 갔다
는 것도 상식적으로 이해할 수 없는 행동이다.

---

22  《고려사》 제134권 - 열전 제47 - 신우 경신 6년(1380) 禑率林▨等擊雞犬于閭里里人不知
    而罵之禑走避 又獵于佛日寺之野
23  《고려사》 제134권 - 열전 제47 - 신우 경신 6년(1380) 禑率林▨等持竿黏雀于閭巷炙于墙
    下而啖之禑不視事日與群少馳騁閭里擊殺雞犬宰相諫官莫有規諫者

신우가 교외에서 사냥하다가 목축하던 말馬들을 모아 놓고 자기 손으로 올개미를 던져서 말을 옭아 잡았다.[24]

신우가 남교에서 사냥하였다. 그리고 그는 어린 내시, 내승內乘, 악소년들을 데리고 마을로 말 타고 돌아다니면서 닭이나 개를 때려 죽이고 남의 말과 안장을 강탈하였다.[25]

교외에서 사냥하다가 목축하던 말들을 모아 놓고 자기 손으로 올 개미를 던져서 말을 옭아 잡기도 하고, 남교에서는 말 타고 돌아다니 면서 닭이나 개를 때려죽이고 남의 말과 안장을 강탈하는 등 그는 생명에 대한 존엄성을 상실한 채 사냥을 한다. 더불어 신하들이 이를 말리자 다음과 같은 이유를 댄다.

신우가 사냥을 나가려 하므로 이인임과 최영 등이 제지를 하니 신우가 말하기를

"나는 본시 사냥을 좋아하지 않았는데 여러 재상들이 사실 그렇게 인도해 준 것이다. 또 경卿 등은 사냥을 좋아하는데 날아다니고 농작물을 밟지 않는가?"라고 하였다.[26]

사냥을 나가려는 신우를 말리는 이인임과 최영에게 자신은 원래

---

24  《고려사》 제134권 - 열전 제47 - 신우 신유 7년(1381) 禑獵于郊聚牧馬手飛索以▩之
25  《고려사》 제134권 - 열전 제47 - 신우 임술 8년(1382) 禑畋于南郊 禑與閹豎內乘惡少輩 馳糭閭閻擊殺雞犬奪人鞍馬
26  《고려사》 제134권 - 열전 제47 - 신우 경신 6년(1380) 禑欲出獵李仁任崔瑩等止之禑曰 吾素不好鷹犬諸相實導之也且卿等好遊畋能飛過不蹂禾稼耶.

사냥을 좋아하지 않았는데 여러 재상들이 인도하였기 때문이라고 한다. 또한 사냥을 하는 것은 날아다니며 농작물을 밟기 마련이므로 자신을 제지할 이유가 없다고 하는 것이다.

인간의 생명에 대한 존엄성을 상실하여 충언을 하는 신하를 철퇴로 쳐 죽인 '궁예'의 모습과 닮았다. 궁예의 말로末路가 비극적임을 볼 때 신우의 이러한 비정한 사냥꾼으로서의 형상은 폐위가 마땅함을 직접적으로 보여준다. 그러나 앞서 언급했던 것처럼 그가 통치자로서의 면모를 갖추었다고 해도 통치권을 획득한 나이가 10세라는 점을 감안한다면 충분히 이해할 수 있는 부분이다. 호기심이 풍부한 어린 아이로서 주변의 아이들과 어울려 장난을 치는 모습은 평민의 어린이와 같다고 하나 그가 통치자였기 때문에 이와 같이 부정적 형상으로 드러나는 것이다.

### (2) 잡학雜學에 대한 집착

통치자는 어느 한 분야의 학문을 집중적으로 배워야만 하는 것은 아니다. 평범한 학자들보다는 다양하고 깊게 학문을 익혀야 하기 때문에 어릴 때부터 여러 명의 스승 밑에서 학문을 익힌다. 그러나 학문에 대한 비중은 있다. 통치자로서 정치와 관련된 학문은 끊임없이 갈고 닦아야 하지만 잡학에 대한 공부는 오히려 멀리해야 한다. 그러나 신우는 다른 학문들보다 특히 잡학에 관심이 많았으며 이에 대해서는 고집불통이었다.

6월에 신우가 미행微行으로 야장간에 가서 야장 도구를 가져다가 궁중에 야장간을 설치하였다. 그 주인이 최영에게로 가서 고하였다. 최영이 그를 가두고 궁중으로 들어가서 궁중에 야장간을 설치하지

말라고 청하니 신우가 노해서 근신近臣을 시켜 야장간 주인을 구타하였다.[27]

위의 내용은 신우가 미행으로 야장간에 갔다가 야장 도구를 가져다가 궁중에 야장간을 설치하였는데 최영이 말리자 그에게 고한 야장간 주인을 구타하였다는 것이다. 야장은 군왕으로서 접하기 힘든 기술이나 신우는 이러한 학문에 관심이 많았던 것 같다. 특히 다음에서 보이는 내용은 이를 더욱 확실하게 한다.

신우가 거울鏡 주조하는 법을 배우고자 하여 거울 만드는 장인을 불러 왔다.[28]

신우가 내시를 보내 화살 제조공 송부개宋夫介에게 술과 솜 5근을 주고 뒤따라 그 집으로 갔다. 송부개의 화살 만드는 재조가 정교함을 보고 기뻐서 드디어 그에게 안安이라는 이름을 지어 주었다. 이때부터 공장이工匠 집이란 안 가서 본 집이 없었으며 또 곧 그들의 기술을 심히 정교하게 모방하였다.[29]

앞서 그는 야장간에 대한 관심을 보였으며 위의 두 인용문에서 보듯 거울을 주조하는 법을 배우고자 거울 만드는 장인을 부르기도 했

---

27 《고려사》 제134권 - 열전 제47 - 신우 경신 6년(1380) 六月 禑微行至冶家取鍛具置冶禁中其主奔告崔瑩瑩囚之乃詣闕請勿置冶禑怒命近臣毆其主

28 《고려사》 제134권 - 열전 제47 - 신우 경신 6년(1380) 禑欲學鑄鏡召鏡匠

29 《고려사》 제135권 - 열전 제48 - 신우 갑자 10년(1384) 禑遣宦者賜矢人宋夫介酒及綿五斤繼至其家悅其工於矢遂命名曰安自是百工之家無所不至輒効其所爲甚精

고, 화살 제조공을 따라가 화살 만드는 송부개의 정교함을 보고 그에게 이름을 지어주는가 하면 심지어 그들의 기술을 정교하게 모방할 수 있을 정도가 되었다.

이와 같이 그의 관심은 정치나 학문이 아닌 잡학이었는데, 이러한 형상은 그가 통치자로서 이미 적당한 인물이 아님을 보여주는 예가 될 수 있다. 특히 손 기술이 뛰어나 화살 만드는 기술을 정교하게 모방하였다는 것은 이미 그가 장인匠人으로서의 능력이 있었음을 보여주는 단적인 예라 볼 수 있다. 그가 통치자로서 긍정적 형상화가 필요했다면 이는 오히려 긍정적 효과를 나타내거나 칭찬받을 수 있는 것이다. 그러나 부정적 통치자의 형상화가 불가피했기 때문에 이러한 능력도 부정적으로 표현되었다고 할 수 있다.

### (3) 잘못된 승마생활

신우는 어릴 때부터 승마를 즐겼다. 승마와 함께 매 사냥도 연습했으며, 승마에 대한 애착으로 열전 곳곳에 승마를 했다는 기록이 있다. 통치자에게 승마와 매 사냥은 통치자로서 연습해야 하는 학문이자 놀이라고 할 수 있다. 신우도 왕위에 오르자 사냥을 비롯해 승마를 연마한다.

> 신우가 북원北園에 나가서 말 타기를 연습하였으며 장杖치기를 구경하였다.[30]

위의 인용문은 신우가 처음 승마 연습을 한 내용이다. 초반에 승마

---

30  《고려사》제133권 - 열전 제46 - 신우 병진 2년(1376) 禑出北園習騎馬又觀弄杖戲

를 하는 그의 모습은 부정적인 형상이 아니었다. 그러나 시간이 지날수록 그의 부정적인 형상은 승마에 대한 서술에서도 보인다.

> 신우가 남의 말을 탈취하여 타고 놀러 나다녔다. 그때에 내승도감이 헌부의 탄핵받은 것을 무서워하여 감히 말을 내주지 않기 때문에 신우가 자주 남의 말을 탈취하여 탄 것이다. 때문에 궁궐에 들어가는 사람들도 모두 자기의 말을 감추었다.[31]

> 신우가 남의 말을 강탈하여 타고 놀러 가서 손에 철장을 잡고 다니다가 개만 보면 때려 죽였는데 하루 사이에 때려죽인 개가 혹 20여 마리에 달하기도 하였다.[32]

두 인용문에서 보듯 신우는 승마를 할 때 남의 말을 훔쳐 탔으며, 첫 번째 인용문에서 보듯 자주 남의 말을 훔쳐 타고 다녔기 때문에 사람들은 궁궐에 들어갈 때마다 말을 감추기까지 했다고 한다. 두 번째 인용문에서도 그는 남의 말을 훔쳐 타고 다니며 마을의 개를 보기만 하면 때려 죽였는데 하루에 20여 마리에 달하기도 했다고 한다. 이렇듯 그는 승마를 즐길 뿐이지 가축에 대한 측은지심惻隱之心을 갖고 있지 않은 비정한 인물로 나타난다. 그러나 그가 통치자가 되었던 나이가 어렸고, 제대로 된 정신적·신체적 성숙이 되어있지 않았기 때문에 사물에 대한 올바른 판단을 기대하기 어려웠을 것이다. 자신의

---

31  《고려사》 제134권 - 열전 제47 - 신우 신유 7년(1381) 禑奪騎人馬出遊時內乘畏憲府不敢非時進馬故禑頻奪人馬於是詣闕者皆匿其馬

32  《고려사》 제134권 - 열전 제47 - 신우 신유 7년(1381) 禑奪騎人馬出遊手執鐵杖遇狗擊殺之一日所殺或至二十餘

즐거움만 생각하고 다른 사람에 대한 배려를 아직 인지하지 못했을 나이임을 고려한다면 이와 같은 부정적인 형상은 당연한 결과로 볼 수 있다.

### (4) 비정상적인 유희 방법

신우는 10세에 왕위에 올라 정사를 돌보는 것이 불가능했을 것이다. 그러나 무작정 제신들의 손에 맡길 수 없는 것이 바로 왕이라는 자리다. 그는 왕이 되었으나 아직 왕으로서의 자질을 갖추지는 못했다. 어린 아이로 한 나라의 군주가 되었으니 어린 시절 누구나 하는 유희를 경험하지 못했다고 할 수 있다. 어른이 아니나 어른이 된 신우는 쉽게 말해 놀 줄 몰랐던 것이다. 그래서 다음과 같은 유치한 놀이를 한다.

> 신우가 소수들을 시켜서 후원에다가 함정을 파 놓았는데 지신사 이존성李存性이 처음으로 빠졌다. 신우는 날마다 이런 장난들을 하면서 즐겼다.[33]

신우는 후원에 함정을 파 놓고 누군가 빠지게 하는 장난을 하면서 즐거워한다. 그가 아직 성인이 되지 않았음을 고려해본다면 이는 놀랄만한 일이 아니다. 그러나 통치자에게 이러한 놀이는 단순히 유치함에서 끝나는 것이 아니다.

---

33 《고려사》제134권 - 열전 제47 - 신우 경신 6년(1380) 禑令小竪坑坎後苑給知申事李存性陷之 日以此等戲爲樂

신우가 전상殿上에서 잡된 놀음을 할 때에 엿보는 자가 있으면 당장 잡아다가 형장을 쳤다.…… 신우가 마을 골목에 나가 놀면서 개를 쏘아 죽였다 이때부터 날마다 개와 닭을 쏘아 죽이기를 상사로 하였기 때문에 서울 안에는 개와 닭이 거의 없어졌다.[34]

자신이 잡된 놀음을 할 때 엿보는 자가 있으면 잡아다가 형장을 치고, 마을 골목에 나가 놀면서 개를 죽이고, 날마다 개와 닭을 쏘아 죽이기에 서울 안에 개와 닭이 거의 없어졌을 정도다. 비정상적인 유희 방법으로 스스로의 욕구를 충족하려고 하나 자신의 신분을 이용하여 잔인한 행동을 하는 것을 일상으로 삼게 된다. 이에 그를 꾸짖을 존재가 없는 것도 문제라고 할 수 있다.

9월에 신우가 어린 아이들을 데리고 후원에서 말 달리기를 하며 새끼를 던져 말을 붙잡는 등 못할 장난이 없었다. 또 신우가 궁전 지붕으로 올라가서 기왓장 부스러기를 던져 사람을 맞혔다. 또 후원으로 가서 상호군 문달한文達漢과 지신사 이존성으로 더불어 활쏘기를 연습하였는데 이존성의 갓笠을 벗겨서 과녁으로 썼다.[35]

어린 아이들을 데리고 후원에서 말 달리기를 하며 새끼를 던져 말을 붙잡는 등의 장난들을 하고, 심지어 이제 지붕으로 올라가 기왓장

---

34  《고려사》 제134권 - 열전 제47 - 신우 경신 6년(1380) 禑登殿戱有窺者輒執而杖之…… 禑
   出遊里巷射狗自是射殺雞犬日以爲常城中雞犬幾盡
35  《고려사》 제134권 - 열전 제47 - 신우 경신 6년(1380) 九月 禑率群少馳馬後苑或手自飛
   索以▩馬無所不爲 禑升殿上手瓦礫擊人又入後苑與上護軍文達漢知申事李存性習射取
   存性笠爲的

을 던져 사람들을 맞히는 등 어느덧 위험한 놀이의 대상이 가축에서 인간으로 바뀐다. 또 문달한文達漢과 이존성李存性의 갓을 벗겨 과녁으로 활쏘기 연습을 하는 등의 행위는 그가 더 이상 어진 군주가 아닌 폭군임을 보여주고 있다. 이로써 그의 비정상적인 유희 방법은 아직 성숙되지 않은 군주의 형상을 보여주고 있으며 더불어 잔혹한 형상은 그를 폭군으로 인식하게 한다.

### (5) 음란한 성생활

한 나라의 통치자는 왕실의 번영을 위해 많은 자손을 원한다. 고대로부터 왕권을 물려받는 인물은 한 명뿐이지만 그들의 주위에서 힘이 되어주는 왕족의 번영을 위해서는 여러 후궁을 두는 것이 당연한 처사이다. 이에 통치자의 혈통을 이어주는 후궁은 왕후가 아니더라도 선출과정에는 그에 대한 의식과 절차를 밟아야 한다. 그러나 이러한 성생활이 문란해진다는 것은 통치자로서의 통치권을 상실하기에 충분한 원인이 된다. 삼국시대 의자왕도 '해동증자'라 불리며 성군의 소리를 들었으나 말년에 사치와 향락에 빠져 나라를 잃게 된다. 신우도 이러한 음란한 성생활이 극도로 드러나고 있다.

> 신우가 내수內竪들로 더불어 밤에 밀직사 유수柳遂의 집에 가서 그의 딸을 내 놓으라고 하므로 유수가 말하기를
> "신이 딸을 둔 것은 온 나라 사람들이 다 아는 바입니다. 만약 예식을 갖추어 성혼한다면 내가 감히 명령에 복종치 않겠습니까?"라고 하였는데 이 밤에 신우가 그 집에 5차나 갔으나 끝내 뜻을 이루

지 못하였다. 그런데 유수遂는 즉 유영柳榮이었다.[36]

신우는 무작정 밀직사 유수柳遂의 집에 가서 그의 딸을 내 놓으라 성화를 한다. 이에 유수는 예식을 하여 성혼한다면 받아들이겠다고 하였으나 신우는 5차례나 찾아간다. 앞서 밝혔듯 임금이 후궁을 맞이할 때는 그에 맞는 절차와 예식이 필요하며, 특히 아무리 왕이라고 하나 사대부의 여식女息이 혼례를 치르지 않고 사내와 통정을 한다는 것은 여인으로서 받아들이기 힘든 요구라고 할 수 있다. 그러나 신우는 아랑곳하지 않고 무조건 고집을 부린다. 이 전에도 여인에 대한 그의 관심이 지대했으나 본격적인 관심이 이때부터 보인다.

　　신우가 여러 기녀들을 궁중으로 불러 들여 밤을 새우면서 놀았는
　　데 이때부터는 빠지는 날이 거의 없었다.[37]

신우가 여러 기녀들을 궁중으로 불러 들여 밤을 새우면서 놀았는데 이때부터는 거의 매일 문란한 생활을 했음을 보여준다. 다음은 민가의 여인들을 강탈하기에 이르는 모습을 보여준다.

　　12월에 신우가 황병사동黃丙沙洞에서 놀다가 아름다운 여자를 만
　　나자 그를 끌고 민가로 들어가서 음란한 짓을 하였으며 또 일찍이
　　밀직 이종덕의 기생첩 매화를 강탈해서 길가의 민가로 데리고 들어

---

36　《고려사》제134권 - 열전 제47 - 신우 경신 6년(1380) 禑與內竪夜至密直使柳遂第索其室
　　女遂曰 臣之有女國人所知若行聘禮臣敢不從 是夜禑五至其第竟不得遂卽榮也

37　《고려사》제134권 - 열전 제47 - 신우 신유 7년(1381) 禑集群妓宮中爲長夜之樂自是殆無
　　虛日

가서 음란한 짓을 하였으며 이윽고 그를 궁녀로 들여세웠다. 신우는 밤낮으로 장난질을 하면서 어떤 사람이든지 딸을 두었다는 소문만 들으면 당장 그 집에 돌입하여 탈취하였다.[38]

황병사동에서 놀다가 아름다운 여자를 만나 민가로 들어가서 음란한 짓을 하였으며, 일찍이 자신의 신하인 이종덕의 기생첩 매화를 강탈해서 민가로 데리고 가 음란한 짓을 하고, 심지어 그녀를 궁녀로 들인다. 특히 밤낮으로 장난질을 하면서도 그것이 모자라 딸을 두었다는 소문만 들으면 바로 그 집에 돌입하여 탈취하였다고 하니, 망나니 같은 통치자의 형상을 극단적으로 보여주고 있다.

계미일. 신우가 미행微行으로 동교로 놀러 나가서 귀법사歸法寺의 남천南川에 이르러 궁녀들과 같이 목욕을 하면서 갖은 음탕하고 추잡한 행동을 다 하였으며 이튿날도 또한 전날과 같이 하였다. 그리고 또 궁녀들을 데리고 연복사演福寺로 가서 신우가 친히 종과 북을 치면서 비 내리기를 기도하였다.
전에 이인임의 여종의 남편 조영길趙英吉이 딸을 낳아서 이름을 봉가이鳳加伊라 불렀다. 신우가 이인임의 집에 가서 그를 간음하였었는데 그에 대한 총애가 후궁後宮에서 으뜸갔으며 조영길에게 말을 주고 전농 부정典農副正 벼슬을 주었다.[39]

---

38  《고려사》 제134권 - 열전 제47 - 신우 경신 6년(1380) 十二月 禑遊黃丙沙洞遇美女携入民家淫之又嘗奪密直李種德妓妾梅花淫于路傍人家尋納宮中 禑遊戲晝夜聞人有女輒突入奪之
39  《고려사》 제135권 - 열전 제48 - 신우 갑자 10년(1384) 癸未 禑微行遊東郊至歸法寺南川與宮女同浴淫褻無所不至翌日亦如之 禑率宮女至演福寺手擊鍾鼓以禱雨 初趙英吉爲李仁任婢壻生女曰鳳加伊禑如仁任第淫焉寵傾後宮賜英吉馬除典農副正 .

위의 인용문에는 신우가 귀법사歸法寺나 연복사演福寺와 같이 금역의 구역에서 오히려 궁녀를 데리고 가 음란한 짓을 하는 등 문란한 성생활의 극치를 보여주고 있으며, 그가 총애한 '봉가이鳳加伊'라는 인물에 대해서도 서술하고 있다. '봉가이'는 서술한 바와 같이 이인임의 여종이 남편 조영길趙英吉과의 사이에서 낳은 딸인데, 신우의 많은 후궁보다 총애를 한 몸에 받은 인물로 보인다.

우왕에게는 근비 이씨를 비롯해 영비 최씨, 의비 노씨, 숙비 최씨, 안비 강씨, 정비 신씨, 덕비 조씨, 선비 왕시, 현비 안씨 등 9명의 부인을 두었으나 자식은 근비 이씨에게서 창왕 하나만을 얻었다. 그 중 제7비에 해당하는 덕비 조씨가 바로 '봉가이'다. 조영길은 이인임의 여종과 결혼해 봉가이를 낳았는데 미모가 절색이었으므로 이인임이 우왕에게 바쳤다. 그 덕분에 조영길은 면천되어 전농부정이라는 하급관료가 되었고 곧 밀직부사까지 올랐다. 그리고 봉가이는 숙비 최씨가 자신을 질투하자 우왕에게 모함하여 대궐에서 쫓아낸 뒤 덕비에 봉해졌다.[40] 위의 일화는 덕비에 대한 내용으로 신우가 노비인 그녀와 그녀의 부친을 면천해줬을 정도로 총애했음을 보여준다. 그러나 이러한 그의 모습도 결국 통치자로서 하면 안 되는 부정적인 형상이다. 특히 조선왕조 연산군도 '장녹수'라는 기생을 총애한 나머지 비빈의 자리에 오르게 했는데 이것이 그가 폐위되는 결정적인 역할을 했다는 점을 미루어 짐작한다면 신우의 비극적인 결말을 예측할 수 있을 것이다.

신우가 전 판삼사사 강인유姜仁裕가 딸을 시집 보낸다는 소문을 듣고 앞질러 말 타고 달려가서 그 딸을 강탈하여다가 정비궁에 두고,

---

40　이상각, 『열정과 자존의 오백년 고려사』, 들녘, 2012, 482~483쪽.

이튿날 해가 높이 뜰 때까지 자리에서 일어나지 않아서 인일人日의 조하朝賀 행사를 정지하였다. 당시 딸 둔 사람은 또 강탈당할까 두려워서 모두들 혼례를 구비하지도 않고 남모르게 사위를 맞이하곤 하였다. 호군 송천우宋千祐가 지 문하知門下 도길봉의 딸에게 장가 들었는데 그 신부新婦도 일찍이 신우에게 정조를 빼앗겼다고 말은 까놓고 하면서도 세력에 눌려서 감히 이혼하지는 못하였다.[41]

신우의 제5비인 안비 강씨는 판삼사사判三司事 강인유姜仁裕의 딸로 다른 사람과 정혼했지만 1385년 1월 강제로 입궁된 뒤 안비에 봉해졌다. 공민왕의 제4비인 정비 안씨의 거처에 살다가 우왕의 축출과 함께 폐출된다. 신우는 강인유의 딸이 시집간다는 소문을 듣고 그 딸을 강탈한다. 상식적으로 있을 수 없는 행위를 하는 신우는 혼례를 앞둔 이들에게 두려운 존재였으므로 혼례를 구비하지 않고 남모르게 사위를 맞이하는 지경에 이른다. 도길봉의 딸도 신우에게 정조를 빼앗겼다는 것을 알면서도 송천우는 세력에 눌려 이혼하지 못한다. 이런 상황에서 이 모든 일을 감당해야 하는 사람은 바로 겁탈을 당한 여인이었다. 자신의 남편이 될 사람이 하루아침에 바뀌게 된 상황을 감내해야 하는 여인들의 비참함과 정조를 잃고 남의 부인으로서 살아야 하는 비극적인 삶을 만든 장본인이 바로 그 나라의 통치자라는 점이 그녀들을 더욱 고통스럽게 했을 것이다. 이러한 무자비한 행동으로 인해 신우는 점점 통치자로서의 정당성을 상실하게 된다.

이와 같이 여인에 대한 집착이 강했던 신우의 모습을 조선시대의

---

41  《고려사》 제135권 - 열전 제48 - 신우 을축 11년(1385) 禑聞前判三司事姜仁裕納女壻先期馳至奪其女以歸置于定妃宮日晏不興停人日朝賀時有女者懼見奪皆未備婚禮潛納壻護軍宋千祐娶知門下都吉逢女揚言曾失節然其畏其勢不敢去

연산군에서 찾아볼 수 있다. 연산군의 여인에 대한 집착이 성장기에 갈망했던 모정母情을 받지 못했기 때문이라면 신우도 마찬가지이다. 그도 어릴 때 이미 부모와 헤어졌고, 자신의 정체성마저 의심을 받으며 사는 그에게 모정을 대신할 만한 것이 바로 여성이었다. 그러나 통치자로서 이러한 행동들은 그 원인이 무엇이든 결과만으로 평가되기 때문에 부정적인 형상으로 그려질 수밖에 없는 것이다.

### (6) 비정상적인 행동

신우는 잡학雜學은 물론 풍속에도 관심이 많아 단오절에 하는 석전石戰이라는 놀이를 보고자 하였으나 이를 말리는 신하를 불쾌히 여겨 상식에서 벗어난 처벌을 내린다.

> 5월에 신우가 석전石戰을 보고자 하므로 지신사 이존성李存性이 "이것은 임금의 구경할 것이 아니다"라고 간하였다. 신우가 불쾌히 여기고 소수小竪를 시켜 구타하므로 이존성이 피하여 달아나니 신우가 탄환彈丸을 가져다 그를 쏘았다. 우리나라 풍속에 5월 5일 단오절端午節에는 무뢰배가 떼를 지어 큰 거리에 모아 두 대隊로 나누어 편을 가르고 서로 조약돌과 깨어진 기왓장을 던지며 공격하면서 혹 몽둥이까지도 사용하여 승부勝負를 가리는데 이것을 석전이라 하였다.[42]

위의 내용에서 석전은 5월 5일 단오절에 하는 놀이로 무뢰배가 떼

---

42 《고려사》제134권 - 열전 제47 - 신우 경신 6년(1380) 五月 禑欲觀石戰戲知申事李存性 諫曰 此非上所當觀 禑不悅使小竪毆存性存性趨出禑取彈丸射之國俗於端午無賴之徒群 聚通衢分左右隊手瓦礫相擊或雜以短梃以決勝負謂之石戰

를 지어 큰 거리에 모아 두 대로 나누어 편을 가르고 서로 조약돌과 깨진 기왓장을 던지며 공격하면서 혹 몽둥이도 사용하여 승부를 가리는 것이라 한다. 신우는 석전을 보고자 하나 이존성이 임금이 구경할 것이 아니라고 하자 불쾌히 여겨 이존성을 구타한다. 이존성이 피해 달아나니 탄환을 가져다 그를 쏘기까지 한다. 여기에서 신우의 성격이 얼마나 과격하고 통제불능한 상태였는지를 보여준다.

> 서울 사람들이 석가여래 생일이라 하여 등불들을 달았다. 신우가 평복으로 걸어가서 구경하려 말에서 내렸는데 말군이 말을 좀 늦게 끌고 물러갔다 하여 신우가 채찍을 들고 말을 치다가 말에게 채여 얼굴을 상하였다.[43]

서울 사람들이 석가탄신일을 축원하기 위해 등불을 달자 신우는 평복으로 걸어가며 구경하려 말에서 내렸는데 말군이 말을 좀 늦게 끌고 갔다 하여 신우가 채찍을 들고 말을 치다가 말에게 채여 얼굴을 상한다. 이런 종류의 일화가 여러 번 나타나는데, 이는 그의 비정상적인 행동이 스스로 화가 되었음을 보여주고 있다. 또한 그의 급하고 다혈질적인 성격을 단적으로 보여주는 형상이라고 할 수 있다.

> 신우가 밤이면 시내 마을로 놀러 다니다가 길에서 교순관을 만나면 쫓아가서 활로 쏘았다. 이때부터 날마다 창기나 어린 내시들을 데리고 절도 없이 밤새도록 유희를 하였으며 낮이면 잠을 자고 날이

---

43    《고려사》제134권 - 열전 제47 - 신우 신유 7년(1381) 都人以釋迦生日張燈禑欲微服徒行
      觀燈下馬僕人牽退少遲禑手策馬蹞傷其面

저물어서야 일어났다.[44]

날로 심해지는 그의 악행은 결국 낮과 밤이 바뀌어 정사는 뒷전이고, 밤이면 일어나 길에 다니는 교순관을 활로 쏘고, 창기나 어린 내시들을 데리고 밤새도록 유희를 하는 지경이 된다. 이는 그의 통치권이 이미 상실되고 있음을 보여주고 있으며, 결국 비극적인 결말을 예시하는 전조라고 볼 수 있다. 이후 신우의 악행은 날로 심해지고, 이를 참다못한 대신들에 의해 신우의 아들 '신창'이 왕위를 물려받는다. 그러나 1389년 11월에 발생한 우왕 복위사건 이후 이성계 일파는 정몽주 등과 결탁하여 폐가입진의 명분으로 창왕을 폐위하고 정창군 왕요를 옹립한다. 이로써 우왕은 비극적인 결말을 맺고 강화도에서 생을 마감하게 된다.

## 4. 《고려사》 열전에서 〈신우전〉의 의의

역사의 기록으로서 《고려사》는 많은 역사가들에 의해 역사서로 인정을 받고 연구가 되고 있다. 또한 열전은 이미 많은 학자들에 의해 '전傳'으로서 문학적 특성을 인정받고 있다. 인물형상화란 측면에서 보면, 일반적으로 전은 입전대상인물 이외에는 무관심한데 비해 후기 열전에는 역성혁명과 조선 개국의 정당성이라는 이데올로기적인 측면에서 주변인물인 이성계와 고려 말기 왕들의 모습도 구체적으로 형

---

44  《고려사》 제134권 - 열전 제47 - 신우 신유 7년(1381) 禑夜遊闆里路遇徼巡官追射之自是日與倡妓宦竪遊戲無度連宵不寐好畫寢日暮乃興.

상화하고 있다.[45] 특히 일대기적 구조에서의 인물은 모든 행적이 순차적으로 그려지면서 입전대상인물의 긍정적인 면과 부정적인 면이 입체적으로 나타난다. 그 중에서 〈신우전〉은 역사서인《고려사》세가에는 존재하지 않은 폐위된 통치자로서 그에 대한 모든 것이 기록되어 있다. 폐위된 왕이라고 해도 역사서에는 한 부분을 차지할 법하나 그의 혈통을 의심해 고려의 통치자로서 인정받지 못한 채 세가에서 삭제됨은 물론 열전에서조차 왕호를 받지 못한다.

공민왕은 서거 이전 왕우, 즉 신우가 신돈의 자식으로 오해받을까 염려하여 오래전에 죽은 궁녀 한 씨를 생모라고 발표한 다음 순정왕후를 추증하고 그녀의 조상 3대와 외조부에게 직함을 추증했다. 그러자 1375년(우왕1) 3월 생모 반야는 명덕태후의 거처인 연덕궁에 들어와 자신이 우왕의 생모임을 주장하며 억울함을 호소하다가 이인임에 의해 죽게 되어 임진강에 수장되었다.[46]

공민왕의 주장대로 신우는 공민왕의 친자일 수도 있으나《고려사》가 이성계가 개국한 조선조에 완성되었다는 점을 미루어 짐작한다면 이성계가 주장한 바대로 신우는 신돈의 아들이어야 한다. 그래야 이성계의 반역이 개혁으로 인정받을 수 있는 것이다. 특히 신우전을 열전에 따로 많은 분량을 할애하면서까지 기록한 것은 이성계의 개국에 대한 정당성을 성립하기 위한 전조작업이라 할 수 있다. 물론 신우가 실제로 비상식적이고 비정상적인 통치자의 형상이었을 수도 있으나《고려사》열전에 보이는 신우의 형상은 과장된 부분이 많았을 것으로

---

45  공미옥, 「《고려사》 후기인물 장편열전의 서사적 성격」, 《문창어문논집》 39, 문창어문학회, 2002, 165쪽.

46  이상각, 앞의 책, 467~468쪽.

추측한다.

신우가 10세에 왕위에 올랐다는 점을 감안한다면 앞서 했던 유희들은 어린 아이로서는 당연한 행동이라고 할 수 있다. 특히 그가 승마를 즐겼다는 것과 지나친 장난을 즐겼다는 점도 어린 아이의 호기심에서 출발했다면 가능할 수도 있다. 또한 여인에 대한 집착도 어린 시절 모정을 느끼지 못한 그로서는 당연한 행동일 수 있으나 그 수위가 지나쳤다는 점이 부정적인 형상을 극화시킨 것이라 할 수 있다. 따라서 《고려사》 열전에 있어서 〈신우전〉은 조선개국의 정당성에 힘을 실어주는 역할을 하였으며 신우의 부정적 형상을 이용하여 태조 이성계의 조선 건국에 대한 필요성을 입증하는 도구가 되었음을 알 수 있다.


## 5. 나오는 말

《고려사》 열전의 마지막 부분에 실려 있는 〈신우전〉은 열전과 세가의 형식을 두루 갖춰 의도적인 열전화를 했다는 점에 착안하여 조선의 건국과 관계하여 살펴보고자 했다. 특히 〈신우전〉에 나타난 통치자의 부정적 형상을 중심으로 살펴보았다.

한 나라의 건국에는 반드시 그에 대한 정당성을 성립해야 통치자의 통치가 자연스럽게 이어지는 것이다. 정당성을 잃게 된다면 반역이 되는 것이기 때문에 조선의 건국에 있어 정당성을 성립하기 위한 많은 작업이 있었다. 대표적인 예로 세종의 한글 창제 이후 '용비어천가龍飛御天歌'를 지어 전파했다는 점이다. 건국주로서 이성계의 신성성을 성립하기 위해 조상의 혈통을 신성화 시켰으며, 이성계의 꿈을 통해 더욱 강조하였다. 이와 관계하여 《고려사》 제작에서도 그러한 면이 보이는데 그 대표적인 것이 바로 〈신우전〉이다. 〈신우전〉에 나타나는 신우는 잡학에 대한 관심과 더불어 재주가 있었다는 점, 지나친 장난을 통해 주위 사람들을 괴롭힌 점, 음란한 성생활로 인한 사회적 문란을 야기했다는 점, 비상식적 행동을 빈번하게 했다는 점 등의 부정적 형상을 극대화시킴으로써 조선건국의 정당성을 정립하고자 했음을 보여준다.

지금까지 본고에서는 《고려사》 열전에 속한 〈신우전〉을 살펴봄으로써 편중된 역사서술에 대한 특징을 밝히고자 했으나 전체적인 맥락을 잡지 못하여 목적을 이루지 못한 점이 있다. 이는 앞으로 자료를 보충하여 〈신우전〉을 비롯하여 다른 작품들을 통해서 충분한 논의를 하도록 하겠다.

3장

구비문학에 나타난
통치자 형상 연구

* 이 글은 「구비문학에 나타난 통치자 형상 연구–서울·경기권을 중심으로」, 《인문과학논집》 제25
집, 강남대학교 인문과학연구소, 2013.에 실린 것을 수정·보완하였다.

# 1. 들어가는 말

　문화는 사회와 역사의 변화에 따라 발전한다. 문학도 마찬가지로 시대에 따라 그 형식과 내용을 달리할 수 있다. 특히 문학이 담고 있는 궁극의 내용은 모두 인간과 사회와의 관계에 관한 것이다. 이 관계는 인간을 통해 드러나기도 하고, 계층의 대립·갈등을 통해 드러나기도 하고, 당대를 살아가는 인간과 사회적 틀의 갈등으로 나타나기도 한다.[1] 또한 문학은 삶의 조화로움이 파괴된 세계를 작품의 중심 문제로 설정하기도 하며, 이를 인물의 행위와 성격 창조를 통해 형상적으로 제기하는 방식을 택하므로 인물의 형상화가 작가와 향유층의 세계관과 지향에 따라 달라짐은 당연하다.[2]

　구비설화는 오랜 시간을 거쳐 오면서 축적된 전승자들의 사고와 인식을 그 안에 담고 있다. 이야기를 통해 사람들은 과거와 현재를 정리하고 확인하며, 다가올 미래를 꿈꾸기도 한다. 한 편의 설화 속에 내재된 인식은 단순히 고정되어 있는 것이 아니며, 집단이 처한 현실과 가치관의 변화에 따라 서로 대립하거나 충돌하고, 때로는 통합하려는 역동적 움직임을 보이기도 한다.[3] 역사 인물을 대상으로 한 설화에서는 현실에 대한 사실적 이해와 허구적 상상력이 항상 서로 대립하고, 집단이 처한 처지와 가치관에 따라 인물에 대한 평가와 이해가 달라진다.[4] 따라서 역사 인물을 대상으로 한 설화에 스며든 향유계

---

1　김용기, 「인물출생담을 통한 서사문학의 변모양상 연구」, 중앙대학교 박사학위논문, 2008, 1쪽.

2　김진영, 「흥부전의 인물형상」, 《인문학연구》 제5호, 경희대학교 인문학연구원, 2001, 112쪽.

3　송효섭, 『설화의 기호학』, 민음사, 1999, 82~85쪽.

4　박기현, 「구비 군왕설화의 의미전달 방식 연구」, 동아대학교 박사학위논문, 2009, 1쪽.

층의 의식과 의도를 파악하는 것은 그 시대의 사회와 문화를 이해하는 데 중요한 역할을 한다.

본고는 이러한 인물설화 중에서도 통치자[5]를 대상으로 한 구비 설화를 대상으로 설화에 나타난 통치자 형상의 특징을 밝히고, 구비 설화에 나타나는 평민의식과 그 의의를 찾고자 한다. 특히 통치자는 일반적인 인물설화의 주인공들과 달리 최고의 신분을 가진 절대적 지배자이며, 그 자체가 상징적인 존재이다. 그러나 '궁궐'이라는 곳에 살며 일반 평민과는 단절된 삶을 살았고, 평민과의 소통도 쉽지 않았다. 이러한 상황에서 평민들이 역사를 제대로 인식하여 통치자를 대상으로 이야기를 만들 수는 없었다고 생각된다. 따라서 상징적 의미에서 평민이 역사를 자신들의 삶과 결부시켜 통치자를 어떠한 방식으로 형상화 했는지, 이로 인해 알 수 있는 그 시대의 사회, 문화적 특징은 무엇인지를 밝히는 데 목적이 있다.


## 2. 구비문학에 나타난 통치자 연구 동향

한 나라의 상징적인 존재로서 통치자는 설화의 전승범위 또한 특정 지역에 그치지 않고, 전국적인 범위를 지닌다. 따라서 전승집단이 설화 속 인물에 대해 가지는 거리나 인식, 설화가 담고 있는 의미 등

---

5    통치자의 개념이 혼란스러울 수 있으나 본고에서는 통치자를 '법적으로 정한 한 나라의 최고 권력자', 즉 '원수나 지배자로서 주권을 행사하여 국민·국토를 지배하는 자'로 정의하고, '왕' 또는 '여왕'과 동격의 의미로서 논의를 하고자 한다.(김효림, 「삼국시대 서사문학 연구-《삼국사기》《삼국유사》에 나타난 통치자의 형상을 중심으로-」, 강남대학교 박사학위논문, 2011. 참조)

에서 일반적인 인물설화와는 상상한 차이를 보여준다.

현재 전승되고 있는 통치자에 대한 설화는 매우 다양한데, 그 중에서도 가장 잘 알려진 것은 국가를 창업한 건국시조에 대한 이야기, 즉 건국신화이다. 신화시대에는 통치자 자체가 질서를 수립한 신적인 존재이며, 천상의 힘을 위임받은 자로 지상의 생활을 지배하기에 충분한 정당성과 능력을 가진 존재로 그려졌다. 그러나 건국신화가 아닌 구비문학에서는 다른 형상을 보인다. 신화적 흔적을 유지하고 있는 이야기도 일부 존재하지만 대부분의 구비 설화 속 통치자는 평범한 인간의 모습으로 나타난다. 또 통치자와 접하는 주변 인물들의 관계나 태도 역시 매우 현실적이다. 통치자도 실수를 하고, 잘못을 저질러 비판의 대상이 되기도 하며, 때로는 좌절과 죽음을 맞기도 한다. 구비 설화 속에서 통치자가 보여주는 현실적 한계는 구비 설화의 전승집단이 통치자를 신화적이며, 초월적 존재가 아닌 하나의 역사적 인간으로 인식함을 보여준다고 할 수 있다.

통치자와 관련된 설화 연구는 건국신화에 대한 논의가 가장 활발했음을 알 수 있다.[6] 그러나 구비문학에 나타난 통치자 설화에 대한 연구는 아직 미미한 편이다. 구비문학에 나타난 통치자들은 대부분

---

6  대표적인 연구성과를 살펴보면 다음과 같다.
　　김열규, 『한국의 신화』, 일조각, 1976 ; 허경희, 「한국의 왕조설화 연구」, 전남대학교 박사학위논문, 1987 ; 나경수, 『한국의 신화 연구』, 교문사, 1993 ; 이지영, 「한국신화의 신격 유래에 관한 연구」, 서울대학교 박사학위논문, 1994 ; 조현설, 「건국신화의 형성과 재편에 관한 연구」, 동국대학교 박사학위논문, 1998 ; 이지영, 『한국신화의 신격 유래에 관한 연구』, 1995 ; 서대석, 『한국신화의 연구』, 집문당, 2001 ; 윤혜신, 「한국신화의 입사의례적 탄생담 연구」, 연세대학교 석사학위논문, 2002 ; 한미옥, 「백제건국신화의 계통과 전승 연구」, 전남대학교 박사학위논문, 2003 ; 오세정, 「한국 신화의 제의적 서사 규약과 소통 원리 연구」, 서강대학교 박사학위논문, 2003 ; 이선행, 「한국 고대 건국신화의 역철학적 해석」, 충남대학교 박사학위논문, 2009.

삼국시대 이후에 실존했던 왕들인데, 주로 고려 태조 왕건,[7] 후백제 견훤,[8] 그리고 궁예[9]를 대상으로 한 연구가 있다. 조선시대는 조선을 건국한 이성계,[10] 단종,[11] 숙종[12] 등의 설화 연구로 민간신앙과의 관련성에 주목한 연구가 많다.

지금까지 연구는 한 인물을 대상으로 연구가 진행되어 왔다. 다만 박기현은 최근 박사논문에서 구비문학에 나타나는 군왕설화의 의미전달 방식에 대해 연구하였다.[13] 그는 『한국구비문학대계』를 비롯해, 다양한 구비설화집에서 군왕이 등장하는 설화의 유형과 특징을 밝히고, 그에 따른 의미전달 방식을 통해 스토리텔링과 활용가능성에 대해 논하였다. 즉 이 연구에서는 '군왕'의 유형을 나누고, 서사구조를 분석하여 의미전달 방식을 밝힘으로써 스토리텔링의 방향을 제시하였다. 그러나 본 연구에서는 이와 다른 관점에서 독자와 향유계층의 의식을 밝혀 당시 평민의 세계관과 가치를 밝히고자 한다. 이와 관련

---

7  박찬붕, 「고려건국신화의 구조와 특성 연구」, 서강대학교 교육대학원 석사학위논문, 1999. 유경환, 「왕건 신화의 원형적 상징성-영웅 출현 원리를 중심으로-」, 《새국어교육》 62, 한국 국어교육학회, 2001.

8  박현국, 「견훤설화고」, 《중앙민속학》 3, 중앙대학교 한국민속학연구소, 1991. 한미옥, 「백 제건국신화의 전승과 계통 연구」, 전남대학교 박사학위논문, 2003.

9  이영수, 「'궁예설화'의 전승 양상에 관한 연구」, 《한국민속학》 43집, 2006.

10  유영대, 「설화와 역사인식-이성계 전승을 중심으로」, 고려대학교 석사학위논문, 1981 ; 송 명선, 「이성계 설화연구」, 경성대학교 교육대학원 석사학위논문, 2007 ; 이태문, 「이성계 전설의 인물인식과 특징」, 《구비문학연구》 4집, 한국구비문학회, 1997 ; 오세정, 「전설의 서술방식과 역사적 상상력」, 《한국문학이론과 비평》 13, 한국문학이론과 비평학회, 2008.

11  이창식, 「단종전승의 구조와 의미」, 《강원민속학》 12집, 강원도 민속학회, 1996 ; 신종원, 「대왕신앙으로 본 단종 숭배 민속」, 단종연구논총, 영월문화원, 2003.

12  홍태한, 「숙종대왕 변복설화의 기능과 의미」, 《경희어문학》 10집, 경희대학교 국어국문학 과, 1989 ; 유명종, 「숙종대왕 미행설화 연구」, 경남대학교 석사학위논문, 2002 ; 박기현, 「숙종설화연구」, 동아대학교 석사학위논문, 2002 ; 이재순, 「숙종설화연구」, 경성대학교 교육대학원 석사학위논문, 2005

13  박기현, 「구비 군왕설화의 의미전달 방식 연구」, 동아대학교 박사학위논문, 2009.

해 본 연구에서는 『한국구비문학대계』[14] 중에서도 서울과 경기도 지역의 설화만을 대상으로 하고자 한다. 이는 통치자와 멀리 떨어진 곳에서 생활하는 평민들은 인물 형상에서 부득이하게 상상력을 동원할 수밖에 없다. 그러나 통치자와 가까운 곳에서 생활하며 쉽게 접할 수 있는 지역의 사람들이 비교적 사실과 가까운 사건에 대해 그들의 가치관이나 세계관을 어떠한 방식으로 반영하여 이야기를 만들어 냈는지를 밝히는 것이 본 연구의 목표에 해당되기 때문이다. 따라서 본 연구에서는 궁궐이 위치해 있는 서울과 통치자의 행렬이 가능했던 경기도 지역의 설화를 대상으로 연구를 진행하고자 한다.

## 3. 구비문학에 나타난 통치자의 형상

『한국구비문학대계』의 1집 1책은 서울권 설화를 모아 놓았는데, 서울 전체가 아니라 도봉구 미아동과 수유동에서 채집된 내용만 있다. 나머지는 여주군, 양평군, 의정부시, 남양주군(시), 수원시, 화성군(시), 안성군(시), 강화군, 인천직할시, 옹진군, 용인군(시) 이렇게 11지역의 설화가 실려 있다. 여기서 통치자와 관련된 설화는 36개 정도 된다. 이 중에는 통치자가 이야기의 중심인물로 등장하기도 하고, 주변인물이나 소재로 등장하기도 하며, 인물이 아닌 통치자의 능陵이 구전口傳의 대상이 되기도 한다. 또한 어느 특정 통치자가 아닌 '왕/임금'으로만 등장하기도 한다.

---

14    조동일 외, 『한국구비문학대계』 1-1, 한국정신문화연구원, 2002.(이하 책 제목, 권수, 쪽수 순으로 밝히도록 하겠다.)

## 1) 서울

　서울에는 통치자 관련 설화가 5가지 정도 실려 있다. 서울은 통치자가 생활하는 궁궐이 있는 지역으로 비교적 통치자와 접할 수 있는 기회가 많았으며, 통치자와 관련된 사건이 다른 지역보다 빨리 전파될 수 있었다. 따라서 여과되지 않은 소식을 통해 사람들의 입에서 회자될 수 있었다. 이는 다음 성종에 대한 설화를 통해서 확인할 수 있다.

　　조휘와 신종호는 같이 과거에 장원해서 한림학사가 되었다. 성종이 아끼는 두 사람은 각자의 야망으로 갈등이 생겨 화해를 못하고 있었다. 동짓날 무렵 두 신하는 모두 숙직 당번이 되었는데 마침 첫눈이 내렸다. 그 당시 왕이 궁녀의 처소로 가는 것은 자유로웠지만 왕비의 처소를 들 때는 신하들에게 결재를 받아야 했는데, 그 기간이 이주일 정도 걸렸다. 마침 그날은 윤비의 처소에서 자는 날이었는데, 일을 마치고 신하와 헤어져 침소로 가던 성종은 눈 때문에 생긴 궁녀의 발자국을 발견한다. 발자국을 따라가던 성종은 한 궁녀가 조휘의 방으로 들어가는 것을 보고, 자칫 큰일이 생길 것을 염려한다. 궁녀는 조휘를 사모해 사선을 넘어왔으니, 하룻밤만 보내면 소원이 없겠다고 했다. 조휘가 거절하고 궁녀를 내보내려하자 궁녀는 자결하려고 했다. 조휘는 궁녀를 살리기 위해 하룻밤을 같이 보냈으나 맞은편의 신종호 역시 그 사실을 알게 되었다. 처소로 돌아온 성종은 두 사람이 걱정되어 윤비에게 도와달라고 하지만 쉽게 방법을 찾지 못했다. 성종은 궁녀를 시켜 몰래 두 사람에게 이불을 덮어주게 했다. 다음날 이불을 본 조휘는 임금까지 그 일을 알게 된 것을 알았다. 조회에서 신종호가 상소하려하자 성종은 윤비가 알려준 대로 모든 신하를 휴가 보내고 조휘, 신종호 두 신하와 술자리를 하며 농담을 해 시간을 끌었다. 저녁이 되자 윤비는 신종호에게도 죄를 씌워야 두 사람을 모두 살릴 수 있다며, 꾀를 내었다.

성종은 윤비의 말대로 신종호를 평안도 안찰사로 사무 검사를 보냈다. 평양으로 향하던 신종호는 저녁이 되어 한 관사에 들렀다가 큰 방에 미인이 소복을 입고 있는 것을 보게 되었다. 신종호가 여종에게 연유를 묻자 주인이 중국에서 마적에게 죽고 과부가 되었다고 했다. 욕심이 난 신종호는 과부에게 수작을 걸고 술을 마신 뒤 하룻밤을 보냈다. 다음날 과부가 치마에 포적을 남겨달라고 하자 평양 감사 장부에 찍을 평안도 안찰사 도장을 찍어주었다. 신종호는 건성으로 임무를 마치고 급하게 관사로 돌아왔지만 이미 관사에는 과부가 없고 다른 주인이 있었다. 윤비가 신종호에게 죄를 씌우기 위해 기생 설중매를 대신 보냈던 것이었다. 신종호가 한양으로 돌아와 조회에 나가니 성종이 다시 신하들을 내보내고 두 사람과 술자리를 했다. 성종이 노래할 여자를 부르라 하자 병풍이 걷히며 술상을 든 궁녀 소봉과 도장이 찍힌 치마를 입은 설중매가 나왔다. 조휘와 신종호는 놀라 엎드리며 죽을 죄를 지었다고 했다. 성종은 버선발로 내려와 두 신하의 손을 잡고 일의 경위를 설명했다. 이후로 두 신하는 성종과 결의형제를 맺고, 임금을 잘 보필해 나라가 태평성대가 되었다.

- 〈두 신하를 살린 성종대왕의 기지〉[15]

15 『한국구비문학대계』 1-1, 676~702쪽.

성종成宗(1457-1494)은 조선의 제9대 왕으로 태평성대를 대표하는 시기의 통치자다. 그의 치세는 왕조초기의 정변政變과 정난靖難같은 권력투쟁의 문제가 마무리되고, 국정운영의 틀이 제도화의 완성으로 안정화되어가던 시기였다.[16] 그러나 재위 초기 인수대비仁粹大妃의 수렴청정을 받으면서, 자신이 직접 통치를 하게 됐음에도 불구하고 모후인 인수대비의 그늘에서 벗어나기란 쉽지 않았다. 이와 같은 상황에서 성종은 자신이 믿고 정치를 같이 할 수 있는 자신의 신하가 절실했다. 따라서 성종은 위의 예문처럼 인재를 귀하게 여기고 그들의 허물까지 덮어줄 수 있는 아량을 베푼다.

또 다른 특징으로는 통치자의 생활과 행동을 비교적 구체적으로 제시하고 있다는 것이다. '이불과 베개를 담당하는 궁녀들이 있고, 임금은 한 번씩 사용하고 새로운 것으로 교환하는데 그만큼 임금이라는 게 좋은 것이다.'라는 내용에서 확인할 수 있듯이 통치자가 누릴 수 있는 일상생활의 혜택까지도 묘사하였다. 또한 관리들이 번갈아 숙직을 해야 한다는 사실과 통치자가 궁녀와 왕비의 침소를 찾을 때의 절차가 다르다는 것까지도 밝힌 것을 보면 궁궐이 고립되었다고 해도 많은 부분이 민간에 알려지고 있었음을 알 수 있다.

평민들은 통치자와 소통할 수 없었지만 그들에게는 통치자가 한 나라를 대표하는 상징적인 존재로 보다 나은 삶을 살고 있고, 자신들이 본받아야 할 존재로서 받아들이는 반면, 자신들과 같이 인간적인 모습이 존재했을 것이라 생각했던 것 같다. '성종대왕도 한참 서서 있는데, 조휘가 있던 방으로 (궁녀가) 살랑살랑 가서 들어가니 성종대왕

---

16  방상근, 「철인왕 성종의 설득적 리더십-진퇴(進退)논쟁을 중심으로」, 《정신문화연구》 제34권 제2호, 한국정신문화연구원, 2011, 276쪽.

이 나붓이 엎드려 조선종이인 창호지 문에 침을 묻혀서 구멍을 뚫고 안을 들여 본다'는 묘사에서도 확인할 수 있다. 범접할 수 없는 근엄함으로 세상을 호령하는 통치자가 궁금증을 이기지 못해 손에 침을 묻혀 창호지에 구멍을 내고 바닥에 엎드려 안을 들여다보는 모습은 상상만 해도 웃음이 난다. 이처럼 민간에서 평민들이 첫날밤을 치르는 부부를 보기 위해 문에 구멍을 뚫는 것처럼 통치자도 궁금하면 체면을 버리고 그들처럼 인간다운 면모를 보일 수 있다고 믿었던 것이다. 이는 부정적인 형상으로 볼 수 없고, 그들에게 친근함을 보여주는 요소가 된다고 할 수 있다.

## 2) 여주군

여주군은 경기도의 가장 외곽에 위치하며, 다른 지역과 경계에 있는 곳이다. 따라서 다양한 설화가 존재하는데, 통치자가 나오는 설화는 5개 정도가 있다. 그 대상으로는 태조, 정종, 세종, 인조로 다양하게 나타나고 있다. 그 중 태조 이성계와 관련된 설화 2개가 전승되고 있다. 이성계 설화는 전국에 다양한 화소로 분포되어 있다. 조선의 개국이 많은 사람들에게 큰 사건이었다는 점을 생각해 보면 당연한 결과라 볼 수 있다. 인조와 관련된 '인조반정 이야기'는 구연자가 "야담에도 있지만"이라고 한 것으로 보아 야사에서 읽은 이야기라고 생각된다. '세종대왕능 이야기'와 '어림지지御臨之地'는 모두 풍수와 관련된 내용이다. 먼저 '세종대왕능 이야기'의 내용은 다음과 같다.

세종대왕이 광주에 능을 정하려고 할 때 지관에게 적당한 곳을 찾으라고 명했다. 그 무렵 한 지관이 광주 이씨와 성주 이씨의 묘가 좋지 않으니 천장遷葬할 것을 권하고, 정해준 자리가 지금 세종대왕 능이 있는 곳이다. 지관이 천장할 곳을 지정해 주고, 묘를 수호하는 재실을 짓지 말라고 했으나 이를 무시하고 재실을 지어 놓았다. 그 후 세종대왕의 명을 받은 지관이 돌아다니다 별안간 비가 와서 재실로 들어가게 되었다. 비가 갠 후 묘를 보니 그곳이 적당하다고 생각했다. 나라에서는 성주 이씨네와 광주 이씨네의 자손을 불러 세종대왕능을 모셔야 하니 다른 곳으로 옮기라고 했다. 이 때 연을 띄워 산자리 어디든 연이 떨어지는 곳에 조상의 묘를 삼아도 좋다고 했다. 연을 띄우다가 성주이씨 연은 연나라에 있는, 문화 유씨네와 진주 유 씨네의 산에 떨어져서 거기다 모시게 되었다. 그 후 광주 이씨인 이인손李仁孫은 오형제를 두고, 아들 셋이 벼슬을 하며, 손자 아홉이 모두 벼슬을 했을 정도로 번성하게 되었다.[17]

조선의 제4대 왕으로서, '성군' 또는 '대왕'이라는 칭호가 붙는 세종世宗(1397~1450)은 이순신과 더불어 우리 역사에서 가장 존경받는 인물이다. 당대에 이미 '해동요순'이라 불려 우리 역사상 가장 훌륭한 유교 정치와 찬란한 민족문화를 꽃피웠고 후대에 모범이 되는 왕이었다는 사실에 반론이 제기될 가능성은 별로 없어 보인다. 그런데 그와 관련된 설화는 대부분 그의 능과 관련된 이야기가 많다. 예로부터 우리나라는 풍수사상이 넓고 깊게 분포되어 있어 평민, 양반 할 것 없이 모두에게 중요한 사상이 되었다. 이는 조상들을 섬긴다는 표면적인 목적보다는 풍수사상에 입각한 자신들의 미래에 더 많은 관심을 가졌

---

17    『한국구비문학대계』 1-2, 35~36쪽.

기 때문이다. 특히 위에서 알 수 있듯이 한 나라의 통치자까지도 사후 자신이 묻혀야 할 곳을 신중하게 정하는 것에 잘 드러난다.

이와 같은 사실은 『조선왕조실록』에서는 확인되지 않는다. 이 이야기에서는 통치자의 형상이 뚜렷하게 드러나지는 않지만 통치자로서 세종은 백성에게 강압적인 정치를 하는 것이 아니라 평민의 입장에서 기회를 주고 그 기회를 통해 평민은 새로운 행운을 얻게 되었다. 즉 평민은 이러한 일화를 통해 평민의 입장을 고려해주는 통치자를 표현하고자 했을 것이다.

태종에게 양위한 정종은 시자侍子를 데리고 산천 구경을 다니다 용인땅에 들어서게 되었다. 용인에 이생원이라는 자는 형편이 어려워 개울가 모래 속에 살고 있었는데 마을에서 택일을 잘 하기로 소문이 났다. 어느 날 동네 아이가 어머니가 돌아가시자 그를 찾아와 어머니의 묘를 쓸 자리를 물었더니 알려주었다. 그가 쓰라는 곳에 묘를 쓰면 돈 닷냥이 생기는데 그 닷냥으로 절로 옮기라고 했다. 아이는 지게에 죽은 어머니를 지고 이생원이 말한 곳에 가서 괭이로 땅을 긁고 있을 때 마침 지나가던 정종이 그 모습을 보고 그곳에 묘를 쓰지 말라고 했다. 아이는 돈도 없고 해서 아무데나 쓰려고 한다고 하니 정종이 돈 닷냥을 주며 옮기라고 했다. 아이는 자신도 그렇게 하려고 했다고 말하자 이상하게 생각한 정종은 그 이유를 묻자 아이는 이생원에 대해 알려주었다. 자신의 신분을 숨기고 이생원을 찾아간 정종은 개울가에 움을 파고 사는 것이 이상해 직접 가서 만나보았다. 그에게 왜 좋은 자리에 집터를 잡지 않으냐고 물었더니 초라하게 보여도 이곳이 어림지지御臨之地, 즉 임금이 오실 자리라고 했다. 그러자 시자侍子가 조용히 하라는 표시를 하자 뛰어나와 정종

에게 절을 하며 인사를 했다. 정종은 그의 재능을 알아보고 벼슬을 시켜 주었다.[18]

위의 내용은 정종이 태종에게 양위를 하고 스스로 물러나 세상 구경을 하면서 겪은 일화를 다루고 있다. 이도 기록에서는 찾아볼 수 없는 내용이다. 그런데 '어림지지御臨之地'는 숙종설화와 관련된 '왕미행설화'에 나오는 요소이다. 실록에도 숙종은 미행을 자주 나가 민심을 살피는 데 많은 노력을 기울인 통치자로 기록되어 있다. 따라서 그와 관련된 여러 일화가 있는데 숙종과 관련된 설화만 연구한 논문도 있을 정도다. 그러나 여주군에 전하는 '어림지지'의 이야기에는 숙종이 아니라 정종이 등장한다. 특히 정종이 어떤 사람이며 그가 처한 상황도 사실과 다름없이 표현하고 있다.

이 설화에 등장하는 정종은 권력에 대한 욕망을 버리고 동생에게 양위를 한 후 유유자적 세상을 떠도는 한량과 같은 인물로 등장한다. 다만 풍수에 대한 관심이 있어 전문적인 지관 못지않은 실력을 갖추고 있다. 그가 이러한 특성이 있었기 때문에 이생원은 이를 짐작할 수 있었던 것이다. 이생원은 지관으로서는 물론 그 모든 것을 꿰뚫어 보는 능력을 가졌다. 이를 알아본 정종은 그를 벼슬길로 인도하였다. 즉 정종과의 만남으로 인해 어머니의 묘를 원하는 아이와 이생원 모두에게 행운이 따르게 된 것이다.

행운이라는 것은 쉽게 오지 않는다. 이야기의 전개상 다른 인물들에게 행운을 줄 수 있는 인물도 많지 않다. 그러나 가장 쉽고 편하게 행운을 줄 수 있는 사람이 바로 통치자다. 이에 신분을 숨기고 다니며

---

18    위의 책, 130~132쪽.

악행을 저지르는 자는 벌을 주고, 선행을 하는 자는 상을 내리는 제도인 '암행어사'가 존재하게 된 이유도 바로 통치자의 권리를 '어사'에게 부여했기 때문에 가능했던 것이다.

생활고를 겪으며 희망 없는 생활을 하는 이들에게 작은 기대감을 갖게 하는 역할을 하는 것이라 할 수 있다. 그 행운이 자신의 것이 되기 어렵지만 될 수도 있다는 희망이 어렵고 힘들게 사는 사람들에게 힘이 되는 것이다.


## 3) 양평군

양평군은 경기도 최동부에 위치한 군으로, 경기도의 가평군, 홍천군, 남양주시, 광주시, 여주군과 접했으며 강원도의 홍천군, 횡성군, 원주시와 접해 있다. 경기도와 강원도의 경계라고 할 수 있는 양평군에는 세종대왕의 미행을 담은 설화가 전한다.

> 세종대왕이 하루는 민생을 살피고자 민복을 하고 어느 산골짜기로 들어갔는데, 어느 집에서 노랫소리와 곡소리가 함께 들리기에, 들어가 가만히 보니 머리를 깍은 중은 춤을 추고, 한사람은 노래를 부르고 노인이 곡을 하고 있었다. 세종대왕이 보기에 하도 이상하여, "계십니까?" 하고는 집으로 들어가니
> "아유 손님 오십니까?" 하면서 술상을 차려 내왔다.
> "아니 어떻게 해서 노인은 울고 하나는 춤을 추고, 또 하나는 노래를 하십니까?"
> "그저 손님은 아실 거 없습니다. 약주나 한 잔 들고 가십시오."

하자, 어찌된 까닭인지 간곡히 자꾸 물으니, 노인이

"그럼 말씀 드리지요. 다른 게 아니고 머리를 깎고 춤을 추는 건 우리 며느리고, 노래를 하는 건 내 자식인데, 작년에 내가 상처를 하고 오늘이 내 생일인데 아무것도 대접할 것이 없으니 며느리가 머리를 깎아 팔아서 시장에서 술과 고기를 사다 상을 차려 놓고 나를 위로 하느라고 이렇게 하니, 내가 자식의 효도를 받아 보니 눈물이 나서 웁니다. 이렇게 해서 며느리는 머리를 깎아 승이 되었고, 자식은 상제지만 노래를 하니, 이런 자식들을 보니 저절로 눈물이 나니, 상가승무노인곡喪家僧舞老人哭입니다." 하였다. 세종대왕이 가만히 보니 효자효부라,

"임금께서 요전에 별과를 보신다고 하셨으니, 그날 한번 자제분께 응해 보도록 하시지요" 하고 시험 날짜를 알려주고 갔다.

얼마 후 시험 날이 되어 상가승무노인곡喪家僧舞老人哭이라는 글을 지어 낸 아들에게 세종대왕은 효자문을 세워 주고 벼슬을 내려주었으며, 아들은 이렇게 가난을 모면하여 아버지께 효도를 더욱 극진히 하였다.[19]


위의 내용은 '상가승무노인곡喪家僧舞老人哭'이라는 제목으로 경기지방에 전하는 설화로 주제는 '효孝'다. 그 당시는 정치·사회적으로, 윤리적으로 가장 으뜸이 되는 것이 바로 '효孝'라 할 수 있다. 한 나라의 통치자까지도 '효孝'라는 도리를 바탕으로 정치를 해야 하는 것에서 알 수 있다. 특히 조선시대를 통틀어 가장 훌륭한 왕으로 존경받는 세종대왕은 선덕선악善德善惡을 가리는 능력이 뛰어난 분이다. 그러한

---

19   『한국구비문학대계』 1-3, 426~428쪽.

왕은 잠행을 통해 민가의 선덕선악을 살펴 백성의 아픔과 고뇌를 해결하려 했다는 노력은 그가 '훈민정음'을 창제했다는 사실에서도 확인할 수 있다. 양평군에 전하는 이 설화에서도 세종대왕은 힘들게 살아가는 백성의 소리를 직접 듣고 그에 대한 해결책을 제시해 준다. 여기에서도 통치자는 어려운 평민의 아픔을 직접 듣고 해결해주는 조력자의 역할을 한다. 이런 유형의 설화로 조상이 나와 시제詩題를 알려주는 선몽先夢이야기도 있다. 조상은 이미 죽은 사람이라 현실성은 떨어지나 흥미는 더한다. 그러나 이를 조상이 아닌 통치자가 그 역할을 한다면 보다 확실하고 현실적인 이야기가 되는 것은 물론, 이야기의 신빙성도 더할 수 있다. 다른 지역에서는 세종대왕이 성종대왕으로 등장하기도 하는데, 두 분 모두 성군聖君으로 알려진 통치자라는 점에서도 현실성과 신빙성을 심어주기에 충분하다.

### 4) 남양주군

남양주군은 현재 남양주시로 승격되었으며, 경기도의 중앙에 위치하고 있다. 1980년 양주군에서 분리되어 별도의 행정구역이 될 때, 양주의 남쪽지역이라 해서 남양주라 하였다. 그 이전의 유래와 연혁은 양주와 많이 겹친다. 특히 이곳은 조선시대 대표 학자인 정약용丁若鏞은 물론 조선시대의 학문과 사상을 빛낸 많은 학자들을 배출한 곳이기도 하다. 또한 경기도에서는 비교적 서울과 근접한 거리에 있어서 광릉光陵을 비롯해 사릉思陵, 홍유릉洪裕陵이 있다. 이곳에는 태조 이성계의 능인 '건원릉建元陵' 및 의령 남씨의 사패지지賜牌之地에 관한 설화와 더불어 '순화궁'과 '덕릉'에 관한 이야기도 있다. 덕릉은 선조

의 생부인 덕흥대원군의 묘이며, 순화궁은 선조의 아드님인 순화군의
사패지지가 있는 곳이다. 덕릉을 자랑하기 위하여 세조의 능인 광릉
의 권위를 보다 낮게 깎아내리고 있어 흥미로운데, 이 이야기들 역시
남양주시에 왕릉이 모여 있었기 때문에 다른 지역보다 왕릉과 관련된
설화가 존재하는 것 같다. 이와는 달리 '단종의 최후'라는 제목으로
다음과 같은 설화가 전한다.

> 단종이 (세조의) 조카로 문종의 아드님인데 어린 조카를 내몰고 삼
> 촌이 왕위에 세조가 올라 앉으셨는데, 단종이 어린 왕으로 영월에
> 귀양을 갔다. 그러나 삼촌이 살려둘 것 같지 않자 보호자로 딸려 보
> 낸 하인을 불러 개 한 마리 사 오라고 했다. 개로 무엇을 할 것인지
> 묻자 잡아먹겠다고 했다. 개를 구해다 갖다 주니 중방에 구멍을 뚫
> 고 개 모가지를 씌워 발로 잡아당기면 개가 죽을 것이라며 하인들에
> 게 명을 내렸다. 임금이 시키니 하인들은 단종이 답아 당기라고 명
> 하자 있는 힘껏 개를 졸랐다. 한참 후에 개가 죽었을 것이라 생각하
> 고 방 안으로 들어가니 단종이 목에 끈을 매고 죽어 있었다. 옆에 개
> 는 멀뚱멀뚱 살아 있었다.[20]

단종은 1457년 상왕에서 노산군魯山君으로 강봉降封되어 강원도 영
월寧越에 유배되었다. 그런데 수양대군의 동생이며 노산군의 숙부인
금성대군錦城大君이 다시 경상도의 순흥順興에서 복위를 도모하다가
발각되어 사사賜死되자 노산군에서 다시 강등이 되어 서인庶人이 되
었고, 이 후 스스로 목매어 죽었다. 『조선왕조실록』에는 다음과 같이

---

20  『한국구비문학대계』 1-4, 663~664쪽.

전한다.

> 송현수宋玹壽는 교형絞刑에 처하고, 나머지는 아울러 논하지 말도
> 록 하였다. 다시 영瓔 등의 금방禁防을 청하니, 이를 윤허하였다. 노
> 산군魯山君이 이를 듣고 또한 스스로 목매어서 졸卒하니, 예禮로써 장
> 사지냈다.[21]

실록에서는 단종의 최후에 대해서 자세히 기록하지 않았으나 민
간에서는 이와 같은 그의 죽음을 전하고 있다. 이는 통치자였던 단종
은 서인으로 강봉되는 지경에 이르자 스스로 목숨을 끊은 것이다. 어
린 나이의 그는 힘이 없어 통치권을 빼앗겼으나 평민들에게는 자살을
하는 과정에서라도 통치자로서의 모습을 기대했을 것이다. 이 설화의
내용이 사실이라고 하더라도 다른 이야기는 뒷전으로 물리고 단종의
최후만이 지금까지 전한다는 것에서도 평민들의 의식이 담겨있다고
볼 수 있다.


## 4. 구비문학에 나타난 통치자의 형상과 평민의식

구비문학은 말로 된 문학을 지칭한다. 말은 글과 더불어서 언어의
중요한 수단이 된다. 그런데 말이 생기고 나서 글이 생겼으므로 말이
글에 견주어서 인간의 의사소통에 기본이 됨은 물론이다. 말은 사람

---

21   《조선왕조실록》세조 3년 10월 21일. 命玹壽處絞, 餘竝勿論。復請禁防瓔 等, 允之。魯山
     聞之, 亦自縊而卒, 以禮葬之。

살이 과정에서 저절로 습득되지만, 말을 통해서 사람사이에 의사소통을 하고, 말을 가지고 사람살이에 필요한 정보를 전달한다.[22]

한글이 창제된 이후 일반 평민들도 글을 배울 수 있게 되었지만 여러 가지 상황에 의해 모든 백성들이 글을 깨우칠 수 있었던 것은 아니다. 그러나 글을 모른다고 해도 우리는 끊임없이 언어활동을 하며, 이를 통해 서로의 가치관과 세계관에 대해 소통한다. 글을 몰랐던 백성들은 말로써 자신들의 가치관과 세계관을 전하게 되었고, 여기에 이야기가 더해져 전해지는 것이 바로 구비문학이라 할 수 있다.

구비문학을 유동문학流動文學·적층문학積層文學 등으로 부르기도 한다. 이런 용어들은 구비문학이 지닌 한 가지 특징, 즉 구비문학은 계속 변하며 그 변화의 누적으로 개별적인 작품들이 존재한다는 특징을 적절하게 드러내고 있다.[23]

구비문학에는 많은 인물과 주제와 소재가 존재한다. 또한 이것들은 이야기를 구성하는 데 중요한 역할을 하며, 이러한 요소를 활용하여 그들의 의식을 표현할 수 있다. 그 중에서 인물은 이야기의 구성상 가장 핵심적이고 중요한 역할을 하는데 작자의 대변인이라고 할 수 있다. 즉 이야기 속 등장인물을 통해 하고 싶은 말을 대신하게 함으로써 자신들의 가치관과 세계관을 실현하고자 하는 의식이 담겨 있는 것이다. 특히 한 나라의 상징적 존재인 통치자는 그들이 쉽게 만날 수 있는 대상이 아니지만 입전 당시 자신의 꾸며낸 이야기에 힘을 실어줄 수 있는 힘을 갖게 된다. 이런 경우 교육적인 역할까지 가능하다. 따라서 사실에서 벗어나는 이야기에 직접 만나보지도 못한

---

22  강등학 외, 『한국 구비문학의 이해』, 월인, 2005, 15쪽.

23  장덕순, 조동일, 서대석, 조희웅, 『구비문학개설』, 일조각, 2006, 25쪽.

실존 인물인 통치자의 형상을 통해 이야기에서 강조하는 가치관과 세계관을 전달하는 데 큰 힘을 실어줄 수 있다는 점에서 그 의의를 찾을 수 있다.

## 5. 나오는 말

구비문학은 형식이나 내용이 단순하다고 지적되고 있다. 설화와 소설, 가면극과 현대극 등을 서로 비교해 보면 이 점은 잘 드러난다. 문체, 구성, 인물의 성격, 주제 등에서 구비문학은 기록문학에 비해서 현저히 단순하다. 그러나 구비문학은 말로 된 문학이기에 단순할 수밖에 없다. 단순하지 않고서는 기억되고 창작되기도 어렵고, 또한 듣고 이해하기도 어렵다. 공동작의 비중이 높다는 사실 또한 단순성單純性을 초래하게 된다. 많은 구연·창작자들의 공통적인 요구를 만족시켜 줄 수 있는 것은 단순하게 마련이다. 단순할수록 보편성普遍性이 커지고, 복잡할수록 보편성의 폭이 줄어들 수밖에 없기 때문이다. 논리학에서 말하듯이 내포內包가 간단할수록 외연外延이 커지고, 외연이 커질수록 내포가 줄어드는 것이다. 문학은 현실의 반영이다. 현실의 거듭된 경험적 인식에서 널리 타당하다고 인정될 수 있는 진실을 역시 보편적이라고 시인될 수 있는 형식을 통해서 공동적으로 반영하는 것이 구비문학이기에, 구비문학은 단순하게 나타난다. 그러므로 단순성은 진화가 덜 되었다든지 무가치하다든지 하는 등으로 해석될 수 없다.[24]

---

24    위의 책, 25~26쪽.

지금까지 서울과 경기지역을 중심으로 통치자가 중심인물로 등장하거나 주변인물이라도 어떤 특정한 역할을 한 것을 중심으로 살펴보았다. 그 결과 각 지역마다 통치자의 인물형상이 보편화되어 드러나는 것이 아니라 지역적 특색에 맞게 통치자의 형상이 나타난다는 것이다. 서울권은 보다 사실적인 묘사를 통해 평민의식을 실현했으며, 여주, 용인, 수원, 남양주 등과 같은 지역은 풍수와 관련된 설화가 많은데 이는 왕릉이 주로 분포된 곳이기 때문에 이러한 풍수사상이 평민에게 스며들어 구비문학으로 전승되고 있다고 볼 수 있다.

4장

# 한·중 설화에 나타난
# 통치자 형상 비교 연구

* 이 글은 「한·중 설화에 나타난 통치자 형상 비교 연구」, 《열상고전연구》 제48집, 열상고전연구회, 2015.에 실린 것을 수정·보완하였다.

# 1. 들어가는 말

아시아권 국가면서 동일한 한자 문화권에 속해 있기 때문에 한국과 중국은 오래 전부터 정치, 경제, 사회 등 다방면으로 밀접한 관계를 가지고 있었다. 이에 따른 비교연구들이 끊임없이 진행되는 가운데 양국의 설화에 대해 많은 학자들이 소재별, 유형별로 분류하여 연구하고 있다. 특히 이신성은 『한·중 민간설화 비교 연구』라는 연구서적을 통해 설화의 유형에 관한 논문들과 개별 설화와 관련된 사례를 모았다.[1] 이와 같이 지금까지의 연구 결과는 한중 설화의 비교 연구에 있어서 설화의 소재나 유형을 중심으로 진행되었다고 할 수 있다. 그러나 서사문학은 인물의 행위와 성격을 창조하여 작가의 세계관과 가치관을 제시하므로 인물의 형상화가 작가와 향유층에 따라 달라진다. 그러므로 문학에 나타난 인물 형상 연구는 그 시대와 사회를 연구하는 데 있어서 중요한 역할을 담당한다.

인물설화 연구는 보다 다양하고 활발히 진행되었다. 특히 통치자와 관련된 설화 연구는 건국신화에 대한 논의가 가장 활발했음을 알 수 있다.[2] 그러나 구비문학에 나타난 통치자 설화에 대한 연구는 아직 미미한 편이다. 구비문학에 나타난 통치자들은 대부분 삼국시대

---

1   이신성, 『한중 민간설화 비교 연구』, 보고사, 2006.

2   대표적인 연구 성과를 살펴보면 다음과 같다. 김열규, 『한국의 신화』, 일조각, 1976; 허경희, 「한국의 왕조설화 연구」, 전남대학교 박사학위논문, 1987; 나경수, 『한국의 신화 연구』, 교문사, 1993; 이지영, 「한국신화의 신격 유래에 관한 연구」, 서울대학교 박사학위논문, 1994; 조현설, 「건국신화의 형성과 재편에 관한 연구」, 동국대학교 박사학위논문, 1998; 서대석, 『한국신화의 연구』, 집문당, 2001; 윤혜신, 「한국신화의 입사의례적 탄생담 연구」, 연세대학교 석사학위논문, 2002; 한미옥, 「백제건국신화의 계통과 전승 연구」, 전남대학교 박사학위논문, 2003; 오세정, 「한국 신화의 제의적 서사 규약과 소통 원리 연구」, 서강대학교 박사학위논문, 2003; 이선행, 「한국 고대 건국신화의 역철학적 해석」, 충남대학교 박사학위논문, 2009.

이후에 실존했던 왕들인데, 주로 고려 태조 왕건,[3] 후백제 견훤,[4] 그리고 궁예[5]를 대상으로 한 연구가 있다. 조선시대는 이성계,[6] 단종,[7] 숙종[8] 등의 설화 연구로 민간신앙과의 관련성에 주목한 연구가 많다. 그 중 박기현은 박사논문에서 구비문학에 나타나는 군왕설화의 의미전달 방식에 대해 연구하였다.[9] 최근에 손지봉은 한·중 설화에 나타난 국왕의 인식을 비교하였는데 국왕의 자격, 정치행위, 폭정에 대한 내용 등으로 구분하여 살펴보았다. 그는 '국가를 다스리는 우두머리'라는 개념으로 왕과 황제를 통칭하여 '국왕'이라 하였으며, 두 나라의 서민들이 국왕을 인식하는 양상이 다름을 밝혔다.[10]

　　본 연구에서도 이와 같은 문제의식을 갖고 논의를 진행하는 가운데 손지봉의 연구와는 좀 다른 시각으로 연구범위를 각 나라의 수도로 한정하였으며 인물 형상의 유형을 분류하여 연구하고자 한다. 따

3　　박찬북, 「고려건국신화의 구조와 특성 연구」, 서강대학교 교육대학원 석사학위논문, 1999. 유경환, 「왕건 신화의 원형적 상징성-영웅 출현 원리를 중심으로-」, 《새국어교육》 62, 한국국어교육학회, 2001.

4　　박현국, 「견훤설화고」, 《중앙민속학》 3, 중앙대 한국민속학연구소, 1991; 한미옥, 앞의 논문, 2003.

5　　이영수, 「'궁예설화'의 전승 양상에 관한 연구」, 《한국민속학》 43, 한국민속학회, 2006.

6　　유영대, 「설화와 역사인식-이성계 전승을 중심으로」, 고려대학교 석사학위논문, 1981; 송명선, 「이성계 설화연구」, 경성대학교 교육대학원 석사학위논문, 2007; 이태문, 「이성계 전설의 인물인식과 특징」, 《구비문학연구》 4, 한국구비문학회, 1997; 오세정, 「전설의 서술방식과 역사적 상상력」, 《한국문학이론과 비평》 13, 한국문학이론과 비평학회, 2008.

7　　이창식, 「단종전승의 구조와 의미」, 《강원민속학》 12, 강원도 민속학회, 1996; 신종원, 「대왕신앙으로 본 단종 숭배 민속」, 『단종연구논총』, 영월문화원, 2003.

8　　홍태한, 「숙종대왕 변복설화의 기능과 의미」, 《경희어문학》 10, 경희대학교 국어국문학과, 1989; 유명종, 「숙종대왕 미행설화 연구」, 경남대학교 석사학위논문, 2002; 박기현, 「숙종설화연구」, 동아대학교 석사학위논문, 2002; 이재순, 「숙종설화연구」, 경성대학교 교육대학원 석사학위논문, 2005.

9　　박기현, 「구비 군왕설화의 의미전달 방식 연구」, 동아대학교 박사학위논문, 2009.

10　손지봉, 「한·중 설화에 나타난 국왕인식 비교」, 《열상고전연구》 40, 열상고전연구회, 2014.

라서 본 연구는 한·중 설화에서 통치자[11] 형상의 특성을 비교하고, 이를 통해 양국의 민중의식과 문화를 이해하는 데 어떤 의의가 있는지 밝히고자 한다. 특히 본고에서 연구 대상으로 한 '통치자'는 시대·사회를 대표하는 상징적인 인물이지만 민간에 전승되는 형상은 사실과 달리 민간의식과 염원을 담아 표현되었으리라 생각한다. 이에 따라 한국의 자료는 구비설화의 특성을 가장 잘 보여주는 『한국구비문학대계』[12]로 하며, 중국의 자료는 『중국민간고사집성中國民間古事集成』[13]으로 한다.

## 2. 양국의 자료에 대한 분석

이 글에서 사용하게 된 한국 자료는 『한국구비문학대계』로 전 85 권이고, 1980~1986년간에 출판된 한국구전자료집이다. 중국의 자료는 『중국민간고사집성中國民間故事集成』으로 중국 각 성省별로 설화를

---

11  '통치자'는 법적으로 정한 한 나라의 권력자를 의미한다. 그러나 통치자의 개념을 단순하게 '한 나라를 다스리는 인물'로 볼 때 명목적인 통치자와 실질적인 통치자가 있을 수 있다. 또한 '왕'의 명칭이 시대·상황에 따라 '왕', '임금', '군주', '황제' 등으로 불리기도 했으며, 특히 삼국시대에서는 '이사금', '마립간', '차차웅' 등 여러 명칭으로 불린 바 있다. 이와 같이 통치자의 개념이 혼란스러울 수 있으나 본고에서는 통치자를 '법적으로 정한 한 나라의 최고 권력자', 즉 '원수나 지배자로서 주권을 행사하여 국민·국토를 지배하는 자'로 정의하고, 한국에서는 '왕' 또는 '여왕', 중국에서는 '황제', '여황제'와 동격의 의미로서 논의를 진행하고자 한다. (김효림, 「삼국시대 서사문학 연구-《삼국사기》와 《삼국유사》에 통치자 형상을 중심으로」, 강남대학교 박사학위논문, 2011. 참조)

12  조동일 외, 『한국구비문학대계』 1-1~9, 한국정신문화연구원, 2002.(이후 '한국구비문학대계'와 권호, 쪽만 밝힌다.)

13  마增寬 외, 李克 편, 『중국민간고사집성-북경권』, 중국ISB중심출판, 1998.(이후 '중국민간고사집성'과 제목, 쪽만 밝힌다.)

수집하여 묶은 설화집인데 지금까지 30권이 출판되었다.[14]

두 자료 모두 양국의 각 지역별로 신화·전설·민담 등의 모든 설화를 망라하여 조사되었으며, 자료 수집도 전국적으로 이뤄졌다는 점에서 비교 대상으로 선택하였다. 물론 한국과 중국은 지리적, 사회적, 경제적 차이 등으로 각 지역만의 독특한 특성이 있기도 하며, 중국은 56개 소수민족의 문화가 존재하고 있다는 점이 단일 민족문화를 형성하고 있는 한국과 차이가 있다. 이에 본 연구는 민족적 특성에 따라 설화를 분류하여 연구하기보다는 한 지역을 지정하여 양국의 인물설화를 비교하고자 한다. 즉 한국은 서울·경기권, 중국은 북경권北京卷으로 지정하여 연구하겠다. 이는 본고에서 연구 대상으로 삼은 '통치자'의 생활 영역이 각 나라의 수도와 관계가 깊다는 지리적 조건 때문이기도 하지만, 두 나라 간의 지리적 차이가 크기 때문에 연구범위를 설정할 필요도 있기 때문이다. 따라서 본고는 한·중 설화에 나타난 통치자의 형상을 통해 양국의 민중의식을 이해하는 데 양국의 수도권을 중심으로 수집된 구비설화를 대상으로 연구하고자 한다.

중국의 자료인 『중국민간고사집성中國民間故事集成』에는 신화神話, 전설傳說, 고사古事, 소화笑話로 분류되어 있다. 그 중 가장 큰 비중을 차지하고 있는 것이 전설이다. 전설에는 인물人物전설, 사사史事전설, 지방地方전설, 명승고적名勝古蹟전설, 가도호동街道胡同·노자호老字号전설, 동식물動植物전설, 공예토특산工藝土特産전설, 풍속風俗전설로 분류되어 있다. 여기서 통치자를 소재로 하는 설화는 35개로 그 중 세 개는 통치자가 아닌 통치자의 주변인물이 중심인물로 설정되어 있어 실

---

14    왕일화, 「한·중 구비문학 조사방법의 비교연구-『한국구비문학대계』와 『중국민간고사집성』을 중심으로」, 건국대학교 석사학위논문, 2015.

제로 30개로 압축할 수 있다. 이 중에서도 통치자와 관련된 설화는 인물전설에 많이 분포되어 있다. 이는 통치자가 실존인물이고 각 시대를 대표할 수 있는 상징적인 요소를 가장 많이 가지고 있기 때문에 대중들에게 충분한 관심의 대상이 된다. 따라서 인물 전설 중에서도 통치자가 가장 많이 분포하는 것은 당연하다 할 수 있다.

한국의 자료인 『한국구비문학대계』는 1집 1책의 서울권 설화를 비롯해 경기권의 여주군, 양평군, 의정부시, 남양주군(시), 수원시, 화성군(시), 안성군(시), 강화군, 인천직할시, 옹진군, 용인군(시) 이렇게 11지역의 설화가 실려 있다. 여기서 통치자와 관련된 설화는 70개 정도된다. 이 중에는 통치자가 이야기의 중심인물로 등장하기도 하고, 주변인물이나 소재로 등장하기도 하며, 인물이 아닌 통치자의 능陵이 구전口傳의 대상이 되기도 한다. 또한 어느 특정 통치자가 아닌 '왕/임금'으로만 등장하기도 한다.


## 3. 한·중 설화에 나타난 통치자의 형상

통치자는 한 나라를 다스리는 인물로 상징적인 특성을 가지고 있다. 또한 실존적인 인물로서 역사적인 사건과도 관계가 깊으며 시대와 사회를 반영하여 평가되기도 한다. 그러나 역사는 당시 권력자들의 시각에서 기술되어 전하는 기록이기 때문에 대중적인 시각의 평가는 확인할 수 없고, 기록이 아닌 입에서 전하는 구전문학에서만 확인할 수 있는 영역이다. 그런데 폐쇄적인 공간에서 생활하는 통치자들의 모습을 백성들은 일일이 확인할 수 없기 때문에 그들 모두를 기억할 수 없다. 따라서 역사적인 큰 사건과 관계가 있거나 백성들의 삶과 깊은 관련이 있는 통치자만이 그들의 입에 오르내렸다. 이에 따라 각 나라의 설화에 등장하는 통치자들의 형상은 역사와 사회에서 큰 의의가 있다는 전제하에 다음과 같이 살펴보고자 한다.


## 1) 건국을 한 통치자

한국의 설화에 등장하는 통치자는 건국이나 통치의 당위성과 정당성을 입증하려는 형상이 주로 나타난다. 그 중 가장 많은 설화를 차지하는 이성계 설화는 전국적으로 구비전승 되는 대표적인 건국설화로서 서울, 경기지방에서도 가장 많이 등장한다. 이성계는 새로운 왕조를 창업한 영웅적인 인물이나 당시 고려의 입장에서는 '역천逆天'이라는 유교적 이데올로기에 반하는 행위를 보였기 때문에 부정적인 인물이기도 한다. 따라서 역성혁명을 주도한 정치적인 성격 외에도 그의 행위를 정당화할 수 있는 영웅적인 면모나 조선건국의 정당성이나 당위성을 밝히는 유형들이 대부분이다. 다음 설화는 고려 말 신돈의 악행을 과장함으로써 이성계의 '역천'에 대한 정당성을 부여한 설화다.

① 신돈이 팔자에 아흔아홉 아들을 둔다는 말을 듣는다.
② 땅에 콩 서말, 마른 콩 서말을 묻고 위에 동자상을 올려 묻는다.
③ 콩이 불면서 동자상이 땅위로 솟자 부처가 솟았다고 하며 법당을 짓는다.
④ 법당 아래 지하 동굴을 만든 다음 기도하면 아들을 얻을 수 있다는 소문을 낸다.
⑤ 여인들이 찾아와 불공을 드리면 지하로 떨어지게 된다.

⑥ 지하에서 기다리고 있던 신돈이 겁탈하여 아흔 아홉 명의 여인들을 겁탈했는데 마지막에 들켜 감옥에 갇힌다.

⑦ 감옥에서 여러 날 씻지 않고 그 떼를 모아 돼지 모양의 괴물을 만든다.

⑧ 괴물이 쇠를 먹었는데 감옥의 쇠까지 먹어 없애 신돈은 도망간다.

⑨ 괴물이 점점 커지자 나라에서 불에 녹여 죽였는데 이를 불가사리라 불렀다.

⑩ 이 때 이성계가 원수로서 대국에 사신으로 가게 되었다.

⑪ 압록강에 이르자 한 노인이 소를 데리고 가며 말을 듣지 않자 이성계만도 못하다고 한다.

⑫ 그 까닭을 물으니 소와 노인이 사라져 버렸다.

⑬ 이성계는 하늘의 계시로 알고 왕위에 오른다.

⑭ 정풍선생이 이끄는 반란이 일자 불가사리가 나타나 쇠를 모두 먹어 싸울 무기가 없게 된다.

⑮ 이 때 자연스럽게 이태조가 등극한 후 불가사리는 사라지고 조선이 자리를 잡게 되었다.[15]

위의 내용은 양평군에서 채록된 이성계 설화다. 이성계의 등극과정에는 다양한 소재들이 등장한다. 퉁두란(이자성)이나 주원장 같은 역사적인 인물이 등장하는가하면 용이나 여우같은 신성한 동물이 등장하기도 한다. 그런데 이곳에서 전하는 설화에서는 '불가사리'라는 괴물이 나타난다. 불가사리의 탄생 과정 또한 역천의 정당성을 부여

---

15 『한국구비문학대계』 1-3, 298~302쪽.

하기에 적합한 요소를 가지고 있다. 즉 불가사리는 고려 말 나라를 도탄塗炭에 빠트린 승려 신돈이 여인들을 겁탈해 잡히자 감옥에서 자신의 몸에 붙어 있는 떼로 만든 괴물이다. 이 설화에서는 전대의 횡포를 드러냄으로써 이성계가 반역을 도모하게 되는 명분을 제시하였고, 소와 함께한 노인이 등장하여 이성계에게 통치자로서의 신성성을 부여한다.

이 밖에도 이성계와 관련된 설화는 다양하다. 어린 시절 비범한 모습의 통치자 형상이 나타나기도 하고, 성장 후 주변 인물들과의 관계에서 영웅적인 모습을 드러내기도 한다. 그러나 이성계의 역천을 부정적 시각으로 반영하여 통치자로서의 야망을 적극적으로 표현하기도 한다.

> 이태조 등극 시 스님이 뽕나무를 많이 심되 무성하면 안 되고 없어져야 대왕의 수를 누릴 수 있다고 하여 군사를 시켜 뽕나무를 치게 하여 그곳이 벌리伐里가 되었다.[16]

이성계 설화에는 이성계 스스로 천자가 되기 위해 중국으로 갔다가 주원장이나 이자성을 만나 조선의 통치자가 되었다는 설화를 비롯하여 운명을 점쳐 통치자로서의 미래를 알아보려고 하는 등 다양한 노력을 한다. 위 설화에 나타난 이성계는 대왕의 수를 누리기 위해 한 마을의 뽕나무를 모두 잘라내어 그곳이 벌리伐里라는 마을의 이름이 생길 정도였다. 건국을 한 이성계는 건국주로서 그 정당성을 밝히기 위해 통치자로서의 신성성이나 영웅적인 형상 등이 표현되는 것과 반

---

16  『한국구비문학대계』 1-1, 225쪽.

대로 그가 역천을 했기 때문에 부정적인 형상도 함께 설화에 전하는 것이다. 이는 중국과도 크게 다르지 않다.

중국 명나라 초대 황제인 주원장은 1328년(천력 원년) 9월에 호주濠州의 가난한 농부인 아버지 주세진朱世珍과 무술사巫術師 진씨陳氏의 딸인 어머니 사이에서 4남 2녀 중 막내아들로 태어났다. 주원장의 가문은 유민이라고 하는 편이 좋을 정도로 당시 각지에 넘쳐흐르던 유망 일보 직전의 전형적인 빈농이었다.[17] 이와 관련하여 다음 설화는 어린 시절 가난했지만 명나라의 건국주로서 주원장이 총명하고 대범한 통치자임을 확인할 수 있는 이야기다.

① 중국 명나라의 초대 황제인 주원장은 어렸을 때 너무나 가난 했다.

② 지주의 소를 방목할 때도 자주 배불리 먹지 못했다.

③ 어느 해 가을, 소를 방목하면서 큰 산 아래까지 왔을 때 배가 너무 고팠다.

④ 가을에 양식을 많이 거둬들였으면서도 자신을 불러 밥 한 끼 주지 않는 지주를 증오했다.

⑤ 화가 나 소 한 마리를 잡아 구워 배불리 먹었다.

⑥ 남아있는 소의 머리와 꼬리를 산의 양쪽에 넣어 놓았다.

⑦ 돌아가서 지주에게 소가 산의 뱃속으로 들어갔다고 보고를 했다.

⑧ 지주는 믿지 않고 주원장을 의심하자 지주를 산 아래까지 데려

---

17 김은주, 「주원장 집단의 성격에 대한 검토」, 경성대학교 교육대학원 석사학위논문, 2008, 10~11쪽.

갔다.

⑨ 과연 산 이쪽에는 소의 머리가 있고 저쪽에는 소의 꼬리가 있어 정말로 소가 끼어서 나오지 못하는 것과 같았다.

…(중략)…

⑩ 분명히 하늘이 도운 것이라고 생각했기 때문이다.

⑪ 이후, 이 소는 추수마다 울었고 그 소의 울음소리 횟수가 그 해의 수확 정도를 알려주는 척도가 되었다.

⑫ 사람들은 이 소가 굶어 죽어서 굶주리는 것을 두려워했기 때문이라고 생각했다. 그 후, 사람들은 이 소의 울음소리를 '땅의 소의 울음소리'라고 불렀다.[18]

나라를 새로 세우고, 그 나라의 통치자가 되려면 백성들에게 그만한 자격을 인정받아야 한다. 물론 통치자는 기본적으로 천자의 후손이라는 자격으로 주어지나 세습의 전제조건은 건국주建國主로서의 정당성을 찾는 것이다. 이는 건국주에게는 반드시 정당성을 확립하기 위한 건국신화에서 확인할 수 있다. 즉 건국주의 탄생과 관련하여 그에게 신성성을 부여함으로써 백성들이 쉽게 인정할 만한 정당한 자격을 상징적으로 증명하기 위한 것이다.[19] 하늘이 인정한 자격이야말로 백성들이 수긍할 수 있는 가장 강력한 명분이 된다. 특히 주원장이 빈농에서 태어나 한 나라를 세웠다는 것은 주원장의 존재 자체로써 비범함을 갖추었다고 할 수 있다. 단순한 비범함이 아니라 당시 지주에

18  『중국민간고사집성-북경권』, 「37. 주원장 소몰이」, 55쪽.

19  김효림, 「궁중문학에 나타난 통치자 연구-《삼국유사》소재의 건국신화를 중심으로」, 《열상고전연구》 28, 열상고전연구회, 2008. 참조.

학대받는 많은 빈민들을 대표하여 지주에게 대항하는 비범함을 갖추었고, 이에 따라 하늘의 보호를 받게 되어 통치자로서의 정당성을 입증한다. 그러나 다음의 설화에서는 통치자가 된 후 건국을 도왔던 신하들을 모두 숙청하는 잔인함도 보인다.

① 주원장이 천하를 평정한 후에 경공루를 지었고 다년 간 그를 따르던 공신 무장(장수)을 이곳으로 초대하여 연회를 베풀었다.

② 한 군사軍師가 주원장이 호리병 속에 넣어 판매하는 것이 무슨 약인지 알아차렸다.

③ 연회에 참석하기 전에 그는 생사를 함께하여 친분이 매우 좋은 대장군 방덕庞德을 찾아갔다.

④ 그가 이곳을 떠날 것이라고 하자 방덕은 이해할 수 없었다.

⑤ 방덕이 아무리 타일러도 그는 떠날 마음을 접지 않았다.

⑥ 헤어질 때, 군사가 방덕의 어깨를 치면서 몸조심하라며 8글자, 즉 '경공루상, 긴근황상(경공루 위에서 황제를 바짝 따르다)'을 선물하며 이 말을 따르면 큰 화를 면할 수 있을 것이니 꼭 기억하라는 말을 남기고 아쉬운 작별을 하고 군사는 민간民間으로 돌아갔다.

⑦ 며칠 후, 경공루에서 축하연회가 시작되자 주원장은 문신文臣 장군에게 술을 따랐고 사람들은 스스로 주원장을 위해 목숨을 바쳐 공로가 있다고 생각하여 모두 마음을 열고 실컷 술을 마셨다.

⑧ 방덕만이 군사가 한 말을 기억하면서 정신을 차리고 있었고 또한 그는 술 주전자를 들고서 술잔을 돌리는 황제의 뒤를 따라다녔다.

⑨ 술이 세 순배 돌았을 때 주원장이 모두를 향해 공수를 하며 모두 마음껏 즐기라고 하며 화장실을 다녀오겠다는 말을 마치고 경공루를 내려갔다.

⑩ 방덕 역시 공수하며 자신도 역시 잠시 다녀오겠노라 말하며 몸을 돌려 경공루를 내려갔다.

⑪ 그가 화장실에 채 도착하기 전에 굉장히 큰 소리가 들려오고 경공루가 하늘로 날아올랐다.

⑫ 모든 것을 알게 된 방덕은 화가나 화장실로 간 주원장에게 따지려고 했다.

⑬ 주원장은 화장실에 있기는커녕 기회를 틈타 궁으로 돌아가고 없었다.

⑭ 방덕은 경공루의 깨진 벽돌과 망가진 기와는 물론 천하를 평정한 공신들의 온전하지 못한 처참한 시신을 보고 큰 걸음으로 떠난 군사를 찾아 떠났다.[20]

위의 내용에서 주원장은 명나라를 세울 때 목숨을 걸고 주원장을 도와 포상을 기대하고 있는 공신들을 모두 죽인다. 물론 공신들의 횡포를 막기 위해서라는 명분을 내세웠으나 위에 등장하는 군사는 이미 주원장이 공신들을 죽일 것을 간파했다는 점에서 주원장의 냉혹함을 짐작했음을 간접적으로 드러내고 있다. 이와 관련하여 『중국전설고사대사전』에서는 편찬자가 주원장 설화에 대해 다음과 같이 언급하였다고 한다.

20　『중국민간고사집성』, 「038. 주원장 경공루를 태워 버리다」, 56~57쪽.

제왕전설帝王傳說 중 편수가 비교적 많으며 영향력도 큰 편에 속한다. 안휘安徽, 강서江西, 절강折江 일대에서 주로 구전된다. 명태조 주원장은 명나라의 건립자이다. 대부분의 전설은 주원장이 어렸을 때 빈곤한 가운데에도 용감한 행동을 보여 주었으며, 총명한 기지와 투쟁의 정신을 지녔음을 칭송하고 있다. 아울러 봉기했을 때 주원장이 민심民心과 민의民意를 깊이 얻었으며, 계책이 많고 결단을 잘하였으며, 과감하고 침착했던 점을 찬양하고 있다. 다만 전설 가운데 많은 내용은 황제가 된 후 주원장이 공신을 많이 죽였으며, 의심이 많고 꺼리는 것을 좋아하여 속 좁은 인물이었음을 집중적으로 비판하고 있다. 이런 전설은 대중들의 분명한 애증愛憎과 시비관是非觀을 드러낸다.[21]

인용문에서 편찬자가 밝혔듯이 주원장은 훌륭한 통치자로 알려져 있으나 다른 한 편으로는 의심이 많아 공신들을 모두 죽여 속이 좁은 인물로 평가받고 있다. 앞의 내용에서 주인공 방덕은 현명한 친구의 충고로 살아남게 되었고 주원장의 잔인함을 알게 된 그는 친구를 따라 떠난다는 이야기다. 그런데 여기서 주목할 것은 방덕과 그의 친구인 군사의 현명함이나 통찰력보다 주원장의 포악성에 집중되어 있다는 것이다. 권력의 유지를 위해 어려운 시절 생사生死를 함께했던 동료를 가차 없이 죽이려는 태도에서 그의 포악성이 드러나기는 하나 민심과 민의를 깊이 얻었던 통치자로서 이는 결단력 있고 과감한 형상으로 평가될 수 있다.

---

21    손지봉, 「韓·中 說話에 나타난 '朱元璋'」, 《구비문학연구》 6, 한국구비문학회, 1998, 161쪽.

## 2) 윤리도덕적인 통치자

통치자는 한 나라를 대표하는 상징으로 윤리도덕적인 면모를 갖춰야 백성이 따르고 존경할 수 있다. 통치자가 왕권을 지속하려면 기본적으로 윤리도덕적인 모습을 상실해서는 안 된다. 그 중 유교를 숭상한 조선시대는 '충忠'과 '효孝'를 가장 중시하였는데 통치자로서 '충忠'에 대한 면모를 보여주기는 어려우나 '효孝'는 가장 기본적인 윤리도덕으로 강조하여 나타낼 수 있다. 다음은 조선시대 가장 효자로 칭송받는 정조에 대한 이야기다.

> ① 사도세자 아드님이 세손인 정조대왕인데, 아버지가 원통하게 돌아가셨다고 해서 한 달에 스물아홉 번 거동을 했다.
> ② 수원 건능이라고 거기를 하루에 한 번씩 다니는데, 건능에 가는 길에 지지대라는 고개가 있었다.
> ③ 어느 날 총각이 지게에다 송장을 놓고 땅을 파고 있었다.
> ④ 왕이 그곳은 묘를 쓸 만한 곳이 아닌데, 누가 알려줬냐고 물었다.
> ⑤ 박생원이 하관 전에 돈 백 냥이 생길 자리라고 알려줬다고 했다.
> ⑥ 지관은 임금이 올 자리임을 미리 알았다는 것이다.[22]

정조正祖는 통치자가 되자 자신의 아버지인 사도세자를 그리워했다. 그래서 사도세자의 무덤이 있는 화성으로 자주 갔다고 한다. 위의 내용은 이와 관련된 설화로 아버지를 생각하는 정조의 효성이 지극

---

22   『한국구비문학대계』 1-5, 304~306쪽.

하여 하루에 한 번씩 능행을 간다. 실제로 매일 능행을 가지는 않았지만 비교적 다른 통치자들에 비해 자주 갔던 사실이 백성들에게는 효자로서 큰 인상을 줬던 것으로 보인다. 심지어 수원에 전하는 설화에서는 화성행차를 자주 한 정조 때문에 가옥의 구조가 바뀌기도 했다는 설화를 통해 이를 확인할 수 있다. 수원에서는 스님이 과부를 희롱했는데도 수원에 대한 정조의 애정이 깊어 볼기 한 대만 때리라고 하자 형 집행자가 한 대에 맞고 죽도록 했다는 이야기도 전한다. 이는 정조의 효성이 얼마나 지극한가를 비유적으로 보여주는 설화라고 할 수 있다.

반면 중국은 통치자의 효를 강하게 드러내거나 그것을 주제로 한 설화는 없다. 다만 다음과 같은 이야기가 전한다.

① 후에 황상이 생각하기에 기우제를 지내는 것은 정말 좋은 방법이라고 생각했다.
② 그러나 해마다 마마가 축대에서 삼일동안 굶는 것을 차마 볼 수 없었다.
③ 황상이 이곳은 '금덩어리'라서 하늘의 기운이 통하는 곳이라고 생각했다.
④ 순간 갑자기 좋은 생각이 떠올라 공사를 주관하는 대신을 불러 성지를 내렸다.
⑤ 그리고 마마가 기우제를 지낸 곳에 천지단을 지었다.
⑥ 그 후 황가는 매년 여기에 와서 제천, 기곡을 지내고, 하늘의 보우와 오곡풍년五穀豊年을 빌었다.[23]

---

23    『중국민간고사집성』, 「299. 천단의 유래」, 442~443쪽.

영락제永樂帝는 명나라 제3대 황제다. 조선시대 세조처럼 조카가 황위를 물려받자 이에 난을 일으켜 황제가 되었다. 위의 내용은 이러한 영락제와 관련된 설화로 천단을 짓게 된 유래를 전하고 있다. 여기에서 '마마'라는 인물이 정확히 누구인지는 밝혀지지 않았으나 존칭을 하는 것으로 봐서 황제보다는 항렬로 높은 위치임을 짐작할 수 있다. 황제보다 낮은 존재라고 해도 그녀의 고통을 짐작하여 천지단을 지으려고 했다는 것만으로도 타인에 대한 배려심이 크다는 것을 확인할 수 있다. 이는 효孝를 강조한 것이 아니더라도 자신의 안위만 생각하는 이기적인 통치자가 아니라 타인의 어려움까지 헤아릴 줄 아는 윤리적인 인격을 갖춘 통치자의 형상으로 그려진 것이다.

## 3) 미행을 자주 한 통치자

백성의 어려움을 이해하고 한글을 창제한 세종대왕이나 백성을 위해 실학을 받아들이고 선정을 베푼 정조 등은 설화에서도 백성의 삶에 깊은 관심을 가진 통치자로 나타난다.

① 세종대왕이 미행을 나가 어느 골짜기의 집에 가니 한 명은 춤추고 한 명은 노래를 부르고 노인은 울고 있었다.
② 노인에게 그 까닭을 물으니 효자효부가 상처한 노인의 생일을 위해 효부가 머리를 잘라 음식을 만들고 아들과 며느리가 생일상 앞에서 노래하며 춤을 추니 그것을 보는 자신은 저절로 눈물이 나 울고 있다는 얘기를 했다.
③ 세종대왕이 아들에게 과거 시험을 볼 것을 추천하고 시험문제

가 울 곡哭가 나올 것이니 '상가승무노인곡喪家僧舞老人曲'이라 써 내면 급제할 것이라는 말을 했다.

④ 마침내 시험에 효자가 급제를 하여 복을 받았다.[24]

① 세종대왕이 미행을 다니다가 혼자 먹고 마셔 취한 사람을 만 난다.

② 이름과 술에 만취한 이유를 물었다.

③ 과거 시험을 보기 전에 부부는 이번에 떨어지면 헤어지기로 했 다고 한다.

④ 시험에 낙방하니 포기하고 마지막으로 먹고 마신 후에 죽으려 고 한다는 말이다.

⑤ 이를 듣고 세종대왕이 과거 시험에서 합격할 수 있는 방법을 알려준다.

⑥ 비둘기 구鳩를 알려줬으나 시험 당일 생각이 안 나 '똑또기 구' 자라고 말했다.

⑦ 앞서 시험 문제를 가르쳐 준 다른 사람이 들어가 '시골 이름은 똑또기 구, 서울은 비둘기 구'라고 하여 둘 다 합격했다.[25]

위의 두 내용은 한 지역에서 전해지는 것으로 둘 다 세종대왕에 대한 이야기다. 세종대왕은 선대의 위업을 잇고, 가장 안정된 시기에 정치를 펼쳤으며 백성을 위한 마음이 컸기 때문에 백성을 위한 정치를 할 수 있었다. 따라서 설화에서도 백성의 고통과 어려움을 헤아려 희

---

24 『한국구비문학대계』 1-3, 426~427쪽.
25 위의 책, 428~429쪽.

망을 주는 존재로 등장한다. 첫 번째 설화에서는 미행을 나간 세종대왕이 효자효부에게 감동하여 급제를 할 수 있는 방법을 제시하여 복을 받게 한다. 두 번째 설화에서도 미행을 나갔다가 과거 시험에 급제하기를 소원하는 선비가 또 낙방하여 포기하려고 하자 이를 안타깝게 여겨 글자를 알려주고 소원을 이루도록 도움을 준다. 비록 제대로 외우지 못해 위기가 있었으나 선한 마음을 가진 사람이었기 때문에 다른 사람에게 일러준 것이 위기를 모면해 복을 받도록 도와준 꼴이 되었다. 결국 세종대왕은 선한 마음을 가진 두 백성의 희망을 들어준 셈이다. 다음은 미행을 많이 다녔다는 통치자로 유명한 숙종의 이야기다.

① 숙종이 미행을 나갔는데 축지법을 사용하여 전남 곡성까지 내려갔다.

② 한 오두막집을 지나는데 노부부가 앉아 울고 웃기를 반복하자 그 이유를 물었다.

③ 노부부는 늦게 얻은 자식이 죽자 옻칠을 해서 미라로 만들어 놓고 한 사람은 슬퍼서 울고 한 사람은 아이를 웃겨주려고 하는 것이다.

④ 불쌍히 여긴 숙종이 죽은 아이의 미라를 훔쳐 달아나서 비각 안에 있는 사자생손지지死者生孫之地를 찾아 그곳에 묻었다.

⑤ 새로 부임한 함경감사의 딸이 비각 안에서 소변을 눈 후 배가 불러왔다.

⑥ 이를 알고 숙종은 그 아이를 잘 보살피라는 엄명을 내렸다.

⑦ 열 달 후 아들이 태어났고, 아이가 자라자 다시 곡성으로 가서 노부부를 만났다.

⑧ 숙종은 노부부의 원망을 들었지만 노부부에게 한양으로 올 것

을 당부한다.

⑨ 임실에 들러 아전 집에 어인이 찍힌 편지를 던져 놓자 아전이 편지의 내용대로 새 옷을 지어 곡성으로 갔다.

⑩ 노부부에게 새 옷을 입히고 사인교를 태워 주야로 마을 사람들이 운반하여 서울에 도착했다.

⑪ 한양의 이생원이라는 말만 듣고 온 노부부는 궐에 들어가서도 임금임을 알지 못했고 이를 놀랍게 생각했다.

⑫ 임금은 개의치 않고 태어난 아이가 손자임을 말하고 그동안의 일을 설명하자 신하는 물론 노부부도 행복해 하며 잘 살았다고 한다.[26]

위의 이야기에서 숙종은 건국 시기의 통치자와 관련된 설화를 제외하고 비범한 능력을 보여주는 것이 독특하다. 특히 홍길동이 사용했던 축지법을 부릴 수 있어 전국의 민심을 살피러 다녔기 때문에 서울과 동떨어진 전라도 곡성에 사는 노부부의 슬픔을 알게 되었고, 자신의 혜안慧眼을 사용하여 그들에게 후손을 가질 수 있도록 기회를 만들어 준다. 특히 그들이 어떤 선한 행동을 하지 않았는데도 자식을 잃은 노부부의 슬픔을 통치자로서 충분히 공감하고 걱정하였기 때문에 이와 같은 해결책을 내놓을 수 있었던 것이다.

이와 같이 한국의 설화에서 통치자는 민간의 어려움을 보살피고, 그들에게 희망을 주는 상징적인 존재로 등장한다. 이러한 유형의 설화를 통해 백성들은 감히 다가갈 수 없는 지극히 높은 존재인 통치자를 그들의 삶속으로 끌어들여 그들의 구원자이자 대변인으로 형상화

---

26  『한국구비문학대계』 1-1, 632~641쪽.

하고 있다. 이것은 자신들의 입장을 이해해 줄 수 있으면서 신분적으로 우위에 있는 통치자를 통해서 고난에 대한 극복 의지를 드러내는 한편 그들이 진정으로 원하는 군주의 모습과 소망들이 이루어지길 바라는 기대의 표현이라 할 수 있다.

중국에서도 이와 같이 미행을 통해 선정을 베푸는 통치자의 형상이 나타난다. 다음은 세종대왕과 가장 비슷한 환경에서 통치를 행했던 강희제의 이야기다.

① 강희는 포부를 가진 황제로, 그는 항상 세심하게 민심을 살피고, 근검절약을 중요시하고, 악습을 바로잡고, 중국이 부강할 수 있는 방법을 생각한다.

② 어느 날 혼자 미행을 나가, '미향거'라고 불리는 술집에 들어갔다.

③ 술집은 문전성시를 이뤄 사업이 매우 번창했다.

④ 위층은 높은 벼슬아치들만 이용하는 작은 별실이 있는데 신분 높은 공자가 주연을 열어 즐기고 있었고, 아래층은 일반적인 밥과 반찬으로 가격이 저렴했다.

⑤ 강희는 위층으로 올라가 술과 안주를 주문하고, 혼자 따라 마시면서 조심히 주변의 분위기를 살폈다.

⑥ 곧 신분이 높은 사람들로 자리가 꽉 차고 탁자마다 음식이 한가득 차려졌다.

⑦ 하지만 매우 소수만이 젓가락을 움직일 뿐, 술을 마시며 잡담을 나누기 시작했다.

⑧ 종업원은 남은 음식을 그냥 버리지 않고 종류별로 담아 놓았다.

⑨ 강희는 술값을 지불하고, 많은 생각을 하며 아래층으로 내려

갔다.

⑩ 아래층에는 종업원이 큰 소리로 '만주 수도의 백미향'이라는 만두를 팔고 있었고, 가게는 사람들로 가득 찼다.

⑪ 강희는 사업이 번창하는 모습을 직접 보며 옆에 있던 사내에게 많은 사람들이 만두를 사 먹는 이유를 물었다.

⑫ 미향거의 고기만두는 크고, 신선하고, 다른 가게의 만두에 비해 더 싸기 때문이라 했다.

⑬ 강희는 다시 위층으로 올라가 술집 주인을 불러 만두의 값이 싼 이유를 물었다.

⑭ 가게주인은 강희를 비범한 인물로 보고, 사실대로 그에게 말했다.

⑮ 가게 주인은 만두를 팔아 돈을 버는 것이 아니라 단지 손님을 끌기 위한 것이며 지명도를 높이기 위한 것일 뿐 돈은 모두 고관과 귀인들로부터 버는 것이라고 했다.

⑯ 또한 '백미향'의 고기만두는 지금의 관인들과 그들의 자제들은 겉치레를 좋아하며 한 상의 음식을 가져오면, 몇 입도 먹지 않아서 그들이 남긴 고기와 야채를, 분류하여 가공하여, 만두를 만드는 것이므로 원가가 낮을 뿐만 아니라, 만두의 소도 신선하고, 맛도 좋기 때문에 건장하지만 가난한 사내가 적은 돈으로 한 끼의 밥을 먹을 수 있어서 모두 이 술집에 와서 밥 먹기를 원하는 것이라고 했다.

…(중략)…

⑰ 강희는 황제의 명분을 이용하여, 개인의 향락만 추구하고, 나라의 안위를 개의치 않아하는 귀족과 벼슬아치들을 교육하고 강화하고 싶었다.

⑱ 변화한 사람도 있지만 어떤 이들은 여전히 변하지 않고 예전 그대로 취생몽사의 생활을 보냈다고 한다.[27]

강희제(1654~1722)는 청나라 제4대 황제로, 61년을 재위하여 중국 역대 황제 가운데 재위기간이 가장 길다. 그의 재위 기간에 국가는 재정적, 대내적으로 안정되었고, 대외적으로는 중국의 영토를 크게 확장하였다.[28]

설화의 앞부분에 제시된 것처럼 강희제는 포부를 가진 황제로, 그는 항상 세심하게 민심을 살피고, 근검절약을 중요시하고, 악습을 바로잡고, 중국이 부강할 수 있는 방법을 생각한다. 강희제는 세종대왕과 마찬가지로 재위 기간이 가장 안정적인 시기였고 백성을 생각하는 마음이 깊었기 때문에 민생을 살피는 일을 게을리 하지 않았다. 그러나 그들의 삶에 직접적인 간섭을 하지 않고 민생시찰을 통해 얻어낸 정보를 정치에 반영할 뿐이다. 물론 그들에게 도움이 필요한 상황은 아니었지만 나태하고 무능력한 신하들을 그 자리에서 벌하지 않고 국정을 논하는 공식적인 곳에서 밝혀 바로잡는다. 상당히 냉정하고 이성적인 인물로 나타난다.

## 4) 포악하고 잔인한 통치자

통치자는 한 나라의 상징이자, 백성의 어버이가 되어야 한다. 부모

---

27    『중국민간고사집성』, 「16. 진시황 왜 이렇게 잔인한가?」, 26~27쪽.

28    임종욱 편저, 『중국역대인명사전』, 이회문화사, 2010.

는 자식들을 이끌 힘과 지혜가 있어야 하며 용기가 있어야 한다. 이러한 능력이 없다면 부모들은 자식들에게 불안과 공포만 안겨줄 뿐이다. 즉 통치자는 기본적인 성품과 통찰력, 강한 의지 등이 고루 갖춰져야 나라를 제대로 다스릴 수 있는 것이다. 이것들 중 하나라도 부족하다면 나라에 위험이 따르고 백성들의 삶이 피폐疲弊해진다. 나아가 나라를 잃게 되는 지경까지 생기게 된다.

　역사는 개혁에 성공한 승리자를 중심으로 기록되기 때문에 패배자는 부정적인 형상으로 나타난다. 이와 관련된 대표적인 통치자가 궁예와 견훤의 이야기다. 특히 왕조가 교체되었던 시기에 패배자는 하늘이 먼저 그들을 버린다. 물론 그들의 탄생이나 성장과정을 통해 그들의 긍정적 형상도 실현되나 그들이 패배하게 된 원인을 정당하게 밝히기 위해 설화는 그들의 악행을 중심으로 나타나고 있다. 다음은 유일하게 존재하는 궁예와 관련된 이야기다.

> ① 선화공주는 딸을 낳고 아우인 선화공주는 아들을 낳으니 궁예였다.
> ② 아들을 낳은 것을 시기하여 죽이려하자 유모가 이를 알고 전했다.
> ③ 도망가려는 것을 막고 유모의 딸을 남장하여 서로 바꿔서 도망가자고 하였다.
> ④ 그래도 결국 잡혀 화살에 맞았는데 눈에 맞았다.
> ⑤ 개풍군 개성 풍덕의 절에 데려다 두고 선화공주를 데리고 왔다.
> ⑥ 그 나라에서 살 수 없어 강원도의 절로 들어가 살았다.
> ⑦ 궁예는 커서 어지러운 나라와 자신의 아버지나 유모에 불만을 품고 모두에게 복수를 하고자 했다.

⑧ 강원도 원주로 들어가서 군대를 모집하고 스스로 왕이 되어 신라와 백제를 통일했다.

⑨ 왕건이 궁예를 찾아가 의형제를 맺었으나 궁예가 불도를 위한다며 거부한다.

⑩ 궁예가 불도에 미쳐 아내를 칼로 죽이는 등 악행을 저지르자 왕건이 반란을 일으켜 성공한다.[29]

궁예의 출생과 성장과정에서 시련을 겪으며 나라에 대한 불만이 커지고 자신의 아버지는 물론 자신을 구해준 유모마저 원망하게 된다. 따라서 모두에게 복수를 하겠다는 마음으로 군대를 만들게 되었는데 군대를 만들어 통치자가 되었다고 해서 그가 부정적인 통치자로 나타나는 것은 아니다. 군대를 세우고 삼국을 통일하는 과정에서 그는 정당성을 확보했기 때문에 수많은 장수들이 따르고 왕건까지 그와 형제를 맺게 된다. 그러나 삼국을 통일한 후 잘못된 불도의 길에 들어서면서 아내를 죽이는 등의 악행을 저지르게 된다. 그의 악행은 이미 그가 군대를 일으킨 동기에서부터 예견되었다고 할 수 있다. 한 나라의 통치자가 되기 위해서는 많은 선한 요건이 충족되어야 하고, 특히 건국주로서는 신성성과 정당성이 필요한데 출발점에서부터 부정적인 형상이 나타나기 때문에 그는 폭군이 될 수밖에 없는 것이다.

반면 중국은 개혁에 성공한 승리자라고 해도 그의 포악한 행위에 대해 적나라하게 표현하고 있다. 가장 대표적인 인물이 진시황이다.

① 연산燕山 밑에 고해苦海라는 바다가 있었다.

---

29  『한국구비문학대계』 1-7, 925~928쪽.

② 고해가 남쪽으로 이동하자 큰 물고기 한 마리도 남쪽으로 수영했다.

③ 자다가 조수에 밀려 물고기가 육지까지 올라와 있었다.

④ 이 소식은 마을을 뒤흔들었다.

⑤ 마을사람들이 큰 물고기를 보고 처리에 대해 상의했다.

⑥ 나누어 먹기로 하고, 힘을 합하여 고기를 잘게 다져서 나누어 먹었다.

⑦ 죽은 후 물고기의 영혼이 남아 자신을 죽인 사람들을 증오하며 복수를 맹세했다.

⑧ 오랜 세월 선행을 베풀고 도를 닦아 인간으로 환생했는데 그가 바로 진시황이다.

⑨ 중국 통일 후 진시황은 아역에게 돌로 만든 말을 데리고 집집마다 다니며 물과 풀을 먹이라고 명했다.

⑩ 만약 말이 못 먹고 못 마시면 그 집의 사람들을 모두 죽여 버리라고 명했다.

⑪ 아역이 돌로 된 말을 데리고 매일매일 집집마다 다니며 이유 없이 죽였다.

(후략)[30]


진시황이 전국시대의 제국諸國들을 무너뜨리고 천하를 통일한 후, 진秦 왕조가 유지된 기간은 불과 몇 십 년일 뿐이다. 그러나 그 몇 년 사이에 중국에서 일어난 정치·사회·문화 방면의 변화는 컸다. 봉건제를 폐지하고 군현郡縣에 관리를 파견하는 중앙집권 제도를 도입하였

---

30    『중국민간고사집성』, 「16. 진시황 왜 이렇게 잔인한가?」, 26~27쪽.

고, 문자와 도량형을 통일하여 통일 제국의 기틀을 다녔다. 그리고 아방궁을 만들어 제왕의 위용을 높였으며, 만리장성과 병마용은 지금까지도 중국을 대표하는 문화유산이 되었다. 진왕조가 유지되었던 기간은 짧았지만, 그들이 세운 제도와 문화 유적은 현재까지도 지속되고 있다. 그러나 진시황은 그러한 공적을 이루기 위해 여러 국가와 전쟁을 일으켰고, 무리한 궁성宮城과 장성長城의 건설로 인해 백성들의 삶은 고단할 수밖에 없었다.[31] 따라서 그의 위대한 공적 뒤에는 그 큰 공적만큼 비인간적인 행위에 대한 비판도 크다.

위에 제시된 설화에서는 그의 비인간적인 면모를 가장 명확하게 보여주고 있다. 힘없는 백성들을 괴롭히기 위해 돌말을 만들어 풀과 물을 먹이지 못하는 사람을 죽인다는 것은 모두 죽이겠다는 것이다. 이는 스스로의 명분을 찾았을 뿐이지 누가 봐도 억지스러운 이유다. 그러나 이 설화에서는 그의 포악성에 대한 원인을 제시하고 있다. 바로 마을사람들에 의해 잘게 다져 죽게 된 물고기가 환생하여 그 마을사람들에게 복수를 한다는 내용이다. 원인을 확인해보면 진시황이 마을사람들에게 행하는 행동은 어찌 보면 정당하다고 할 수 있다. 그렇다면 진시황의 잔인함에 대한 정당성을 밝혀 놓은 이 설화의 출현에 대해 관심이 안 생길 수 없다. 당시 백성들은 진시황의 횡포를 이해할 수 없었을 것이다. 진시황은 포악함을 무기로 독제정치를 실행한 가장 강력한 통치자이기는 하나 백성들은 그의 정치가 나쁘다고 평가한 것만은 아닐 것이다. 따라서 그 원인을 전생에서 찾아 부정적인 그의 행위에 대해 스스로 납득할 수 있는 해결점을 찾은 것이라고 볼 수 있다.

---

31    오주기, 「朝鮮朝 文人의 秦始皇 인물평 연구–《사기(史記)》인물 비평의 한 사례」, 성균관대학교 석사학위논문, 2012, 3쪽.

### 5) 미련하고 나약한 통치자

한국의 설화에는 패배한 통치자의 경우 포악함을 드러내고 있으나 전체적인 면에서 분석한다면 포악하고 잔인한 통치자의 형상보다는 어리석고 나약한 통치자의 형상이 나타난다.

① 인조가 피난길을 가다 인천에서 배를 타고 강화도로 갈 때이다.

② 강을 건너기 위해 '물록'이라는 곳을 건너려고 했다.

③ '선돌'이라는 사공이 위험하다며 거부했다.

④ 왕과 신하는 이를 믿지 않았고 사공을 돛대에 걸고 출항을 했다.

⑥ 사공의 말이 맞다는 것을 알고 풀어주라는 신호했으나 잘못 전달되어 죽게 되었다.

⑦ 그 후 폭풍우가 몰아쳐 배가 위험해 처하다 '옥귀섬'이라는 곳에 닿았다.

⑧ '살곶이'라는 곳은 지금 송교리의 옛 지명으로 왕이 이곳에 내려 '여기가 살 곳이로구나.'라는 말을 했다고 하여 '살곶이'가 되었다고 한다.

⑨ 왕은 사공의 넋을 위로하고자 무덤을 만들었다.

⑩ 그 후부터 무덤에 제향하지 않고 출항을 하게 되면 변을 당하게 되어 모두 제향을 했다고 한다.

⑪ 강릉 최씨 최충식은 제향을 하러 갔다가 죽어가는 왕을 집으로 데려가서 살려 주었다.

⑫ 소원을 묻자 무지한 그는 관직의 이름을 몰라 '양반'이 되게 해달라고 하자 소원을 들어주어 그는 벼슬 없는 양반이 되었다고

한다.[32]

인조는 실제로 통치자 중에서 강력한 권력을 드러내거나 어질고 선한 정치를 행한 통치자와는 거리가 멀다. 특히 그의 재위 기간 중 병자호란이 일어나 국가적으로 치욕을 겪게 되어 백성에게 인조는 나약하고 어리석은 통치자로 인식되었다. 따라서 위의 이야기에서 인조는 피난길을 가다가 '선돌'이라는 사공의 충고를 듣지 않아 결국 위험을 겪게 되었고, 간신히 도착한 곳에서 백성의 보살핌을 받게 된다. 근엄하고 강한 통치자의 모습은 어디에서도 보이지 않는다. 다만 백성의 도움을 받고 무지한 그의 소원이 '양반'이라고 하자 벼슬 없는 양반을 만들어 주었을 뿐이다. 특히 '벼슬 없는 양반'이라는 의미 자체가 허울뿐인 당시 지배층의 모습을 그대로 드러내고 있는 것이다.

이 외에도 단종은 작은 아버지인 수양대군에게 왕위를 빼앗기고 영월로 귀양을 갔는데 결국 죽음을 인지한 단종은 올가미를 쓰고 스스로 자결을 했다는 설화가 전해지며, 특정 통치자를 지칭하지는 않으나 중국의 천자가 옥새를 잃어버렸으니 옥새 찾을 명인을 보내라는 말에 전전긍긍하다 결국 신하에게 떠넘기는 등 한국의 설화에 등장하는 통치자는 대부분 나약하고 미련한 형상으로 나타난다. 이와 마찬가지로 중국의 통치자도 병약하고 나약한 존재로 그려지고 있다.

 ① 도광황제가 왕위에 오를 때, 정치적 상황이 혼란스럽고 어수선하여 도광은 황제의 자리에 오르고 싶지 않았다.

 ② 그는 신하들에게 만약 태양이 거꾸로 회전할 수 있다면 왕위에

---

32 『한국구비문학대계』 1-5, 460~463쪽.

오르겠다고 하였다.

③ 황제의 세습 방식에 따라, 반드시 도광이 물려받아야 하지만 난제難題를 제시하고 오랜 기간 왕위를 받지 않자 민심이 어수선해졌다.

④ 시간이 흘러 신하들은 한 가지 방법을 생각해냈다.

⑤ 도광황제가 밖으로 사냥을 나가길 권했다.

⑥ 무성한 숲의 산골짜기에 도착하여 도광황제는 좌측으로 세 바퀴 돌고, 우측으로 세 바퀴를 돌자 어지러워졌다.

⑦ 이로 인해 궁을 떠나 본 적이 없었던 그는 남쪽을 북쪽으로, 동쪽을 서쪽으로 여기게 되었다.

⑧ 이때, 한 신하가 오늘 태양이 거꾸로 돈다고 소리쳤다.

⑨ 도광이 하늘을 올려다보니, 정말로 태양이 서동쪽에서 동쪽으로 이동하고 있었다.

⑩ 사실은 그가 방향을 잃어 방향이 안전히 바뀌었던 것으로 신하들의 계획이 적중했던 것이다.

⑪ 궁으로 돌아온 후, 신하들은 모두 도광황제가 왕위를 계승할 것을 요구하였다.

⑫ 도광은 더 이상 거부하지 않고 왕위를 이어받아 황제가 되었다.

⑬ 이리하여 도광(빛이 거꾸로 되다)이라 불렸다.[33]

도광황제는 중국 청나라의 제8대 황제로 재위기간이 30년이나 되었지만 나라의 세력이 점점 약해지던 시기였다. 특히 이 때 아편전쟁阿片戰爭이라는 큰 역사적 사건이 일어나게 되면서 그의 재위 기간에

---

33    『중국민간고사집성』, 「109. 도광황제는 왜 도광이라고 불렸나?」, 153~154쪽.

는 민심이 흉흉해지던 시기였다. 그러한 때에 재위를 거부하는 것 자체가 올바른 판단일 수 있으나 통치자로서는 매우 나약한 형상으로 나타난다. 통치자는 나라가 어렵더라도 백성을 끝까지 포기하지 않아야 한다. 민심을 살펴 그들을 제대로 이끌기 위해 노력해야 하지만 도광황제는 모든 것을 포기하고 도피하려는 나약한 모습을 보이고 있다. 다행히 신하들의 기지로 그가 낸 난제難題를 해결하나 이 부분에서도 그의 나약하고 미련한 모습이 보인다. 세상의 이치를 제대로 이해하지 못해 신하들이 잠시 속인 일을 깨닫지 못한다는 것이 나약하고 부정적인 그의 형상을 상징하는 것이라 할 수 있다.

양국에 등장하는 미련하고 나약한 통치자들은 세계의 정세가 혼란스럽고 전쟁과 관련된 시간에 통치자가 되었다. 특히 한국의 설화에 등장하는 인조는 반정으로 인해 왕위에 올랐으나 공신들의 세력이 컸기 때문에 사회·정치적인 힘이 없었다. 중국의 도광황제도 아편전쟁이라는 사회적인 큰 사건을 겪게 되었는데 그는 천자의 운명을 타고 났으나 혼란한 세계의 흐름에 겁을 먹고 황위에 오를 것을 거부하는 나약한 모습을 보이고 있다. 이러한 양국에 등장하는 통치자의 형상은 당시 혼란했던 나라의 상황을 모두 통치자의 무능력함에서 그 원인을 제시하고 있다. 즉 백성들은 나라의 흥망성쇠가 통치자에 따라 좌우되고 있다는 것을 파악하고 있으며, 백성들 스스로가 통치자의 통치력에 기대고 있음을 엿볼 수 있다.

## 4. 한·중 설화에 나타난 통치자 형상 비교

비교문학은 다양한 민족문학의 경향과 사조를 식별하기 위해, 그리고 문학과 인간 활동의 다른 영역과의 관계를 알기 위해 국가적 경계선의 좁은 한계를 넘어서 바라보는 방법을 제공한다.[34] 특히 역사 인물을 대상으로 한 설화에서는 현실에 대한 사실적 이해와 허구적 상상력이 항상 서로 대립하고, 집단이 처한 처지와 가치관에 따라 인물에 대한 평가와 이해가 달라진다.[35] 따라서 역사 인물을 대상으로 한 설화에 스며든 향유계층의 의식과 의도를 파악하는 것은 그 시대의 사회와 문화를 이해하는 데 중요한 역할을 한다.

한국과 중국은 지리적·역사적으로 밀접한 관계를 맺고 있으나 문화적 특성은 다르다. 이는 문화가 형성되는 과정에서 각각 다른 지리적·역사적·사회적·사상적 영향을 받았기 때문이다. 이러한 결과를 확인할 수 있는 것이 바로 문학이며 그 중에서도 구비문학이라 할 수 있다. 이와 관련하여 본고에서는 두 나라의 구비문학에 등장하는 통치자의 형상을 몇 가지 시각으로 나누어 살펴보았다. 그 결과 한국과 중국은 구비문학에서도 뚜렷한 공통점과 차이점을 보이고 있다.

첫째, 건국을 한 통치자의 형상에 대해 한국에서는 가장 많은 이성계 설화를, 중국에서는 비슷한 시기의 통치자인 주원장을 중심으로 비교하였다. 두 통치자 모두 건국주로서 비범함과 신성성을 갖춘 형상이 등장하지만 역천逆天을 하여 이룬 건국이었기 때문에 부정적인 형상도 나타난다.

둘째, 윤리도덕적인 통치자의 형상에 대해 한국은 통치사상과 유학사상이 밀접한 관계가 있어 '충과 효'를 중요시하고 그 중 가장 기

---

34  오엔 알드리지, 최숙인 옮김, 「비교문학의 목적과 전망」, 이혜순 편, 『비교문학-논문선』, 중앙출판, 1980, 202~203쪽.

35  박기현, 「구비 군왕설화의 의미전달 방식 연구」, 앞의 논문, 1쪽.

본이 되는 '효孝'를 강조함으로써 통치자의 윤리도덕적인 면을 강조하였다. 그러나 중국은 효孝를 중시하는 통치자의 형상은 뚜렷하게 등장하지 않으나 타인의 고통을 이해하려는 마음으로 통치하는 모습을 통해 윤리도덕적인 면을 강조하였다.

셋째, 미행을 자주 한 통치자의 형상에서도 조금 차이를 보이는데 한국의 설화에서는 영웅적이며 절대적인 힘을 가진 통치자의 능력으로 민심을 살펴 어려운 백성들을 구제하나 중국의 설화에서는 보다 현실적으로 사회를 바라보고 그를 통해 정치에 반영하는 통치자의 형상이 나타난다.

넷째, 포악하고 잔인한 통치자에 대해 살펴보았는데 한국은 반역에 실패한 통치자의 형상이 포악하고 잔인하게 나타나지만 중국은 반역에 성공한 통치자라도 그 포악함을 여실히 드러낸다.

마지막으로 미련하고 나약한 통치자의 형상에 대해 양국 모두 혼란한 시대에 통치를 했던 통치자의 형상이 미련하고 나약한 통치자로 그려졌음을 확인할 수 있다.

비교 연구의 방법을 통해 한국과 중국의 국가적 한계를 넘어서 문학적인 민족의식과 욕망을 선명히 표현할 수 있다. 그 중에서 구비문학은 오랜 시간을 거쳐 오면서 축적된 전승자들의 사고와 인식을 그 안에 담고 있다. 이야기를 통해 사람들은 과거와 현재를 정리하고 확인하며, 다가올 미래를 꿈꾸기도 한다. 한 편의 설화 속에 내재된 인식은 단순히 고정되어 있는 것이 아니며, 집단이 처한 현실과 가치관의 변화에 따라 서로 대립하거나 충돌하고, 때로는 통합하려는 역동적 움직임을 보이기도 한다.[36] 이에 본고에서는 위와 같이 양국의 설

---

36    송효섭, 『설화의 기호학』, 민음사, 1999, 82~85쪽.

화에 나타난 통치자의 형상을 비교하여 두 나라의 내재된 민중의식과 욕망을 살펴보았다. 그 결과 두 나라에 나타난 통치자의 형상은 정당성과 당위성에 대한 인식이 지배적이며 그에 부합하느냐 부합하지 않느냐에 초점을 두고 있다. 또한 비슷한 형상의 통치자라도 양국의 민중의식에 따라 한국은 환상적이고 유희적이기도 하며 윤리도덕적인 모습을 강조하는 반면 중국은 역사적 사실에 따른 현실적인 모습을 비판적으로 형상화했다는 것을 알 수 있었다.

## 5. 나오는 말

한국과 중국의 문화는 오랫동안 한자문화권에 속하며 불교·유교·도교의 종교적인 배경에서 많은 유사성을 갖게 되었고, 유상성과 비례하여 이질성 또한 많이 생겨났다. 이에 본 연구는 한·중 설화를 다음과 같이 고찰하였다.

먼저 두 나라의 자료는 각국의 지역별로 신화·전설·민담 등의 모든 설화를 망라하여 조사되었으며, 자료 수집도 전국적으로 이뤄졌다는 점에서 비교 대상으로 정하였다. 또한 양국의 다양한 차이를 극복하기 위해 지리적·사회적으로 비슷한 특성을 가진 수도권을 중심으로 연구하였다. 따라서 한국은 서울, 경기권을, 중국은 북경권의 자료로 한정하여 연구하였다. 그 결과 다음 몇 가지 유형으로 분류하여 통치자의 형상을 비교·분석할 수 있었다.

건국을 한 통치자, 윤리도덕적인 통치자, 미행을 자주 한 통치자, 포악하고 잔인한 통치자, 미련하고 나약한 통치자의 형상에 대해 비교하여 고찰하였다. 양국 설화의 비교를 통해 민중들의 의식에 전하는 통치자의 모습이 역사적인 모습도 존재하지만 그들의 시각과 사상이 반영되어 과장되기도 하고 강조하여 나타나기도 하는 것을 알 수 있었다.

설화는 오랜 시간 민중들 속에서 형성되어 전승되면서 민중들이 삶 속에서 느끼는 각종 세계관, 희노애락喜怒哀樂, 꿈, 희망 등이 담겨 있다. 설화는 다양한 삶을 반영하고 있으며 주로 인류의 보편적 정서를 다루었으므로 삶을 대하는 진실성과 교훈을 전달하는 데 있어 그 교육적 의의가 크다고 할 수 있다. 또한 보편성을 특성으로 하는 설화는 공통의 화소를 지닌 이야기가 세계 도처에서 발견되고 있는 반면에 각 나라의 설화가 갖는 특수성도 존재하므로 교육적으로도 비교문학적 연구를 통해 설화가 갖는 보편성 및 특수성을 보다 효과적으로 지도할 수 있으리라 기대된다.

# 참고문헌

## 1. 기본 자료

『증보삼국유사논저목록』, 중앙승가대학교 불교사학연구소, 1995.

김동욱 편, 『영인고소설판각본전집』二·三, 연세대학교 출판부, 1973.

김부식, 이병도 역주, 『삼국사기』상·하, 을유문화사, 2009.

박지원, 김혈조 역, 『열하일기 상·하』, 돌베개, 2009.

서대석 주해, 『유충렬전』, 형성출판사, 1977.

일   연, 리가원·허경진 역, 『삼국유사』, 한길사, 2008.

정인지 외 저, 고려사, KRPIA.CO.KR, ⓒ 2012 ㈜누리미디어 All Rights Reserved.

정인지 외, 『고려사』, 허성도 역, 북한사회과학원, 1998.

조동일 외, 『한국구비문학대계』 1-1~9, 한국정신문화연구원, 2002.

한국어문학회, 『고전소설선』, 형설출판사, 1970.

한국학연구소 편, 『활자본 고전소설 전집』, 아세아문화사, 1976.

마增寬 외, 李克 편, 『중국민간고사집성-북경권』, 중국ISB중심출판, 1998.


## 2. 저서

곽정식, 『한국 전문학의 이해』, 경성대학교 출판부, 1998.

권승근, 『고전소설의 풍자와 미학』, 박이정, 2007.

권오성, 『삼국사기 열전의 문학적 연구』, 영남대학교, 1981.

길태숙·윤혜신·최선경, 『삼국유사와 여성』, 이회, 2003.

김영수, 『삼국유사와 문화코드』, 일지사, 2009.

김진욱, 『향가문학론』, 역락, 2005.

김태준, 「고려사 열전의 서사문학적 전개」, 『한국 서사문학사의 연구』, 박이정, 1995.

도현철, 『고려말 사대부의 정치사상연구』, 일조각, 2002.

박진태 외, 『삼국유사의 종합적 연구』, 도서출판 박이정, 2002.

박충석, 유근호 공저, 『조선조의 정치사상』, 평화출판사, 1980.

서대석, 『한국신화의 연구』, 집문당, 2001.

송효섭, 『설화의 기호학』, 민음사, 1999.

신종원, 「대왕신앙으로 본 단종 숭배 민속」, 『단종연구논총』, 영월문화원, 2003.

신형식, 『삼국사기 연구』, 일조각, 1984.

심치열·박정혜, 『신화의 세계』, 성신여자대학교출판부, 2005.

오엔 알드리지, 최숙인 옮김, 「비교문학의 목적과 전망」, 이혜순 편, 『비교문학-논문선』, 중앙출판, 1980.

오탁번·이남호, 『서사문학의 이해』, 고려대학교 출판부, 2010.

이기백, 『신라정치사회사연구』, 일조각, 1974.

이상각, 『열정과 자존의 오백년 고려사』, 들녘, 2012.

이지영, 『한국신화의 신격 유래에 관한 연구』, 1995.

임종욱 편저, 『중국역대인명사전』, 이회문화사, 2010.

임형택, 『동아시아 서사학의 전통과 근대』, 성균관대학교출판부, 2005.

장덕순, 『한국문학사』, 동화문학사, 2002.

_____, 『한국설화문학연구』, (성산장덕순선생저작집) 3, 박이정, 1995.

_____, 『한국설화문학연구』, 서울대학교 출판부, 1978.

조동일, 『인문학문의 사명』, 서울대학교 출판부, 1997.

_____, 『한국문학통사』, 지식산업사, 3판, 1994.

조현설 외, 『한국 서사문학과 불교적 시각』, 역락, 2005.

한용환, 『소설학 사전』, 고려원, 1992.

한일섭, 『서사의 이론』, 한국문화사, 2009.

헬무트 본하임, 오연희 역, 『서사의 양식』, 예림기획, 1998.

황패강 외, 『삼국유사의 문학적 탐구』, 이회출판사, 2008.

황패강, 『신라불교설화연구』, 일지사, 1975.

Platon, The Republic, Tr. Allan Bloom, New York : Basic Books Inc. Publishers, 1968.

W. Kayser, Das sprachliche Kunstwerk, Frande Verlag, 1972.

## 3. 학술 및 학위 논문

강재철, 「고소설의 징악양상과 의의」, 《동양학》 33권, 단국대학교 동양학연구소, 2003.

_____, 「'선덕왕 지기삼사(善德王 知幾三事)' 설화의 연구」, 화경고전문학연구회, 『삼국유사의 문학적 탐구』, 이회, 2008.

_____, 「설화문학에 나타난 권선징악의 지속과 변용의 의의와 전망」, 《동양학》 45, 단국대학교 동양학연구소, 2009.

고운기, 「일연의 글쓰기에서 정치적 감각-삼국유사 서술방법의 연구 2」, 《한국언어문화》 42집, 한국언어문화학회, 2010.

고익진, 「삼국유사 撰述考」, 《한국사연구》 38, 한국사연구회, 1982.

공미옥, 「《고려사》 후기 인물 장편열전의 서사적 성격」, 부산대학교 석사학위논문, 2002.

_____, 「《고려사》 후기인물 장편열전의 서사적 성격」, 《문창어문논집》 39, 문창어문학회, 2002.

곽정식, 「전문학의 장르적 성격과 소설적 한계」, 《동의어문논집》 4, 동의대학교국어국문학과, 1988.

권 정, 「한일 건국신화의 허구와 사실-삼국사기, 삼국유사와 고사기, 일본서기의 시조신화를 중심으로」, 《동북아문화연구》 17집, 한국동아시아문학회, 2008.

권오성, 「삼국사기 열전의 문학적 연구」, 충남대학교 석사학위논문, 1981.

권오엽, 「삼국사기의 박혁거세신화-신라의 세계관과 우산국」, 《일본문화학보》 31집, 한국일본문화학회, 2006.

김 영, 「한·일 궁중문학의 본질과 미의식의 표출양상 - 한중록과 마쿠라노소시를 중심으로」, 《일본문화연구》 27, 동아시아일본학회, 2008.

김광철, 「고려사 간신열전 소재인물에 대한 분석」, 《논문집》 3, 창원대학교, 1981.

김균태, 「고려사 열전의 문학성과 한계」, 《선정어문》 16, 서울대학교 국어교육과, 1988.

김기봉, 「팩션으로서의 역사서술」, 《역사와 경계》 63집, 부산경남사학회, 2007.

김명순, 「전과 소설- 그 관련양상을 중심으로」, 『황패강교수정년퇴임기념논총』 II, 일지사, 1993.

김명호, 「신선전에 대하여」, 강한영교수고희논문집, 『한국판소리·고전문학연구』, 1988.

김명희, 「시조문학과 신선」, 《시조학논총》 30, 한국시조학회, 2009.

김상규, 「플라톤의 Politeia, Politikos 및 Nomoi에 있어서의 통치자개념」, 《한국정치학회

보》24호, 한국정치학회, 1990.

김상현, 「삼국유사에 나타난 일연의 불교사관」, 《삼국유사연구논선집》 (I), 백산자료원, 1986.

김성윤, 「통치자 개념을 통한 Platon과 Machiavelli의 정치 사상 비교-The Republic과 The Prince를 중심으로」, 고려대학교 석사학위논문, 1988.

김승호, 「신화소의 전기문학적 수용양태」, 《한국어문학연구》 25, 동악어문학회, 1990.

김영일, 「한·중 왕조신화의 용설화 비교연구-삼국유사와 25사를 중심으로」, 경남대학교 석사학위논문, 2008.

김영태, 「삼국유사의 체재와 그 성격」, 《동국대논문집》 13, 동국대학교, 1974.

김용기, 「인물출생담을 통한 서사문학의 변모양상 연구」, 중앙대학교 박사학위논문, 2008.

김용덕, 「한국전기소설고 I」, 《한국학논집》 5, 한양대국어학연구회, 1984.

김유리, 「전문학의 형태적 고찰 – 열전·가전을 중심으로-」, 조선대학교 교육대학원 석사학위논문, 1999.

김은주, 「주원장 집단의 성격에 대한 검토」, 경성대학교 교육대학원 석사학위논문, 2008.

김진영, 「불교서사의 작화방식과 전기소설의 상관성」, 《어문연구》 61, 어문연구학회, 2009.

_____, 「흥부전의 인물형상」, 《인문학연구》 제5호, 경희대학교 인문학연구원, 2001.

김태영, 「삼국유사에 보이는 일연의 역사인식」, 《경희사학》 5, 경희대학교, 1974.

_____, 「삼국유사에 보이는 일연의 역사인식에 대하여」, 《삼국유사연구논선집》 (I), 백산자료원, 1986.

김학주·이경식, 「중·영 문학과 권선징악」, 《동아문화》 9, 서울대학교 동아문화연구소, 1970.

김혜숙, 「傳·書事(記事)·野談의 대비적 고찰」, 강한영교수고희논문집, 『한국판소리·고전문학연구』, 아세아문화사, 1983.

김화경, 「신라 건국 설화의 연구-우주관과 문학적 성격의 구명을 중심으로 한 고찰」, 《민족문화논총》 6, 영남대학교 민족문화연구소, 1984.

노영미, 「삼국유사를 통해 본 삼국시대의 남녀 결연과 사회적 양상」, 《논문집》 3, 서울여자대학교대학원, 1995.

문광철, 「고려사 열전의 문학적 표현기법 연구」, 충남대학교 교육대학교 석사학위논문, 1998.

문영진, 「효를 주제로 한 서사의 소통-조선 전기까지의 서사를 중심으로」, 《한민족어문학》
　　　　57집, 한민족어문학회, 2010.

박경열, 「열전의 소설적 가능성에 대한 연구-삼국사기와 고려사를 중심으로」, 건국대학교
　　　　석사학위논문, 1996.

박기현, 「구비 군왕설화의 의미전달 방식 연구」, 동아대학교 박사학위논문, 2009.

_____, 「숙종설화연구」, 동아대학교 석사학위논문, 2002.

박두포, 「삼국사기 열전의 설화성-傳記설화로서의 성립에 대하여」, 《논문집》 1, 경북공업
　　　　전문대학, 1964.

박상란, 「신라, 가야 건국신화의 체계화 과정 연구」, 동국대학교 박사학위논문, 1999.

박종수·강현모, 「용인지역 구비설화에 나타난 인물설화의 양상」, 《인문사회논총》 15, 용인
　　　　대학교 인문사회과학연구소, 2008.

박종익, 「삼국유사 설화의 인물 소고-신이원조자를 중심으로」, 《한국언어문학》 제33집,
　　　　한국언어문학회, 1994.

박찬흥, 「통치자의 자질, 단군에서 이성계까지」, 《내일을 여는 역사》 30, 내일을 여는 역사,
　　　　2007.

박현숙, 「백제 건국신화의 형성과정과 그 의미」, 《한국고대사연구》 39, 2005.

박혜숙, 「고려후기 전의 전개와 사대부의식」, 《관악어문연구》 11, 서울대학교국어국문학
　　　　과, 1986.

박희병, 「고려후기-선초의 인물형 연구」, 《부산한문학연구》 2, 분산한문학회, 1987.

_____, 「한국문학에 있어 전과 소설의 관계양상」, 《한국문학연구》 12, 한국한문학회,
　　　　1989.

방상근, 「철인왕 성종의 설득적 리더십-진퇴(進退)논쟁을 중심으로」, 《정신문화연구》 제
　　　　34권 제2호, 한국정신문화연구원, 2011.

배선애, 「TV드라마 〈주몽〉에 나타난 영웅 신화의 형상화 방법」, 《한국극예술연구》 25, 한
　　　　국극예술학회, 2007.

소재영, 「삼국유사에 비친 일연의 설화의식」, 《숭전어문학》 3, 숭전대학교 국어국문학과,
　　　　1974.

손지봉, 「韓·中 說話에 나타난 '朱元璋'」, 《구비문학연구》6, 한국구비문학회, 1998.

_____, 「한·중 설화에 나타난 국왕인식 비교」, 《열상고전연구》 40, 열상고전연구회, 2014.

손진태, 「삼국유사의 사회사적 고찰」, 《학풍》 2-1, 1949 : 백산자료원 편, 『삼국유사연구

론선집』 (1), 백산자료원, 1986.

손현경, 「한국의 전통적 혼인의 형태와 성립요건에 관한 연구」, 부산대학교 석사학위논문, 1988.

심정섭, 「《삼국사기》 열전의 문학적 고찰」, 『문학과 지성』, 문학과 지성사, 1979.

안기수, 「서사문학에 나타난 영웅인물의 형상화 방법과 의미」, 《어문논집》 32, 중앙어문회, 2004.

안창수, 「〈전〉연구의 양상과 과제」, 《영남어문학》 19, 영남어문학회, 1991.

_____, 「김유신전의 서사문학적 특성」, 《한민족어문학》 44집, 한민족어문학회, 2004.

양소연, 「동명왕편 연구」, 성균관대학교 석사학위논문, 2008.

어현숙, 「신라왕 설화연구-《삼국유사》를 중심으로」, 이화여자대학교 석사학위논문, 1986.

오세정, 「전설의 서술방식과 역사적 상상력」, 《한국문학이론과 비평》 13, 한국문학이론과 비평학회, 2008.

오주기, 「朝鮮朝 文人의 秦始皇 인물평 연구-《사기(史記)》인물 비평의 한 사례」, 성균관대학교 석사학위논문, 2012.

오출세, 「민담에 나타난 호랑이 고찰-골계담을 중심으로」, 《동국어문논집》 제7집, 동국대학교 인문과학대학 국어국문학과, 1997.

왕일화, 「한·중 구비문학 조사방법의 비교연구-『한국구비문학대계』와 『중국민간고사집성』을 중심으로」, 건국대학교 석사학위논문, 2015.

유경환, 「왕건 신화의 원형적 상징성-영웅 출현 원리를 중심으로-」, 《새국어교육》 62, 한국국어교육학회, 2001.

윤영옥, 「《삼국사기》 열전 김유신고」, 《동양문화》 14·15, 영남대동양문화연구소, 1974.

_____, 「원가」, 『향가문학론』, 새문사, 1986.

윤혜신, 「한국신화의 입사의례적 탄생담 연구」, 연세대학교 박사학위논문, 2002.

이강래, 「삼국사기 열전의 자료 계통」, 《한국고대사연구》 42, 한국고대사학회, 2006.

이기백, 「삼국유사 기록의 신빙성 문제」, 《아시아문화》 2, 한림대학교 아시아문화연구소, 1987.

_____, 「삼국유사 기이편의 고찰」, 《신라문화》 창간호, 동국대학교 신라문화연구소, 1984.

_____, 「삼국유사 왕력편의 검토」, 《역사학보》 107, 역사학회, 1985.

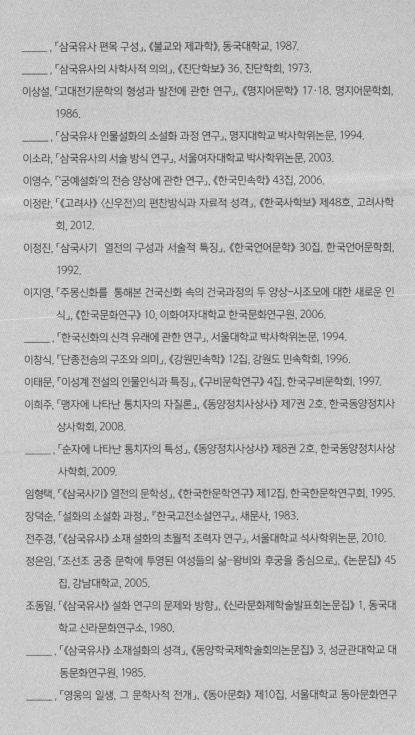

_____, 「삼국유사 편목 구성」, 《불교와 제과학》, 동국대학교, 1987.

_____, 「삼국유사의 사학사적 의의」, 《진단학보》 36, 진단학회, 1973.

이상설, 「고대전기문학의 형성과 발전에 관한 연구」, 《명지어문학》 17·18. 명지어문학회, 1986.

_____, 「삼국유사 인물설화의 소설화 과정 연구」, 명지대학교 박사학위논문, 1994.

이소라, 「삼국유사의 서술 방식 연구」, 서울여자대학교 박사학위논문, 2003.

이영수, 「'궁예설화'의 전승 양상에 관한 연구」, 《한국민속학》 43집, 2006.

이정란, 「《고려사》〈신우전〉의 편찬방식과 자료적 성격」, 《한국사학보》 제48호, 고려사학회, 2012.

이정진, 「삼국사기 열전의 구성과 서술적 특징」, 《한국언어문학》 30집, 한국언어문학회, 1992.

이지영, 「주몽신화를 통해본 건국신화 속의 건국과정의 두 양상-시조모에 대한 새로운 인식」, 《한국문화연구》 10, 이화여자대학교 한국문화연구원, 2006.

_____, 「한국신화의 신격 유래에 관한 연구」, 서울대학교 박사학위논문, 1994.

이창식, 「단종전승의 구조와 의미」, 《강원민속학》 12집, 강원도 민속학회, 1996.

이태문, 「이성계 전설의 인물인식과 특징」, 《구비문학연구》 4집, 한국구비문학회, 1997.

이희주, 「맹자에 나타난 통치자의 자질론」, 《동양정치사상사》 제7권 2호, 한국동양정치사상사학회, 2008.

_____, 「순자에 나타난 통치자의 특성」, 《동양정치사상사》 제8권 2호, 한국동양정치사상사학회, 2009.

임형택, 「《삼국사기》 열전의 문학성」, 《한국한문학연구》 제12집, 한국한문학연구회, 1995.

장덕순, 「설화의 소설화 과정」, 『한국고전소설연구』, 새문사, 1983.

전주경, 「《삼국유사》 소재 설화의 초월적 조력자 연구」, 서울대학교 석사학위논문, 2010.

정은임, 「조선조 궁중 문학에 투영된 여성들의 삶-왕비와 후궁을 중심으로」, 《논문집》 45집, 강남대학교, 2005.

조동일, 「《삼국유사》 설화 연구의 문제와 방향」, 《신라문화제학술발표회논문집》 1, 동국대학교 신라문화연구소, 1980.

_____, 「《삼국유사》 소재설화의 성격」, 《동양학국제학술회의논문집》 3, 성균관대학교 대동문화연구원, 1985.

_____, 「영웅의 일생, 그 문학사적 전개」, 《동아문화》 제10집, 서울대학교 동아문화연구

소, 1971.

조수미, 「고려사 소재 꿈 모티프 연구」, 부산대학교 석사학위논문, 1999.

조진곤, 「한·중 영웅열전의 비교 연구-사기, 삼국사기 소재 영웅열전을 중심으로」, 대구대
학교 석사학위논문, 2004.

조태영, 「고려사 열전의 인물형상과 서술양상 연구」, 서울대학교 박사학위논문, 1991.

＿＿＿, 「전의 서술양식의 원리와 그 변동의 원리」, 《한국문화연구》 2, 경기대한국문화연구
소, 1985.

조현설, 「건국신화의 형성과 재편에 관한 연구」, 동국대학교 박사학위논문, 1998.

＿＿＿, 「궁예이야기의 전승양상과 의미」, 《구비문학 연구》 제2집, 한국구비문학회, 1995.

진영결, 「한·중 왕조신화의 용설화 비교 연구-《삼국유사》와 《25사》를 중심으로」, 경남대
학교 석사학위논문, 2008.

차광호, 「삼국유사에서의 신이 의미와 저술 주체」, 단국대학교 석사학위논문, 2005.

최문정, 「한일 역사군담소설에 나타난 승자, 통치자상-태평기와 임진록을 중심으로」, 《일
본연구》 제17호, 한국외국어대학교 외국학종합연구센터 일본연구소, 2001.

최신호, 「傳記, 傳奇, 小說」, 《성심어문논집》 5, 성심여자대학교 국어국문학과, 1981.

한미옥, 「백제건국신화의 계통과 전승 연구」, 전남대학교 박사학위논문, 2003.

허경희, 「한국의 왕조설화 연구」, 전남대학교 박사학위논문, 1987.

허원기, 「삼국유사 구도 설화의 의미-특히 重編曹洞五位와 관련하여」, 한국정신문화연구
원 한국학대학원 석사학위논문, 1995.

홍비연, 「삼국유사 기이편의 신화 및 향가 연구」, 상명대학교 박사학위논문, 2004.

홍순석, 「한국불사 연기설화 연구-《삼국유사》를 중심으로」, 단국대학교 석사학위논문,
1979.

홍태한, 「숙종대왕 변복설화의 기능과 의미」, 《경희어문학》 10집, 경희대학교 국어국문학
과, 1989.

황패강, 「《삼국유사》와 불교설화」, 동북아세아연구회, 『《삼국유사》의 연구』, 중앙출판,
1982.

＿＿＿, 「박혁거세신화의 연구」, 『한국신화의 연구』, 새문사, 2006.

＿＿＿, 「혁거세 신화론고」, 『한국서사문학연구』, 단국대출판부, 1972.

# 한국 설화에 나타난
# 통치자 형상

**1판 1쇄 펴낸날** 2016년 08월 10일

**지은이** 김효림

**펴낸이** 서채운
**펴낸곳** 채륜
**책만듦이** 오세진
**책꾸밈이** 이현진

**등록** 2007년 6월 25일(제2009-11호)
**주소** 서울시 광진구 자양로 214, 2층(구의동)
**대표전화** 02-465-4650 | **팩스** 02-6080-0707
**E-mail** book@chaeryun.com
**Homepage** www.chaeryun.com

책값은 뒤표지에 있습니다.
ISBN 979-11-86096-36-9 93810

이 도서의 국립중앙도서관 출판예정도서목록(CIP)은 서지정보유통지원시스템 홈페이지(http://seoji.nl.go.kr)와 국가
자료공동목록시스템(http://www.nl.go.kr/kolisnet)에서 이용하실 수 있습니다.(CIP제어번호: CIP2016017132)